山河带砺准格尔

准格尔旗文学艺术界联合会 ◎ 编

远方出版社
·呼和浩特·

图书在版编目（CIP）数据

山河带砺准格尔 / 准格尔旗文学艺术界联合会编. —呼和浩特：远方出版社，2024.8.—（准格尔精品文库）.— ISBN 978-7-5555-2084-9

Ⅰ．I217.1

中国国家版本馆CIP数据核字第2024FY4994号

山河带砺准格尔
SHANHE DAILI ZHUNGEER

编　　者	准格尔旗文学艺术界联合会
责任编辑	蒙丽芳
封面设计	李鸣真
版式设计	韩　芳
出版发行	远方出版社
社　　址	呼和浩特市乌兰察布东路666号　邮编010010
电　　话	（0471）2236473 总编室　2236460 发行部
经　　销	新华书店
印　　刷	呼和浩特市圣堂彩印有限责任公司
开　　本	787毫米×1092毫米　1/16
字　　数	268千
印　　张	16.5
版　　次	2024年8月第1版
印　　次	2024年8月第1次印刷
标准书号	ISBN 978-7-5555-2084-9
定　　价	58.00元

如发现印装质量问题，请与出版社联系调换

编委会

主　　编：刘雅娜

副 主 编：韩淑华　辛菊红　张永飞

执行主编：周建国

成　　员：许霞　王玥　李慧　刘勇

目 录

张中飞 / **黄河的柔情亮相于拐弯的地方**
　　　　黄河的柔情亮相于拐弯的地方　_1_
　　　　小迪——"鸡鸣三省"的地方　_6_
　　　　隆冬黄河岸边看天鹅　_11_

王振荣 / **马栅黄河的两个岛**
　　　　马栅黄河的两个岛　_16_

苏怀亮 / **长河抱玉包子塔**
　　　　长河抱玉包子塔　_20_

高　娃 / **在龙口，西流的黄河**
　　　　在龙口，西流的黄河　_23_
　　　　乾坤湾——细数着黄河创造的无数可能　_29_
　　　　老牛湾——黄河没有修饰的存在　_30_

邬　明 / **黄河畔上的古村落——杜家峁**
　　黄河畔上的古村落——杜家峁　_31

张宪丽 / **准格尔黄河大峡谷**
　　准格尔黄河大峡谷　_35

刘建飞 / **龙口情**
　　龙口情　_38

王建中 / **一座叫薛家湾的城**
　　一座叫薛家湾的城　_41
　　从一个村到一座城——再说薛家湾　_43
　　一座城的抵达——三说薛家湾　_45
　　比想象多了一捺——四说薛家湾　_47
　　湾里头——五说薛家湾　_49
　　为一棵柳树辟园——六说薛家湾　_51
　　铅华横斜——七说薛家湾　_53
　　煤海上的航标——八说薛家湾　_56
　　一念涓埃——九说薛家湾　_58
　　坐墨堆雪——十说薛家湾　_60

刘　蕾 / **山清水美龙口镇**
　　山清水美龙口镇　_62

刘海元 / **黄土地上看黄河，别样风景别样情**
　　黄土地上看黄河，别样风景别样情　_65

柳　苏 / **龙口三章**
　　　龙口三章　_68

杜洪涛 / **马栅春来早**
　　　马栅春来早　_74
　　　我是准格尔人　_77

王　琮 / **暖水情怀**
　　　暖水情怀　_80

刘雅娜 / **布尔陶亥的深秋**
　　　布尔陶亥的深秋　_83
　　　遇见马兰花　_86
　　　两株海红树　_89
　　　相似的村庄，不一样的尔圪壕　_92

王桂萍 / **杏　韵**
　　　杏　韵　_97

乔　媛 / **美丽乡村让准格尔人自信升级**
　　　美丽乡村让准格尔人自信升级　_101
　　　我的厨神妈妈　_104
　　　十里长滩酸枣红　_107
　　　做一个书香四溢的女人　_109

贾舒琴 / **乡　音**
　　　乡　音　_111

    杏子落了一地　_114

    乡味　_117

王丽曼 / **漫步于准格尔的杏林花海中**

    漫步于准格尔的杏林花海中　_119

杨　芳 / **故乡那条路**

    故乡那条路　_122

    来上一碗冻海红　_124

    酸枣　_126

潘雪娇 / **杏树花开**

    杏树花开　_128

    沙圪堵人的荞麦情结　_130

蒋　殊 / **长川路上的文化印记**

    长川路上的文化印记　_135

安　宁 / **留在村庄里的人们**

    留在村庄里的人们　_138

    守在长滩　_139

    留在窑洞　_141

    生在巴润哈岱　_143

    住在巴润哈岱的一个夜晚　_146

高雁萍 / **去长滩**

    去长滩　_151

武学敏 / **准格尔赋**
　　准格尔赋　_154
　　弯弯月亮的遐思　_157

韩淑华 / **苦菜苦菜**
　　苦菜苦菜　_160
　　杏果流香　_163

冯发勇 / **行走在如画的准格尔**
　　行走在如画的准格尔　_166

闫桂兰 / **宁静的阿贵庙**
　　宁静的阿贵庙　_169
　　纳林手工地毯琐记　_172
　　榆钱钱里珍藏的记忆　_178
　　泥土的味道　_182

张慧君 / **钟灵毓秀准格尔召**
　　钟灵毓秀准格尔召　_186

乔　鑫 / **我心归处准格尔**
　　我心归处准格尔　_189

甫澜涛 / **温古"那个什么"**
　　温古"那个什么"　_191

于艳艳 / **不想当面点师的药剂师不是好的宣传员**
　　不想当面点师的药剂师不是好的宣传员　_197

若　兮 / **想起家乡的美食**
　　想起家乡的美食　_201
　　烧山药　_203

李前唤 / **老房子就像一首歌在心中宛转悠扬**
　　老房子就像一首歌在心中宛转悠扬　_205

杜永先 / **砒砂岩里长出的暖水苹果**
　　砒砂岩里长出的暖水苹果　_209

张　慧 / **在故乡思故乡**
　　在故乡思故乡　_213
　　有一种乡音叫漫瀚调　_217

甄自明 / **寻找"美稷城"**
　　寻找"美稷城"　_220

张丽兰 / **爱上薛家湾，无关风月**
　　爱上薛家湾，无关风月　_224

王世铎 / **薛家湾夜景**
　　薛家湾夜景　_227

吕星龙 / **故乡的野酸枣**
  故乡的野酸枣 _229_
  叼扎蒙 _231_

高　领 / **大美太极湾**
  大美太极湾 _233_

刘　洋 / **麻茹茹开花一片片黄**
  麻茹茹开花一片片黄 _237_

张秉毅 / **伤心缝纫机之歌**
  伤心缝纫机之歌 _243_

黄河的柔情亮相于拐弯的地方

隆冬,裹挟着一身寒冷,我来到了黄河拐弯的地方。

眼前的黄河,一路欢腾,一路豪迈,穿峡谷,跨平原,蜿蜒曲折,浩浩汤汤,已奔腾了3400多公里。她跌宕出的壮美景象,翻卷出的绝世奇观,已让人们无不感叹震撼。或许正因此,历史上赞美黄河的诗文,多得让人数都数不过来。大诗人李白盛赞黄河的名句,更是独领风骚,盖世天下。似乎他目睹了黄河的壮景,按捺不住心中的激动,大声狂呼:君不见黄河之水天上来,奔流到海不复回!你听,这气势有多大,如雷贯耳,山崩海啸!

此刻,我就站在黄河上游,最后一处拐弯的地方。

万里黄河,九曲十八弯,这是人们对黄河流向的生动描述。那首著名的民歌《天下黄河九十九道弯》,唱得多么苍凉豪放,多么悠扬酣畅,多么令人荡气回肠!

一歌冲天,云霄战栗。黄河的气势让人们产生无限的遐想,犹如长上了飞翔的翅膀，高天阔海，任由翱翔！

我常常想，假若能沿着黄河从上游一直走到下游，目睹黄河九十九道弯，那将是人生中一件值得庆幸的大事。或许万里黄河，正是由于这种九曲十八弯的状貌，才使她处处有景，段段有魂，人们对她更有一种"不到黄河心不死"的精神向往与追求。

然而，在这平展展的原野上，她以母亲般的柔美线条，舒展弯曲，在这里呈现出了一个大大的"几字弯"，碧水清流，长吟不绝，这就不得不让我感到热血沸腾，一种不可遏止的激情，催动着我，萦绕着我，让我的眼眶蓄满了盈盈的泪水。

这是久违了的泪水！这个拐弯处，就在内蒙古的准格尔旗境内。

那年隆冬时节，我和朋友曾两次踏上这段黄河，忍受着寒风袭骨的冰冻，从北岸看到南岸，为的就是欣赏黄河的全貌，深刻感悟她灵魂的力量！这是一处开阔无垠的河段，南高北低，一河明丽。在这里，黄河改变了千百年来固有的容貌。

曾几何时，黄河总是以浑浊的面貌展现在人们面前，这是水土流失造成的恶果。每当雨季来临，黄河上中游总是泥沙俱下，给下游造成了严重的影响。那时黄河呈现出的黄浪滚滚、喧嚣不绝的景象，也就不足为奇了。历史上的黄泛区，给下游民众带来的灾难已到了谈虎色变的程度，可想而知，其危害有多么恐怖。这也让黄河背上了灾河的恶名，防洪任务也就更为艰巨。

然而，如今的黄河"几字弯"，简直是一幅黄河绝妙绝美的风景图画。春天来临，气候回暖，大地沐风，长河解封，万里黄河在这里上演着一幕幕话剧。先是厚厚的冰层，发出撕心裂肺的声音，凝固的黄河，迸开裂缝，形成大小不等的冰凌，拥挤着，逐流着，堆积为一河高低起伏的冰墙，蔚为壮观。满河的冰刀冰刃，耀眼闪烁，尽情地展示着自己的奇观光芒。然而，用不了几天，这些冰块与冰墙就渐渐变少，融化为水，黄河就明灿灿地在这"几字弯"上形成一条闪光的彩带。这是黄河为春天献出的最漂亮的礼物。

夏季到来，草长禾盛。黄河水一派高涨，粼粼荡漾，映得两岸绿色盈天，树壮草翠。那些善于打渔的人，驾着小船，犹如蜻蜓一般，自在悠闲地盘旋于河面上。一到傍晚，总能看到这些小渔船上，载着活蹦乱跳的鱼儿，那些打渔的人，脸上自然洋溢着一种喜悦的神色。此刻，这段河面晚霞落河、鱼跃船飞，氤氲着一种大河生辉的神韵。这是黄河为人们献上的一幅最美的祥和之景。

一入秋季，先是河水渐渐涨起来。两岸的庄稼，早已吸尽了日月精华，叶片开始慢慢泛黄，果实盈盈。河水在霞光的辉映下，在两岸庄稼形成的长廊里，像一条宽大的彩虹，漾漾地飘动。两岸的积水坑里，蛙声阵阵，庄稼丛中，蝉鸣啾啾，为黄河增添了无限的热闹。深秋，迁徙到远方的大雁，也在金黄色的甜美景致中，鸣叫着，飞翔着，来到了这块宝地，落于两岸滩头，一群接着一群，将黄河装点得鲜活有致，气象不凡，又为北国风光增添一色。此时，黄河为人们描绘出了一幅水美鸟翔、禾田广袤的立体画卷。

冬天空灵，白雪纷飞。天鹅翩翩而至，萦绕于河空，落于河滩。一河亮丽的清水，并不封冻，不惊不澜，喜得那些天鹅，一会引吭高歌，一会儿浮于河上，悠闲自在，尽显婀娜之态。仿佛这里，才是它们向往已久的乐园。那些让人寄予思念情感的鸿雁，就更不用说了。它们浩大的阵群，就像在天空中滚动的黑色风暴，让人惊讶得目瞪口呆。此刻的黄河，冰水交融，气象万千，宁静悠远，为人们营造出深邃而富有哲思的意境。

是的，现如今，不论春夏秋冬，只要你站在这处拐弯的地方，极目远方，青山纵列，蓝天邈邈，河风阵阵，白云轻流。就能让你情不自禁地发出深深的赞叹，这是万里黄河独特的一景，风水荡流的美韵之地，灵毓之所。

此刻，我目睹着一河风景。朔风劲吹，大河凝练，一派恢宏的浩渺之象。历史的沧桑，顷刻间，让这"几字弯"的大美，掀开了它深沉的一页。我的思绪不由得陷入悠远的苍茫中……

厚重的历史，奇妙的地理，往往如同孪生姐妹，总在共同创造着一些奇迹。十二连城这一拐弯的河段，有着多么厚重的历史沉淀。天苍苍，野茫茫，风吹草低见牛羊，这是一种宁静和美的状态。然而，那些湮没于历史尘埃中，撼天动地的故事，曾在这里以一种巍峨的姿态展现过。

追溯历史，这里曾是风起云涌之地。这里的一举一动，总是牵动着遥远的朝廷的安危。让多少人，胆战心惊，又让多少人，手舞足蹈。你若有兴趣，用上几天时间，漫步于此河两岸，踏入那些废弃的古城遗址，看看它们的形制，随便拾一块残砖破瓦，端详一会儿，最好再闭目沉思一会儿，你的心灵将会难免一颤。那一刻，历史就如一条河流在你的心上流淌，你的心情就开始澎湃不止，哪还会闲逸平静？

这段河，太精彩了，太有故事了，也太震撼人心了！

历史上，离她不远处，筑于河边上的榆林郡、胜州城、河滨县城以及对岸的云中郡，这些记载着朝代兴衰更替的古城，又有多少道不尽的起起伏伏的烟雨风霜。说起哪一座古城，不是惊心动魄，雷鸣撼空，风云浩荡？

如今，这些古城遗址已没有了温度，像一个饱经风霜的老人失去了当年的风华激情，瘫软于这方土地上，沉静地注视着一切，再也不会泛起金戈铁马、风起云涌、惊涛骇浪了。

黄河流经这里，似乎已成为必然的心仪的选择。在这里刻意流淌出一个"几字弯"，似乎是对上游艰难曲折流程作了一个最后的梳理与总结。同时，又好像告诉人们，这个记载黄河历史的地方有多么曲折，有多么令人回味无穷！

是的，从准格尔大地上发现的阳湾人，距今已有几千年了。几千年来，黄河流过的历史，几乎都与一个"黄"字相伴。黄，是颜色。这颜色里，混杂的是悲壮，是辛酸，是无可奈何，是无能为力。

古代的大禹治水，最大功劳在于疏通黄河河道，却治不了黄河的颜色。如若讲生态保护、生态建设，只能用天方夜谭来形容了。那个时候，哪能有那个能力？

不过，历史的车轮滚滚向前，新中国成立的70多年里，治理黄河已成为一项伟大的使命。建电站、治沟壑、保水土，多种措施并举，收到巨大成效。这是多么了不起的成就！

未来，黄河的模样，伴随着中华民族伟大复兴的进程，一定是流淌在世界东方的一条美丽的长龙！如今，这段黄河变颜色了，这是黄河变绿的地方，让人们看到了优美的景色，丰富的物象，也激发出人们无穷的想象力与创造力。

或许，历史上这里的河道，并非现在这个"几字弯"的样貌。她是一条洪流漫野的大河。不过，是不是这样于我们来讲已没有多大意义了。真要想了解这些，只能翻阅典籍来加以佐证了。

我们现在要说的是，黄河变绿了，黄河变清了，黄河变柔了。过去，人们欣赏黄河浑黄的颜色，汹涌激荡、穿石拍岸、惊涛冲天的气概，以为这就是黄河最美的景色，也是最为壮观的一面。

然而，你若真正了解黄河，了解了黄河的历史，了解了黄河流经的地方及其地貌，了解了中华民族五千多年的不屈不挠的奋斗史，砥砺前行的文明史，了解了中国人经历的种种苦难，你就能真正悟出黄河的精神内核！

你才能知道，黄河的黄，是黄河的不幸，是黄河痛苦的选择！现在，看到黄河柔情的一面，看到她慢慢有了清亮的颜色，你才意识到，黄河的黄不是一成不变的，黄河也是可以改变颜色的。

此时，你的心情是多么的舒畅啊！因为，黄河是中华民族的母亲河。作为中华儿女，有责任、有义务为黄河变得美丽起来贡献自己的力量。

黄河开始远离苦难，告别不幸与屈辱，她由凶猛、彪悍、混沌，开始向温柔、沉静、清丽转变，这是中华民族历史上前所未有的嬗变！

对此，让我们充满了喜悦，盈足了豪情。生态文明建设，已作为我国的伟大战略，深深地扎根于人们心中。黄河流域的生态建设保护，是历史上伟大的创举之一。

是的，流淌了五千多年的黄河，如今变了颜色，成为一条明丽的河，一条绿色的河，一条希望的河，一条溢满柔情的河。这一面貌的出现，一改中国人固有的认知，黄河真的要改变颜色了。

母亲河，终于要有亮丽的容貌了。她那柔美的姿态，该让多少中华儿女感到骄傲与自豪！

小迤——"鸡鸣三省"的地方

小迤，是地名，这名字很奇怪。或许，你听说过，但念不来，写吧，就更难了。往日，我多次到过这里。但都是匆匆来，急急去，如同走马观花，没留下太多的印象。这次来，有了准备，想对它的山水形胜、历史人文多做些了解，自然就不着急了。心绪安然，腿脚闲散，悠悠信步。这下倒好，一转，一看，一品，顿时感觉吃惊，这可不是非凡之地。

它的深沉，让你沉不住气；它的雄势，让你不知如何去赞美；它的奇骏，让你做梦都难以想到。据说，康熙皇帝曾踏上过这片土地，还留下不少生动感人的故事。是真是假，我不敢肯定。我是听我的朋友告诉我的，他可是文学界很有声望的作家，著作等身，学富五车，且多年潜心探询准格尔历史，他的话应该是可信的。

小迤，地理位置很特殊。它是鄂尔多斯高原上，准格尔旗龙口镇的一个小山村。它坐落于黄河边上的西岸。黄河给了它筋骨，给了它魂魄，给了它醉人的风光。说到黄河，人们的印象，多是雄浑壮烈，排山倒海，汹涌澎湃，激荡千秋。然而，我们在小沁看到的样貌却与此大相径庭。黄河就在它的东边。自古道，天下黄河向东流。但是，在小沁看到的景象是一条大河朝西流。不仅如此，流着流着，就转了一个弯，优美地一甩头，向南而去，还未喘过气来，就折东坦坦荡荡涌入苍茫之中。这是奇观，绝对的千古奇观。有很多观光者到这里见此现象疑惑不解，纷纷露出惊异的目光。然而，看看这山川地貌，他们又喜笑颜开，啧啧称赞。

小沁的地理位置，确是天地垂青，倾情恩赐。它四面环山，东临长河，西望长城。一湾川地，形若盆皿，氤了紫气，蕴了祥光，因而时时萦绕着腾高跃虹的气象。黄河，是小沁的灵魂，是小沁繁衍不息的命根，是小沁一起一伏的脉搏。一滴黄河水，就是小沁人的一滴血。小沁的土地，灌着黄河水；小沁的禾草，吮着黄河水；小沁的树木，吸着黄河水；小沁的人畜，喝着黄河水。黄河与小沁，血浓于水，早已融为一体。黄河，就是小沁人生命的托付。

夏日里的小沁，长河绰绰，清波漾漾。河畔上，湿气盈盈，直钻鼻孔，使人神清气爽，有着道不尽的舒愉！若说黄河水清，清得像一面镜子，群山的倒影，清晰可见；若言黄河水绿，绿得像飘动的绸子，汪汪一片，轻轻地向前一漾一波而去；若看黄河水柔，柔得平平和和，无惊无澜，像大家闺秀，端庄秀丽，气质盈天。真正的美不胜收！

冬日里的小沁，这里更有奇观，冰隆两岸，长河不封，渺渺茫茫，白波如练。走入河滩，若要有缘，方可看到数百只天鹅，大河沐浴，长空起舞。一大群鸿雁，带着"扑棱棱"的响声，从你的头顶掠过。这就是大地苍天在小沁的黄河上孕育出的一幅胜景。这种美景，在万里黄河上，真是难得一见。有了黄河的眷顾和青睐，小沁就像一朵红艳艳的莲花，盛情绽放了，让人留恋不舍。

小沁，村落不凡，古意深蕴，彩流四野，叫人心动难忘。村落，是村民居住的地方。一个村落的建筑风格、整体布局就好像一个人的脸庞，它是衡量这个村落漂亮不漂亮最直观的标志。小沁，让人刮目相看，最打眼之处，当然是凭借着一大片仿古建筑的民居。这些仿古建筑的民居，前前后后，左左右右，全是青砖砌墙，蓝瓦溜顶，灰灰峨峨，风格统一，皆为悬山顶式。看上去，整个村落古色古香，仿佛湮洇着厚厚的历史沧桑，充溢着古老的幽深气韵，叫人总有一种幽茫怀古的况味，弥弥漫漫。一条光滑的柏油大道，从村落中间，南北穿过。好像是村落的金腰带，亮亮闪闪，流淌着现代元素的风韵，为村落增色不少。金腰带东西两旁，皆有民居。西侧地势较低处，有一戏台，风格亦是古式样貌。每年这戏台口上，都要唱戏，一唱戏，周围的人就不约而同涌来，红红火火热闹几天。看戏是一种乡俗，也是一种文化。晋陕蒙沿黄河一带，都有此俗。人们不仅看戏，而且会来这里会亲，交流情感。在戏台的东南不远处，还有一祠堂，规模不算太大，但非常讲究，有围墙，有门楼，衬托出几分庄严。

这村落里，有好多农家乐。农家乐是什么？农家乐就是为游客提供餐饮及娱乐服务的地方。近些年，乡村旅游兴起，小迦，这么好的地方，自然有不少人来观山看水、登高望远、寻古探幽、写诗赋文、摄影作画。因此，这些农家乐，食客盈门，络绎不绝，活泛泛冒着浓浓的烟火气息。若说这些农家乐为何如此生意兴隆，当然靠的是他们的拿手好戏，看家本领。各家有各家的招数，绝活菜系，倒是不少。家炖黄河鱼、炖羊肉、炸油糕、荞面碗托、杀猪肉烩菜，地方特色鲜明浓郁，花样繁多，不一而足。当然这些，亦算不错的美食。这些美食，给小迦增加了吸引力，也多了一个招牌。

小迦，有这样的村落，又有这样的地理位置，就有了用武之地。这里已成为影视拍摄基地。有好多影视明星来过这里，当然他们也被这里的山水景观、人文历史所吸引。已有几部电视剧和电影在这里拍摄完成，这些影视作品，真正给了小迦荣誉，让它露了脸，展示了它的好山好水与不凡风采。小迦，村落的确有形有品、品高自美、美而赢人。小迦，真的是一道亮丽的风景线。

小迦，还有一道胜景，迷人、醉人。它就是莲花迦。多么好听的名字，多么富有诗情画意，让人产生无穷无尽的联想。不错，面对如此名字，没有美的感慨，显然是缺乏情趣的人。但是，300多年前，有一个很有情趣的人，他看到了这种地貌，竟是感慨不绝，连连称赞，就给它命名为莲花迦。这人不是一般凡俗之人，是扬名天下的康熙皇帝。有关这段故事，著名作家王建中写过一篇一万多字的散文，题目就是《莲花辿》。文章宏阔厚重，气吞山河，实属大手笔。

在小辿，莲花辿是地貌，它就是我们现在所说的砒砂岩，地质学家称其为丹霞地貌。当然，莲花辿也是地名，就在小辿的西边与北面的不远的地方。过去，人们对这莲花辿，司空见惯，不足为奇，从来也没有发现它的美。人们普遍地认为这就是一种寸草不生的砂岩，太普通了，太普遍了，没有什么值得称道的，更没有什么值得观赏的。可是，近几年，人们的眼光变了，审美变了，变得有高度了，变得有境界了。他们的思维多元化了，生态文明的理念、新的发展思路已经在他们的心中开始扎根了。小辿人也一样，过去看这莲花辿地貌真的是太平常了，没啥可夸奖的。若要夸赞，顶多说一句像五花肉。可现在不一样了，他们知道这可是地球上少有的景观，说它色彩斑斓，如同七彩虹霓，美得大气，美得深沉，美得天地不分，很是让人赏心悦目，极具观赏价值，是不可多得的优质旅游资源。为观赏这一美景，在南北的山峰上，各建有一处观景台。两面的观景台遥相呼应，对莲花辿景观来了个全覆盖。如今，来这里旅游的人，都要登上两面山峰上的观景台，瞭望一番莲花辿的大美之态。莲花辿，是由丑小鸭变为白天鹅的，这一巨变，不是地貌，而是人的认知、人的心态，是时代发展带来的结果。

小辿，雄鸡挺立，鸟瞰万里河山，一声长鸣，三省皆闻，它就是那个令人神往的鸡鸣三省的地方。在小辿的东南方向几百米处，有一座山，独立高耸，山顶上，矗立着一只雄伟的红公鸡，很是威武，基座上写有"中国雄鸡"四字，是真正意义上的金鸡独立。它俯视长河，直面群山，显示出一种高屋建瓴的气势，让人顿生敬畏之心！这金鸡独立之山，南临山西省河曲县的文笔镇，西接陕西府谷县的黄甫镇，北依内蒙古准格尔旗龙口镇，实属三省区交界之处。正因为是三省区交界之处，又有母亲河在此，同时也是口里口外的一个重要节点，它的意义就非同一般，所以，有必要在此处立一地标。2013年，国务院在此立了一方界碑，指明三省区的地理方位。从此，一只雄鸡就在此高高独立。其寓意，就是标志着这是鸡鸣三省的地方。

这次，我兴致勃勃，攀梯而上，在这处设有界碑之处，细细看了一番。三个省区，所涉及的县（旗）乡（镇），以及经纬度，在这里标注得清清楚楚。若登顶，南北两面有梯道。上顶观望，只见长河盈绿，蜿蜒如带，缠绕出一条长虹，夺目耀眼，阔朗无际，悠悠地向东而入群山之中。山峦披彩，烟岚轻笼，一派寂静空灵。天上白云，默默不语，随风轻轻飘逸。那只金鸡，看得十分真切，它的头就朝向小沁，时时保持着引颈长鸣的姿势。只要你一打卡，它就会发出长长的鸣叫声。这一长鸣，融入长空，震荡四方，邻近三省之民，无不听闻。故"鸡鸣三省"一词，源出此处，确有实本。

小沁，在地理范围上讲，属内蒙古鄂尔多斯市准格尔旗，但从人文方面来讲，它属于"鸡鸣三省"。它距离陕西府谷县的墙头乡，近在咫尺，距山西河曲县城，也不过几公里，这两个地方，文化底蕴厚重，多有名人诞生，也多有历史大事件发生。元代著名戏剧家白朴就出生于河曲。现在河曲县城建了白朴公园。这是彰显本县文化源远流长的一个范本。到白朴公园游览的人，大多喜欢历史文学和戏剧。传说大宋王朝开国皇帝赵匡胤的故居就在墙头乡。不管它真实与否，墙头乡在离小沁很近的一座高山上，塑了一尊赵匡胤面朝黄河的站像，基座上写有赵匡胤故里。旁边立有宣传栏，详细介绍了赵匡胤的生平履历。墙头这名字的由来，也是因其为榆林镇明长城最东头而得名。

小沁东边不远处，就是大口古渡。当年山西走西口的人们，大多是从此处渡河北上，落入草地。当然，它周围的庙宇、古集镇也不在少数。这些建筑、场地都折射着文化的光芒。由此可知，小沁，是被厚重历史文化时时浸润着的地方，难怪它这样风水常在、美丽卓群。

隆冬黄河岸边看天鹅

时间已进入隆冬季节，对于我这个出生于黄河岸边，成长于黄河岸边的北方人来讲，目睹黄河千里冰封的壮观，无疑是一件极为庄重的盛事。

你想，黄河万里奔流，直泻而下，到了数九寒天，一河活漾漾的水，骤然凝结为一河华美之冰，你若要目睹了这一过程，该有多么庆幸。

然而，12月29日那天，我的朋友，文化学者、小说家、诗人、摄影家王建中，大清早就给我打来电话，居然邀我去黄河岸边看天鹅，而不是看冰封的黄河。

我一时疑惑，我在黄河岸边生活数年，对黄河也算了解，若是在冬季的冰层上凿个窟窿，钓个鱼或捕个虾，或许都是手到擒来之事，然而在隆冬季节去看天鹅，这未免也太天方夜谭了吧？

常识告诉我们，天鹅乃国家二级保护动物，它们每年三四月间，大群地从南方飞到北方，居于我国北方边疆地区，每年10月，全体迁徙，飞向我国华中及东南沿海地区越冬。

　　我对他的这一提议持怀疑态度。建中说，真的，他前几天就在十二连城下面的黄河段上拍到了天鹅。他对我说，依他的经验判断，去龙口电站的下游肯定能看到天鹅。我不敢全信，但建中的为人、学识以及他的文化情怀和他深厚的文学功底，不得不让我对他产生信任。

　　于是，我们急急准备，匆匆而行，驱车到了龙口地域。

　　龙口，过去称作马栅，是准格尔的花果之乡，龙口水电站的所在地。这个地方对于我来说并不陌生。长长的廊街，斑斓的砒砂岩，起起伏伏的山脊，悠悠的碧水长河，刹那间，就展现在我们眼前，已让我们的心中多了几分亲切。一时间，我们都无语，但我分明感到，我们共同期待着一种景象的出现。

　　这或许是入冬以来最冷的一天，虽然阳光明媚，晴空万里，然而那干冷的寒气仍然让人难以忍受。一走下车，不需几分钟，人就瑟瑟发抖。在这样的天气，去看天鹅、拍天鹅，的确是需要一些勇气的。

　　开车的小李师傅说，真是自找罪受。建中说，你说这话为时过早，等一会儿，当你见到了天鹅，你就一定不会这样说了。小李师傅不再言语，我们默默无声，都期待着天鹅早早地出现。最先扑入我们视野的是一群鸿雁。这群鸿雁，大约有100只，静静地栖于冰面上，像散落于冰面上的棋子，井然有序。

　　建中见状，急忙让小李师傅停车。随后建中走下车来，顺着河滩小心翼翼一步一步接近鸿雁，举起相机，从各个角度拍了起来。鸿雁也坦然，悠闲自得。可是不多一会儿，正当他拍得尽兴时，忽然，鸿雁振翅，齐刷刷地飞离冰面，向北飞翔而去。蓝天里，留下了一行行"人"字。

　　我见此状，甚为惋惜，心想，建中肯定留有遗憾。待建中走上公路，来到车边，那群鸿雁已不见踪影。建中说，那群鸿雁或许飞去十二连城了，我对他的这一判断，深信不疑。

　　我们又上了车，沿黄河边的油路，向西而去。建中说，天鹅肯定在那片黄漫漫的玉米茬地中。我说，何以见得？建中说，天冷，天鹅要觅食，水中的食物不如地面上的食物容易觅到，天鹅肯定要去玉米地寻食。果不其然，车子没走多远，就看到河床中的一片玉米茬地的边畔，数百只的天鹅，像珍珠一样洒落其间。

我们一下子兴奋起来，眼睛紧紧地盯着这片珍珠般的天鹅，生怕它们展翅一飞，离我们而去。建中说，这片天鹅，爱上了这方土地，钟情于这条河流，不会飞走了。为了拍照，我们从柏油路上拐下了沿河的防洪堤。建中早早下车，守在黄河边上，等待天鹅的飞临，以便理想地拍照。

小李师傅小心翼翼地开着车，慢慢地接近那群白天鹅。我坐在车里，早已准备好手机，按下挡风玻璃，对准白天鹅一张一张拍了起来。拍着拍着，我忽然感到，内心涌起了一层深深的感动。天鹅，在动物界有着多么高的地位。中国人又把多少美丽高贵的象征，美好善良的传说，赋予它的身上。天鹅，在中国人眼中就是美丽的化身，高贵的代名词。能这样欣赏天鹅，确实让人有一种美滋滋的荣光。

车子越来越接近白天鹅，一只只天鹅，就在我眼前不过20米的地方，足足有上百只。这样多的天鹅，排布在枯黄的玉米茬地，我是从未见到过的，因而，那心情自然就不一样了。况且，以前看天鹅，距离很远，又是在天空中飞翔的样子，感觉天鹅很小。即便在动物园，看到的也就那么孤零零的几只，也激发不出多少美的感觉。这次近距离一看，哎哟，那感觉真的就大不一样了。

这天鹅大得惊人，比羊都高，活灵活现，美得叫人深深感叹。它们洁白的羽毛，显得十分光滑整洁，长长的红腿，走起路来，非常灵活自若。脚掌红红的，踩在黄土上，显得十分有力，像在练习芭蕾舞站立的动作。嘴巴尖而长，像挂了一个红色的小球，不停地跳动着。摆动的头势，或而引颈鸣叫，忽而甩颈嬉戏，一副悠然怡乐的样貌，就好像一幅绝美的百鹅图。

我凝神不动，越看心里越美，越看越专心。忽听小李师傅低声说，这天鹅真是美得没话说。难怪王老师刚才说，见了天鹅会令人高兴无比的。

他话音刚落，就见那群天鹅像得到了什么命令，调整好姿态，先后耸了耸身子，打开了翅膀，向后伸展了那两条长腿，贴着地面，脖子笔直，像一支喇叭，突然间就奔跑了起来，眨眼工夫，已飞入空中，随后就传来了一片悦耳的鸣叫声。面对这突如其来的一幕,我没有丝毫准备,只好把目光追向高飞的天鹅。

正像建中判断的那样,这片天鹅并没有远飞,在天空盘旋了几圈,就落在距我们不远的黄河边上。此时的建中,早已等候在那里,小心隐蔽着自己,蹑手蹑脚地靠近这群天鹅,他要把最美的画面拍下来。

在一湾碧水涌流处,我看到刚才落下的那片天鹅。它们有的三五成群蹲在冰上,似小巧玲珑的冰雕,十分可爱;有的游走在河岸上,轻松自如,似观光者一般;有的潇洒地游于水中,时而扬头,时而又将头潜入水中,灵敏有趣,有着道不尽的韵味;有的又轻飘飘地飞贴在水面上,一会儿高,一会儿低,扇起一长串水珠,像表演杂技,花样百出,令人眼花缭乱,目不暇接。

看着这些天鹅的各种造型,我不由得想到,人们喜欢天鹅,不仅因为它的洁白高大,有着纯洁、忠诚、高贵的象征,其实更多的是因为它的多才多艺,具有完美的艺术表现天赋。这一点,或许正好满足了人们的审美需求。

此时,我看到建中已处在一个较佳的位置,正在抢拍天鹅的各种姿势。那天鹅不像鸿雁,一有响动就飞走了。尽管建中离它们很近,它们也不惊不澜,好像很通人性,知道它们遇到一位大摄影家,要把自己最美好的一面,展现于他,让他尽情地拍摄,从而使它们能够扬名天下。

天鹅完美无缺,恰到好处的配合,这让建中大为感动,他拍得得心应手,深情于膺,拍出了很多张意境高远的作品。

待建中拍完照后,我们走到了防洪堤上。我看他冻得一脸紫青,双手不停地搓着。问他拍得还行吗?他说,太美了,太好了,尽管经历了严寒之苦,也不虚此行。

此刻,我把目光投向辽阔的长河,远远地望着那片星星点点的天鹅、鸿雁,一种宏大近乎绝美的景色呈现于我的眼前。

朗岸阔河,群山相拥;凛凛清冰,流水汤汤;斜阳映河,晖光无垠;黄草摇曳,残田凝辉。这些风光,已将这段黄河装点得分外妖娆。或许正是因为这些风光的盈盈铺陈,大气描绘,才使这里有了灵美之气,让天鹅、鸿雁这些高贵的鸟类,不肯高飞远去,而栖息于这里。

这样看来，这是一方宝地。它的成长，完全得益于生态建设的成就。生态建设的光芒，已把这里照耀成独秀的天堂。

当我们将要离开那些美丽的天鹅、鸿雁时，我不禁想到，隆冬也不是处处寒冷。只要人们能够发现美、欣赏美，温暖就在你的眼前。

这群天鹅，留恋这条长河，钟情这方水域，不愿南飞，温暖壮美的不仅仅是长河，还有人的心灵。

当人们不再为生活所困，高尚的境界、精神的腾跃、追求的憧憬就会逐渐地生发出来。对天地、对万物的敬仰，自然而然转化为一种善意的艺术表达。

马栅黄河的两个岛

王振荣

马栅黄河的两个岛

鄂尔多斯最美的地方，在马栅。马栅美，美在黄河的两个岛。

马栅的地理位置颇为特殊，一鸡鸣而三省听。黄河南岸，是山西省的河曲县。西边，毗邻陕西省府谷县地界。而马栅，则属于内蒙古鄂尔多斯的准格尔旗。

九曲黄河，在鄂尔多斯高原绕了一个"几"字形的大弯后，流经马栅已是最后一站。也许因为鄂尔多斯太美的缘故，黄河来到这里就放缓了脚步，打着旋儿，恋恋不舍，一步三回头，向西静静地流淌了约20公里，有些不情愿离去的味道。

黄河是通人性的母亲河，我不知道她那蜿蜿蜒蜒巨龙般的躯体上，究竟缀有多少颗迷人的宝石，但我知道她在和美丽的鄂尔多斯告别的时候，毫不吝啬地恩赐给了鄂尔多斯两颗光芒耀眼的珍珠：娘娘滩和太子滩。

这是马栅黄河古道中两个风光旖旎的小岛。两岛四面环水，相距五六公里。

上游的太子滩,高高地矗立在河的正中央,好像黄河岸边的一座小山不小心滚到了河水里。太子滩山势险峻,峥嵘突兀,像一艘逆流而上的巨轮,正破浪而行。也像一位气宇轩昂的太子,仗剑目视前方。

而下游的娘娘滩,仅仅高出河面两米多,是一块面积约两平方公里的黄河夹心岛。岛上绿树环合,花团锦簇,就像河水中漂浮的一块翡翠,也像一位温柔恬静的娘娘,端坐在黄河波涛之中。

黄河像一把利剑,劈开了晋陕蒙莽莽苍苍的大山,她将那千古涛声永远留在了两岸百姓的心中。在黄河美妙的涛声中,跃动着两个激动人心的音符,那就是关于娘娘滩和太子滩的美丽传说。

相传汉高祖刘邦驾崩后,吕氏专权,密谋加害代王刘恒母子。大将李文、李广挺身而出,保护刘恒母子深夜离京避难。他们顺黄河北上,来到长城外时,看中了马栅黄河中的这两个小岛,于是母亲在下游的小岛上定居,刘恒在上游的小岛上落脚。吕氏政权垮台后,刘恒还都被拥戴为文帝,其母被尊为太后。马栅的这两座小岛,从此被尊称为娘娘滩和太子滩。

早先,娘娘滩上还建有一座娘娘庙,四季香火不断,远近的人们都来朝拜,人们把刘恒母亲作为逢凶化吉的保护神来供奉。这一传说当然已无法考证其真伪,但有一点是事实:现在岛上居住的十几户人家,都为李姓。问他们的祖先,他们众口一词,都说是李文、李广之后。

关于娘娘滩和太子滩,在两岸的百姓中,还流传着这样一种说法。相传很久很久以前,一位山神居住在黄河边。他有一儿一女,儿子力大无穷,女儿灵巧无比。男童经常在姐姐面前口出狂言,要劈山堵河,架设天桥,方便两岸百姓的来往。

一天夜里,山神在深宫酣睡,男童跑到姐姐的闺房玩耍,见姐姐正纳鞋底,便说:"你一夜能纳出一只鞋底吗?""当然能。"姐姐不假思索地说。"你吹牛。"男童嬉笑着反驳姐姐。姐姐见弟弟狂妄,就说:"我们不妨打赌。"男童指着门外的小山说:"如果你一夜能纳好一只鞋底,我就能在鸡叫时分把这座山搬到黄河中,逆水拉到龙壕,阻绝河水,架起天桥。"

只见他找来铁索套住山头，开始拉动小山，向上游的龙壕而去。戏言成真，姐姐无奈，她顺手从河边抓起一块黄土往河里一扔，顷刻变成一座小岛。她站上去，一边纳鞋底，一边看着弟弟拉山。男童拉着小山逆流而上，快到鸡叫时分，姐姐看见弟弟已距龙壕只有几里远，大功即将告成，而自己的鞋底还未纳出一半。姐姐急了，她灵机一动，双手捂住鼻子，学雄鸡鸣叫，一下子引动了黄河两岸的雄鸡共鸣。男童听见鸡叫，气馁地扔下铁索。姐姐心怀鬼胎，说："你认输了吧？"男童一看姐姐手中的鞋底，才纳了一半，便反唇相讥："你更差。"

两人面红耳赤争吵，惊醒了山神。他一见姐弟俩乱动山河，犯了天忌。遂升天禀告玉皇大帝。玉帝降旨：男童年幼，责父严加管教。姐姐奸阴，降作乌龟，永驮她原先站立之岛，水涨岛升，水落岛降。后来，人们把太子所拉的岛称作太子滩，把姐姐化龟背负的小岛叫娘娘滩。

马栅的两个岛美，美在美丽动人的神话传说，更美在美丽的自然风光。

太子滩有一种粗犷的美，它昂首挺胸，高高地矗立在静静的宽阔的河面上，气度不凡，粗犷豪放，任凭河水冲刷，千百年来岿然不动。当你撑着小船摆渡到它的脚下，然后登上山顶观景，你的胸中会涌出万丈豪情。大河上下，千里滔滔，气势磅礴，不可阻挡。两岸青山，苍翠如黛，绵亘连天，如诗如画。更妙的是在静静的夏夜，当你躺在太子滩山顶的绿茵中，听黄河涛声，那是一种绝妙的美的享受。上游不远处龙壕那激越奔腾的黄河水，发出了虎啸龙吟般的千古绝唱。岛下，缓缓的黄河流水声，又像一首浅吟低唱的轻音乐，撩人心魄，动人心弦。

娘娘滩则是一种恬静的美，温柔的美，它像一枚硕大的柳叶漂浮在黄河的细浪中，静卧在母亲河的怀抱里。这是一座东西狭长、南北狭窄的黄河小岛。岛上绿树掩映，瓦舍幢幢，沃野田畴，碧波荡漾，花团簇簇，鸟啭莺啼，是一处令人流连忘返的世外桃源。岛上的几十户李姓人家，耕种着一百多亩良田，家家过着殷实的小康生活。他们出门靠船，归家行舟，是典型的水上人家。岛上的居民淳朴厚道，热情好客，每遇游人，他们总会将客人邀请到自己家中，让你品尝四季瓜果蔬菜，为你讲述黄河小岛的动人传说。此情此景，你一定会想起唐代诗人孟浩然《过故人庄》的诗句和诗中描写的意境。

马栅的两个岛,美得让人难以想象,美得让人难以描述。假如你有机会到马栅,建议你一定要站在黄河岸边,远眺对岸青山上那蜿蜒的古长城、高大的烽火台,近观那海市蜃楼般的娘娘滩和太子滩,你一定会大饱眼福,心底生出惊叹大自然鬼斧神工的无限感慨。

苏怀亮

长河抱玉包子塔

包子塔是隐藏在尘世间的一块"和氏璧",包子塔并不是一座塔。包子本是一种食品,塔是一种建筑,二者没有任何必然联系。包子是因其地貌像包子,塔也是地貌,鄂尔多斯人管山脚下河边面积相对大的平地叫塔或者塔地。在鄂尔多斯叫做塔的地方很多,李家塔、撤家塔、榆树塔、大庙塔、大柳塔等等,凡是叫塔的地方,就给人一种依山傍水,田良民富的感觉。

包子塔坐落在准格尔旗境内的黄河边上,黄河在这里走成了一个巨大的S形,俯瞰这个S,就是一个天造地设的太极图。因此人们也把这个天下黄河九十九道湾中最奇妙的湾叫作太极湾。包子塔在太极湾里,三面环水,长河抱玉。什么叫做天造地设?什么叫作鬼斧神工?太极湾就是最好的说明。民间说,太上老君画八卦时,一时想不出画什么形状,有一天突然发现了这里,灵机一动就照着画出来了。我们现在宁可相信这不是传说。道家八卦的太极图的来源或许就是这里,因为黄河毕竟比太极图早了亿万年。事实上这幅地上的太极图只有乘坐飞行器从高空俯瞰的时候才可见其全貌，那么，几百年前的古人是怎么看出来并给它命名的？这个答案足以让你展开所有的想象去搜寻。

包子塔所处的位置是晋蒙交界的千山万壑，地质结构坚硬，土不盈尺，刨一镢子下去就是坚硬的石头。然而就是在这块石头上雄踞着一个小村子，十几户人家，房屋院墙全部用石头依地势垒砌而成，远望，房屋与土地的颜色浑然一体，不辨人迹。这个村子也叫崔成寨子，住户姓崔，别无他姓。

包子塔面积不大，地处偏僻，三面有黄河天堑阻隔，背后又是群山深壑，交通往来极不方便，在这种几乎与外界隔绝的情况下，居民们依靠自己的双手，经营自己的生活，地方虽小，但功能很齐全，在鄂尔多斯的山乡僻壤，有各种作坊的村落其实也极为稀少，这也可以说是鄂尔多斯农耕文化的一个特点。而具有如此完备的各类作坊，据了解，鄂尔多斯只有两处，而且都在准格尔旗境内。一处在长滩，另一处则是包子塔。这里，做豆腐、酿酒、酿醋、榨油以及木匠、铁匠等各种手工作坊应有尽有，真可谓"麻雀虽小，五脏俱全"。

据崔家的后人说，他们的祖先是从元代末年就来到这个人迹罕至的地方悄悄住了下来。经过几代人的勤奋劳动，生活逐渐富裕了起来。我们看到，崔家大掌柜的居所，院落不大，也尽显主人不凡的气派。主人、管家、账房先生、家丁各居其所。院子里有一间屋子最有意思，是崔掌柜专门会见穷苦人的地方，那个时候，凡是来求崔掌柜的都是来借粮食的。据说，崔掌柜首先让来人坐下吃黑豆，他观察来人吃黑豆的动作，以此来判断来人的日子过得怎么样。吃炒黑豆怎么就能测试出来人的日子过得好与不好呢？

原来，人如果经常吃不饱，他吃黑豆的时候直接就把黑豆放到嘴里，而不是一颗一颗地丢到嘴里，很可能是一把一把或者一撮一撮地放到嘴里。而日子过得好的，不挨饿的，他吃黑豆的时候是一颗一颗地捏起用手指搓掉黑豆皮然后才丢进嘴里，这一细节一般人是不会注意到的。崔掌柜就是这样来判断来人是否挨饿，该不该借给粮食了。

正房门前有一排房子，地基比正房低了很多，门也很低矮狭窄，这大概是因为地形的原因，要随着地势而建造，省工省料，这是存放粮食以及其他吃的东西的库房。在这里拿取粮食是不太方便的，要下好几级陡立的台阶，拿着东西出来的时候就更费劲了。那么，主人为什么要自己给自己设置这样的不方便之门呢？老崔家的后人说，是为了防止盗贼的。不方便拿取就势必要费劲，就容易弄出响动来，主人就容易发觉。吃黑豆与低库房让我感叹这民间智慧的精微与妙想。

如果说包子塔有各类作坊已经是很稀罕、很了不起的话，那么，看着一间几平方米大的私塾，你就会更加赞叹它的完美了，更加赞赏老崔家人的胸怀和眼光了，弹丸之地，几户人家，他们不仅在土地上播种粮食，还在心田里播种文化。几平方米的私塾，装载的却是千年历史，万里山河。

在龙口，西流的黄河

高 娃

在这里，内蒙古准格尔旗的一个小镇——龙口，黄河竟然转变了心思，不再滚滚东流，而是携带着巨大的泥沙，生生转了180度弯，至此向西流，之后直转南下出内蒙古入晋陕。这是黄河唯一率性地由东向西流淌的一段，故有"滚滚黄河东逝水，唯在龙口向西流"之说。

黄河折身曲折迂回，妙曼的身姿在春日里还原成从巴颜喀拉流出时的碧波荡漾，夏日时恢复泥沙聚集的黄色，流光溢彩中迷幻着世人的眼。河两岸高高隆起的山脊，像是天然的屏障，滋养着黄河的小情小性，阻断着俗世的干扰。湾中肥沃的土质，养育了河两岸的百姓，密集着日出而作，日落而息的人群。当地特殊的地理结构，形成了三个各具风情的村落——内蒙古准格尔的龙口、山西的河曲、陕西的府谷。晨起的鸡鸣中，三缕炊烟次第升起，像是无声的语言，开启了一天心照不宣的生活。

护宁寺，在准格尔旗龙口的岸边，庙宇并不高大，一直是神秘的存在。只因康熙在此住了一晚，与庙中的和尚长谈了一夜。如今，庙宇在后人的修缮下，有了香火气，时常能见到周边的香客。庙内的故事，在几代人的讲述中越来越完整。就是这一夜，康熙有了平定噶尔丹的计策，影响了整个历史的走向。

如果回归到当时的历史脉络中，在这样一座小庙中，两个地位悬殊的人是如何开始长谈的？庙中的火烛又是何时熄灭的？人们不得而知。

但长期以来，噶尔丹部一直是康熙心头放不下的麦芒，无论采取什么样的方式，总是忐忑不安。他不远万里，出行至此，亲自查看地形，在小庙中暂住一夜。一条清晰的思路沿着黄河水系愈加明亮了：让河对岸的商人来蒙古族居住的地方做生意，让中原百姓教蒙古族放下牧羊鞭拿起锄头，人群的混居会削弱对战争的欲望。谁不渴望和平呢？于是康熙下令打破了清初设定的禁令，在沿长城一线划出的五十里禁地，过去不准两地民众越界，现在可以自由通行。一条人为的隔离带，闻名天下的黑界地，在康熙三十五年如烟而散。河对岸的山西籍汉族人在黄河冰冻三尺的时候，踩着厚厚的冰层，来到了内蒙古。民族的融合，语言的渗透，生活方式的变更，渐渐削弱了双方的对峙意识，完成了移民戍边的宏伟构想。此后，龙口日渐出现了繁华热闹。

如今人们说起走西口，记忆中只是杀虎口，其实龙口才是走西口雏形和人口走出最多的地方。在离小庙不足一里处立着"市口碑记"，明确地记载了它是走西口的第一块里程碑。走在准格尔旗的道路上，随意与人攀谈，祖籍是山西人的竟占了大部分，这里的饮食习惯与山西人也没有太大的差别。准格尔旗的人大多长得白净皮肤好，估计与吃面食有很大的关系。

龙口连接着陕西府谷的地界边缘，融合在一起的是一座丹霞地貌的山脉，浩浩荡荡延绵在大地上，山体一层白一层红，远观就像是一块硕大的肉，横躺在天地间，当地人称"五花肉"。的确，这里黄土堆积、色泽单调，当地的二人台，大红大绿的服饰，曲调嘹亮婉转，行走在山峦的褶皱沟壑中。红色，润泽着这方土地向往美好的心绪，一块红色的绸巾装满了多少青葱的芳华。

当年康熙来到这里，看到薄雾环绕着群山，山体若隐若现的娇媚，似一朵朵吐露的莲花，加之大河曲折荡气，他不由得问："这是什么山？"随行的侍从说人们都称之为大山。康熙听到后没有言语,侍从知道皇上不满意了,心内紧张之极,不停地擦汗,几次反复竟然将"山"说成了"蟾"。康熙怒问:"你看,这像蛤蟆吗?"一位机灵的文官赶紧打圆场:"是缠,缠绕的缠。大缠,就是山缠在一起了。"康熙沉吟了良久,此时已到午饭时间。在和尚献上当地肥美的黄河鲤鱼时,康熙的脸上才有了些许笑容。之后他告诉和尚一句话:"这个山,就叫莲花辿吧。这个地方就叫大辿吧。"查询"辿"的词义,基本释义是指步伐的徐缓。至此,这座山便灵动了起来。在若干年后,当我走进《康熙几暇格物》中——这是一本康熙皇帝在政事余暇,学习并研究和考察自然科学文化现象写成的科技论文,此时,也就不难理解康熙对山水的领悟与情怀了。

但当时,我并没有看出莲花的形态,终是凡胎肉眼,看到的只是一层层五花肉的模样。随行的阿吉提议我们登上山顶去看莲花辿的全貌。人造的台阶,蜿蜒直上。台阶在黄土的飘落中,消失了原本的样子,踩在上面有一种厚重感。两旁的花草,肆意地生长,长成了自己喜爱的样子。一只蜗牛爬上一枝花的茎上,数着我们头上的汗滴,毫不遮掩地哈哈大笑,摇动着花茎,颤动在我们途经的路上。人造的栏杆上刷着红色的油漆,与之接触满手的红色似乎触摸到了远方红色的山峦,可见来这里的人并不多。

登到山顶,大片的平坦长满了桀骜的绿草,高过脚踝,有的竟长到了腿部。一座小房子因何到了这里,不得而知,房子旁边立着一根造型独特的长杆,不禁让人想到了孙悟空大战二郎神化作一座庙金箍棒变成旗杆的场景。正在窃喜之际,一阵凉爽扑面而来,被汗浸湿的衣衫像是松了一口气,解绑了身体,与风欢笑了起来。极目远眺"五花肉"的身躯,竟然看到了莲花盛开的样貌,一朵一朵开在山间,一池的身影摇动在天地间,在黄河的呼吸中惊艳着世人。黄河没有了奔走的急促,缓缓地流淌,两岸的样貌清晰地呈现,像是邻家兄弟,在炊烟中走过了一代又一代的时光。

从陕西府谷到河对岸的山西河曲,坐渡轮3~5分钟就到了。那日,我们因贪恋莲花辿的美景,日暮时分才到达渡口。船工已下班,徒留一艘简易的大船停留在岸边。船身很大,可以停放两辆汽车,人和车一船就走了。

山河带砺准格尔

日暮的岸边,黄河一波一波涌起,河道中的水流扭转着身子,张望着两岸的景色,盘旋着形成无数个漩涡,像一个个调皮的孩子,隐身在悬崖之下。深不见底的漩涡像谜一样有着诸多不确定。船在水中摆来摆去,唯一固定的缆绳如风筝线,并不多言,随着船身的晃动而晃动。最快乐的要数水边的蚊虫,在黄河涌起的浪花中,驱逐着岸边的人群,顺便咬上一口,品咂不同的血液。夜渐渐深了,我们站立的地方,没有灯光,身影擦拭着天空,越来越黯淡了。对岸河曲的灯光次第亮了起来,如一片碎玉星星点点洒在河中。

渡河不成,只有开车前往河曲了。这样一绕便多走了40多公里。

河曲的夜是热的。这里比准格尔旗要早半个月的时令。加之黄河水环绕着城池,空气中的水分充足,恍若到了江南。河曲的饮食很有特色,有着上席一样的名称"六六八八"大都是蒸菜。"栲栳栳"是这里的名吃,是用莜面精工细作的一种面食品,因其形状像"笆斗",民间叫"栳栳"。关于这道美食的传说有很多。相传,唐国公李渊被贬太原留守,携家眷途经灵空山古刹盘谷寺,老方丈特制了这种莜面食品以款待。李渊问:"手端何物?"老方丈答:"栲栳栳"。栲是植物的泛称,栲栳指用竹篾或柳条编成的盛物器具(《辞海》)。唐寅有诗云:"琵琶写语番成怨,栲栳量金买断春。"看来当时方丈是以手端的小笼屉作答了。后来李渊当了皇帝,便派老方丈到五台山当住持。老方丈带领众僧赴任,路过静乐县,看莜麦初收,便把莜面栲栳栳制法传给当地。再后来这种民间面食传遍了晋、陕、内蒙古、冀、鲁等地,成为北方山区人民的家常美食。民间还有一种说法,相传李世民父子在太原起兵,用的就是这种面食犒劳三军,一举建立大唐王朝,栲栳是由犒劳一词演变而来。美食加之这里的竹叶清酒,甜糯入口,一行人在高谈中不觉竟到了午夜时分。

清晨的河曲,是美丽的。从西口古渡延伸着一条笔直的马路,尾部高高地翘起,像是蓄势待发的帆船,高昂着激情。西口古渡没有了昔日的商贾往来的繁华,转而成为一处悠然观赏、闲适聊天的地方。但广场中央的寺庙,香火很旺,没有衰败的痕迹。扶栏凝望悄无声息的黄河水,一切都静了下来,连风的呼吸都渐行渐弱。黄河在这里执意要向西而行,将脚步慢了下来。

离黄河近了，有了一种抚摸它的冲动。在娘娘滩，我们迫不及待俯身在河边，将手伸入黄河的流水中，那是一种绵软的舒适感。泥沙在水里久了，性情也温和了。石头更是将黄河水吸纳在腹腔内，一层一层的黄染遍筋骨。我们像是顽童，从河道中捡着各色石头，评判着石头的体态，石头在我们的眼中，一个个幻化出灵性，在故事的衬托下，有了不一样的身份。我捡拾了一块如脸谱的石头，从水中离开的一瞬间，灵动自如。黑色的墨渍浑然天成。另一块如浮雕般，记录着黄河的故事。遗憾的是，离开黄河水久了，两块石头像是转了性，黯淡无光，身影浅了又浅。也许黄河石，它只属于黄河。轻易地将它带离，终归不属于你。

汉代的薄太后，也许早知黄河的性情。从长安一路逃到此地，便不再奔波。黄河用温暖的羽翼将他们母子呵护在这里，遮挡住了吕后的目光。我们乘坐渡船来到了薄太后曾经居住，后人称之为娘娘滩的地方。

据说，薄太后生性贤良。李氏的四大将军护卫到此。薄太后每日偷偷地去太子滩给儿子刘恒哺乳，后来儿子成了文景之治的汉文帝。平定吕后专权后，薄太后回到了皇宫。李氏将军有两人留了下来，他们的后人形成了如今的李姓村落。

李姓村落至今还过着半封闭的生活，悠闲的枣树结满了肥硕的果实，没有嘈杂之音，只有随风的呼吸飘动的树叶。专为薄太后修建的庙宇，蜘蛛结成了密密实实的网，在阳光下晃动着它的岁月。我们不小心的闯入，像是撕开了历史的封印，走进了那年那月。

给我们摆渡的就是李姓之人，一位82岁的老者。虽然腰已弯了，但是摆渡的本领丝毫不减，生活的淡定与坦然呈现在自然的笑容中。上船时，提醒我们踩着他的脚印走，不要过多的停留。他说："不要害（乱走），不然鞋子一会儿就不见了。"起初，我并没有听懂。走在黄河岸边，一层一层的泥，如弹簧一般，韧性十足。我尝试着多踩了几下，鞋子果然长在了泥上。瞬间，我不敢大意，踩着前面的脚印，认真地行走。原来黄河泥长着嘴巴呢。黄河是严肃的。老者看着我们一一上了船，示意我们坐好了。娴熟地摆渡，立在船头的他，竟有一种气势，让我们瞬间禁言。

黄河一路奔腾而来，从巴颜喀拉山脉湍急而下，甚至携带着洮河而来的泥沙，都没有停下脚步。行色匆匆，日夜不停息地东流。在这里，像一只大手抓住了它的衣袂，一个停顿，一个折身，回头凝望，淡然西行，画出了黄河又一个"几字弯"。

时光慢了下来，至此向西流。这就是一条河流的智慧。

乾坤湾——细数着黄河创造的无数可能

  是什么让你变了性情？黄黄的流水闪耀成碧绿，4个S形的弯道洗去咆哮的姿态。豪情在4次360度扭转中淡了下来，与泥沙混合在一起的面容，有了素颜的机会。黄河竟是这样的美貌，群山笑出了道道褶皱，72条纹路如一张张口，衔住了黄河的水流。

  谁说，你是狂放的？谁说，你只属于血性？在这里，你是柔情的，是温婉的，是端庄的。慢下来的黄河，淡然着时光的步履。衍生着田园肥沃着万物，呈现出桃园的景致。

  黄河在这里谦卑地任山峦长高长大，任树木花朵长在阳光的挚爱下，她收起张扬，紧实地贴近大地。乾坤塔目睹着流水的一切，细数着退隐在山峦中的黄河创造的无数可能。

  慢下来，有着无数的可能。一条河，做到了。

老牛湾——黄河没有修饰的存在

黄河，在老牛湾变成了一块蓝色丝绸，从群山中款款而来。深秋，邀请了大海，贴在了天空上，与阳光组合成三剑客，日日长谈。

清晨，我们硬生生地闯入了。望河楼上的四公主，等了我们若干年，远嫁到新疆的木解族，父亲康熙舍不得女儿，将这里送给了她。望河楼上望孤帆、望远影、望碧空。一面墙上，装满了四公主的声音，石头撞击的时候，如鸟鸣般清脆。

落叶飘落在废弃的田园，村庄的繁华与四公主一同泅在风中。无数人走过的青石板，磨损着时光，听着窗棂诉说着前尘。魏家大院的奢华在岁月中像是一个大大的哈欠。

老牛湾，在嘀嗒声中轮回着开始结束。

唯有黄河，是青春的，没有老态，没有喧闹，没有修饰的存在。

黄河畔上的古村落——杜家峁

邬 明

杜家峁传统村落，在漫长历史风华中悄悄矗立在黄河畔的山坡上，在这里，历经岁月打磨的石墙、石门、石窑、石磨，依然伫立在这片热土，也依稀能让人看到曾经辉煌的过往。

2014年，住房和城乡建设部、文化部、国家旅游局等联合公布了第三批中国传统村落，杜家峁村榜上有名。几番想要前往，总是被一些事情所耽搁。这一次，我怀着对传统古村落的好奇和敬仰，专程走进传统村落深处，探寻多年前的岁月年华。身处这里，仿佛让人直接进入一个久远的时空，欣赏这里如画般的自然风光，也尝试体会过去人们的生活环境，进而寻找这片神奇的土地的人文历史和乡村文化。

沿着魏家峁镇政府向西前行，到双敖包右拐，不久就可以看到杜家峁村委会所在地。村委会的建筑都是石板石头筑就，古色古香，古风古韵，古典大气。在乡村振兴的当下，村子里因地制宜，大力发展旅游业和山地苹果种植业，助力老百姓过上更幸福的好日子。曾经的杜家峁村办小学被改造成乡村民宿，等待着八方来客。

　　沿村委会继续东进，看到路边不远不近的石窑，这是一个叫山畔的自然村。临山坡俯瞰，最高处的石窑前电线杆林林而群，屋顶的电视信号接收器如同逐日的向日葵，连接起了村民和外面繁华的世界。水泥路面一尘不染，小轿车、三轮车、装载机依次排开，屋里屋外显示着现今主人的殷实生活。

　　顺着乡间小路盘山而下，可以看到几处古旧的院落。杜家峁村紧邻黄河，石头资源丰富，先民们就地取材建造房屋。牲畜棚圈、厕所、仓库、围墙等大多用石头建成。这里的石头不同别处，有很多薄片状的石头，用它们一层一层垒砌的民居，别具一格。因主人的搬离，院子里虽是杂草丛生，但这些陈旧的石碾、石花台、石碓臼、青石路好像要与天地同在，耗磨着无尽的时光。院落左边是一处土窑，可以看出主人在选址时慧眼独具。土窑中木质的马槽（驴骡牛马等吃草时的器具）、小平车、柁檩、篓子、炭块等，依旧可以感受到曾经的热闹气息。木制的窗棂被尘土遮盖，却遮不住制作它的木匠高超的手艺。这窗棂最上面是圆形，圆弧下面是木条插锲而成的菱形图案，而再下面是正方形图案。整体布局精美别致，虽为木制，历经多年的风吹雨淋，却风骨犹存。正面的石窑里存放的主人积攒下的"植芏"（本地人制作扫帚的一种灌生植物），一捆一捆，整整齐齐，而院子里的"植芏"，在这样一个干旱的季节却生机勃勃，绿油油的，好像要证明自然界生命的顽强。正房四间石窑里的板箱、大瓮、坛子、浅子（也是一种陶瓷器皿）、席子、戈片子（本地人用高粱秆和细麻绳缝制的一种圆形用品）、油瓶醋罐、锅碗瓢盆、纸瓮子、相框子、锅刷子、酒壶子等物品摆放井然有序，依稀看到当年人们生活的样子。另一个屋内，犁、耧、锹、镢、耙、锄、箩头（本地人用红条子编制的一种工具，用来放置杂物）、篓子、筛子、铁桶和担杖（挑水工具）、簸箕等农具簇拥在墙角，默默注视着窗外的一切。

　　东边又是一处院子。行至南院墙时，同行的同事问我一个问题：整齐的墙上凸出一个长约20厘米、外大内小的石柱，这有何用处？我百思不得其解。同事告诉我，原来是用来拴牲畜的。该院落在布局上与众不同，中间的石窑一进两开，主门进去又两个小门，左右各一个窑洞，似为"套房"，在当时的条件下显得高端大气上档次；而西边的窑洞却看不见门，找来找去，原来门在屋外的地洞里，看来屋子的主人在修盖时也是别出心裁。

沿山坡继续往下走，是几处年代更为久远的院落。石墙似乎更加古老，屋内墙面斑驳，仅能看到几处赤红的墙围子。顺着模糊可辨的小路，紧挨着大概有八九十户古屋。从地形和现状上看，这几处院落应该是杜家峁传统村落（称古村落亦不为过）的核心和精华所在。城墙似的围墙蜿蜒曲折，守护着一方百姓的平安。村子内外绿树环绕，枣树、槐树、榆树、杨树、果树、杏树相依相伴，呈现出"绿树村边合，青山郭外斜"的优美意境。木制的水桶斜靠在窗台上，倾诉着过去人们汲水的艰难。门帘挂在门上，遮掩着半个门窗，门上的红油漆由红变黄，真是"青山依旧在，只是朱颜改"啊。大石板围成的鸡舍已经坍塌，猪圈里的大槐树已碗口粗，一棵脸盆粗的古树倒在围墙上，相互扶持着、依偎着，继续倾诉鲜为人知的古老故事。

山脚下最东的院子，看上去是这里最古老的院子。大门厅顶的巨石摇摇欲坠，门柱陈旧不已，屋顶支撑的圆木却仿佛千钧一发般，倔强地支撑着这随时可能倾覆的老屋。不清楚这地下尘封的坛坛罐罐已存世多少年。也许，这可能就是第一批来到这里生存的人们的居所。此时，一首老歌在我耳边悠悠回响，"星星还是那颗星星哟，月亮还是那个月亮，山也还是那座山哟，梁也还是那道梁。碾子是碾子，缸是缸哟，爹是爹来娘是娘，麻油灯呵还吱吱地响，点的还是那么丁点亮……"星月依旧、山梁未改，却没有了麻油灯的点点烟火，只有这些古老的石墙、古老的石柱、古老的陶瓷器皿，仿佛在向我诉说那年那月的种种旧事。

继续行走，站在对面，俯视整个传统村落，不禁心生赞叹，遥想先民们在这片土地上白手起家，艰辛创业的付出，遥想他们日出而作日落而息、面朝黄土背朝天的农家生活，更遥想他们"采菊东篱下，悠然见南山"般与世无争的世外桃源生活。

回头西转，看到住着三四户人家。和几位大爷大娘聊了会儿，听他们讲述这里曾经的故事的和历史，他们说从爷爷的爷爷辈或更早的时候，从黄河对岸的山西省偏关某某山沟沟来到这里谋生。至于何年何月来到这里，已不可考。

村子里的几辈人，从这黄河边的山坡底处，辛勤耕耘，繁衍生息，搬到半山坡，又搬到现在的山顶位置。杜家峁距黄河近在咫尺，但山顶到河边的距离，看着近，真正行走，却要好一阵时间。据村里的老人说，最早的时候，村子门前有条大沟，沟底有一处泉眼，雨丰则泉润，雨寡则泉枯。先民们用驴骡驮水，近则几里门前沟下驮水，遇天旱则远到黄河驮水，缺水的生活实属不易。赵氏家族最早来此居住的先民们之所以住在最下边，大概也是因为距水近一点吧！

如今的村子，享受到党和政府的好政策，水泥路修到家门口，电通到房屋里，通往包子塔的旅游专线绕村而过，夜幕降临时，太阳能路灯照亮整个村庄。村庄里房子盖得整整齐齐，后来的房子，逐步一级一级地向地势条件更好的地方坐落，这是祖祖辈辈对美好生活不变的向往和追求。

准格尔黄河大峡谷

张宪丽

    九曲黄河绿水湾，雪寒冰封变银川，群山连绵山巍峨，危岩绝壁临巨川，鸟瞰黄河冰涛涌，黄河峡谷换新颜……寒冬时节，黄河赋予的别样神韵，拉开了准格尔黄河大峡谷冬季旅游的大幕，展现出冬日峡谷的别样风情。

    黄土高原山连山，九曲黄河十八弯。大峡谷的黄河涤荡污泥浊水，在"几字弯"处华丽转身，黄河水由黄变绿，焕发出蓬勃生机。

    在冬日，趁天朗气清、惠风和畅的好天气，不妨走进准格尔黄河大峡谷旅游区，在玻璃观景台赏山水、沿河栈道观黄河、崔家古寨寻风韵、吊桥之上乐逍遥、山林小径访自然、高空索道玩探险、峡谷雅宿看日暮……

    在准格尔黄河大峡谷旅游区，登上悬空观景台，站在最佳拍摄点，蔚蓝的天空，苍茫的大地，浩浩荡荡的黄河之水，何其壮阔。沿栈道一路前行，行至山峰最高处，登高远眺，太极湾、乾坤湾、豹子回头、悬崖峭壁、群山万壑等景观尽收眼底，宛如一幅恢宏壮阔的山水画卷。

冬日虽然不能踏上游艇驰骋江河，不能体验玻璃水滑道的刺激，不能感受崖壁秋千的惊险，也没有繁花似锦的美景，但这并不影响游客观赏准格尔黄河大峡谷的热情。即便万物萧瑟、天寒地冻，峡谷风情仍让人心旷神怡、感慨万千。赶上寒风刺骨的极寒天气，慕名而来的游客哈着气、搓着手、跛着步，也不肯错过每一处的黄河冬景。看过黄河大峡谷后，游客感慨道："真的从来没有见过如此耀眼的黄河，就像是翡翠、琥珀落入人间，河水清澈，在阳光的照耀下光彩夺目。"

一路前行，穿行在山林小径之中，置身于群峰环抱之间，能听到鸟儿在风中歌唱，循着声音，定睛一看，喜鹊立枝头，山林鸟啼鸣，别有一番意境。

沿石板路而行，五彩斑斓的风车长廊格外引人注目，为游客营造出欢乐的奇幻世界，也为冬日峡谷增添了一抹喜感和亮色。走在风车长廊里，风车随风而转，温暖情愫直击内心，犹如童话梦境一般，这里深受游客喜爱。

再行几十米，便来到"侏罗纪小岛"，这里是儿童乐园，有恐龙滑梯、秋千、蹦蹦云、恐龙模型船、南瓜城堡、休闲桌椅等各式各样的游玩设施，四周还有农家微型集市、野外体验营、文创商店等场所，可让孩子在吃喝玩乐中体验别样旅行。

好山好水好风光，美食美景有远方。寒冷的冬天，吃一顿热腾腾的火锅，整个人心里都是暖的。点上一桌农家特色菜，就可开启一场味蕾绽放的美食之旅。于是，景区的窑洞四合院餐厅把火锅和农家特色菜搬上餐桌，让游客吃得酣畅淋漓，尽享舌尖上的美味。

在准格尔黄河大峡谷，还有一群与黄河结缘的记录者和建设者。他们拥有一份与众不同的"黄河情"，他们用不同的视角来欣赏这份黄河风情，用美的眼睛发现未知的神奇，寻觅峡谷之巅的美妙。准格尔旗文史研究者王建中十余年追逐黄河足迹，用镜头拍摄出《黄河三峡》的恢宏长卷，用笔墨记录了与黄河碰撞出的黄河情，也见证了黄河变绿的神奇蝶变。讲解员日复一日亲身体验"峡谷十二时辰"，一年四季在黄河的怀抱里，记录着黄河的四季变换。导游说："冬天的浪漫，是俯瞰黄河的宁静，是脚踏峡谷的柔软，是聆听山谷的回音，是来自准格尔黄河大峡谷的等待。不要让黄河只存在于'听说'里，有机会来这里走一走吧！看看这个能与世界和解的景色。"

寒冬萧瑟，即便没有鲜花绿叶陪衬，雪域黄河大峡谷依旧如此多娇。黄河大峡谷旅游区工作人员周硕感慨道："下雪后，走在山谷的栈道上，感受着积雪的厚度，一步一个脚印，一步一眼美景。云起雾散时，倚栏俯视，朦胧的远山，笼罩着薄薄的积雪，在缥缈的云烟中，若即若离，美得像一幅画卷。"

心动不如行动。趁阳光明媚，冬日可爱，不妨与家人、朋友携手游黄河风情、看云卷云舒、观悬崖峭壁、玩惊险游戏、吃特色美食、住海景民宿……走进这幅如梦如幻的山水画卷，拿起相机，定格这一刻的幸福，让浓浓的爱意流淌在心间。

龙口情

刘建飞

龙口镇是生我养我的地方，无论贫穷与丑陋，都是梦魂萦绕，记忆常温，那片热土、那抹青山、那条黄河、那孔窑洞、那条弯弯曲曲的山路，如经如络，如血液脉搏，在我身体的每一部分跳跃奔涌。

无论是行万里路，越万座山，再美再美的江海湖泊，再壮观壮阔的高山大川，只是眼前的惊艳与感叹，少了那份亲切，那股人情味，那种空气中沁人心脾的乡音乡韵，便纵有万千风情，也无法梦里几回。

成了游子，乡愁是年迈的父母，少不更事的儿女，总让人荡气回肠，无法割舍。曾经多少次留恋他乡的繁华富庶，但总有一方净土，把故乡在心底深留，牵挂与希冀，不经意间会触碰身体里，那根最敏锐的神经。

十年漂泊，青春与汗水，失败与彷徨，生命中最宝贵的财富，都在他乡覆水难收，唯有眷恋故乡的那根藤蔓，依然枝繁叶茂，绿意盎然，根系发达。

再次回归，故乡已用新的面貌、新的姿态，热情拥抱了我，公路实现村村通，升级建镇，居民楼、办公楼到处开花结果。龙口水电站圆满完工，实现高峡出平湖的壮观。马栅村与大口村的公路建成通车，大口的护宁寺修葺一新，规模宏大。正建的百亩薰衣草观光摄影基地已粗具规模，大口村小占社的仿古建筑群已整体完工，至此龙口镇一条沿黄景观链完整形成。

从黄河太极的包子塔、老牛湾，携滔滔之水，穿过壮阔雄伟的黄河大峡谷，越过天堑变通途的黄河大桥，然后顺风顺水，和太子滩擦身而过，与娘娘滩相拥后，就直接扑入了西口古渡的怀抱，还没来得及感怀历史，便又到了有江南水乡神韵的小占社。

这一程有巍峨的青山，沧桑古意的长城相伴，有滴翠如茵的湿地，有五彩斑斓的农田装点色彩，有千年古刹护宁寺的晨钟暮鼓佛音入心，有薰衣草紫色的花海，有"五花肉"之称的莲花峁烂漫神奇，我们龙口的美景正以年轻靓丽的身影展现于世人，并迸发着勃勃生机，继续着传奇。

龙口自古就有瓜果之乡的美誉，那漫山遍野的梨、桃、李、杏、海红果、苹果、海棠、红枣，还有人工嫁接的各种果类，一到春天姹紫嫣红，争芳斗艳。沟底山畔，房前屋后，坡地山腰，都在向春天尽情展示着妖娆，芳香四溢，在起伏不定、苍翠馥郁的沟峁间你方唱罢我登场。秋到龙口，丰收季节，硕果累累，满枝丫的果实在绿绿叶子的映衬下，个个都显得晶莹剔透，红的、绿的、青的、紫的、黄的，处处刺激并挑战着每个人的味蕾，观之常常令人满口生津，垂涎欲滴。龙口镇大口村举办的西瓜节，盛况空前，影响深远，以此为契机，相信龙口的明天在政府与有识之士的规划和带动下，在绿色旅游的倡导下，依托得天独厚的地理条件，将有更多环保、绿色、健康的生态旅游项目酝酿产生。

立足根本，龙口镇政府也以崭新的视角、发展的眼光，依托绿色环保的理念，将逐步建成韩家塔村的绿色葡萄种植基地，麻地梁村的绿色苹果种植基地以及纯天然小杂粮种植基地，大圐圙梁村的绿色养殖基地。同时龙口矿产丰富，有煤、高磷土、硫矿、铁矿，其中开滦、智能、汇隆三座大型的煤矿已安家落户，并已陆续生产销售。相信不久的未来将有更多的企业在龙口生根发芽，龙口的经济也将插上腾飞的翅膀。

这里水陆两栖的奇光异景，别样风采，在龙口人民不断地努力打造下将更加璀璨夺目，熠熠生辉，龙口人民的生活将更加幸福和谐。多姿多彩，瓜果飘香，塞外江南的龙口也更加芬芳迷人，魅力四射，风华正茂，灿烂辉煌。

又一个十年，我从青年走过中年，守着父母，守着故乡，守着宁静，我用默默地耕耘实现着人生的价值，在与我的家乡同呼吸共命运。而遗憾的是我渐渐老了，欣喜的是家乡越来越年轻迷人了。

从此，我也可以自豪地，尽情讴歌和赞美龙口的山，龙口的水，龙口的一砖一瓦，一草一木，风土人情，甚至是我骨子里的东西。用我的热爱，深情的目光，赤诚的心，去发现、去体会，向外界呈现龙口最美的点点滴滴。

一座叫薛家湾的城

王建中

一座叫薛家湾的城

薛家湾很难说,因为说不清楚。约我写这篇文章的朋友说,说不清楚可能就是它的特征。

薛家湾在一条河侧,说河是因为它一百多年前水量还丰沛,而且是黄河上的一条小支流。这个沉落在沟沟峁峁里的小城,分布在塔哈拉川两畔,四周被重重叠叠的沟峁挡住。

众所周知,这是一座煤城。狭隘一点说,往东往南往北都要过黄河,这使它客观上形成了一条大通道,天堑阻隔的地方,却有混血的特质。改革开放,使薛家湾人大获其地利。1989年前,这个弹丸之地年人均收入不够买10斤羊肉,2020年,它的人均收入已经超过了120只羊。现在,这里是个创造神话的地方。你走在大街上,随便遇到一个人,他有可能就是一个百万财主。说他富翁,他还差了一截。这也是一个非常有意思的地方。我的一个朋友,戴着3万块的手表,35元的塑料凉鞋里的脚上穿着一双露出脚趾的破袜子。这个薛姓家族的朋友,是薛家湾的老户，百多年前他的先人背着一床破铺盖走西口来到这里，现在这个家庭有着过亿的资产，最大的奢侈就是吃一碗驴肉碗托。他的一个姑姑，家里养着20辆重型汽车，开着3家加油站，每月去北京做1次美容，抱着不放的却是一个浆米罐子，6块钱1斤的糜米，讨价还价因为没少5分钱绝尘而去。这里街上跑的汽车，各个省份的车牌几乎都有。在这里，日进斗金的外地人，比比皆是。

无须讳言，这也是个历史和文化能量沉积不够的地方，这里没出什么名门大家，但这里有很多生活家。几乎家家饭店都高朋满座，即便一些五花八门的奇奇怪怪的餐饮，也照样火爆。这一刻，薛家湾就显出了非凡的气量和体量。

这就是薛家湾的特殊面貌，它从一个村，成为一座城，没有过渡，也并非升华，它就是它，它天生就有一种强壮的特质。

从一个村到一座城——再说薛家湾

薛家湾是一座有地理困难的城,以前是村的时候,薛家湾村人说薛家湾:三弯一圪溜。听听湾里的地名:唐公塔、王青塔、苏计沟、武家渠、龙王渠、郝家油坊,诸如此类,地理特点注定了薛家湾的城市特性,先天的地理困难犹如美人有疾。先前是一个村的时候,塔哈拉川空空荡荡,黄风来去三十里,无遮无碍。成为一座城后,这空空荡荡变成了高低不平,用一个好听的词叫错落有致。一川两岸,蜿蜒十里,夜里华灯夺目,已成薛家湾独特的景观。薛家湾夜色别有殊名,有一首歌曲《准格尔之夜》,久久萦绕在准格尔人心头。

市政区沿塔哈拉川两岸展开,一川成为一水后,市中心的视觉表达巍峨出世,桥的造型便格外醒目了,路畅才能城阔。薛家湾的城市功能和造型未来若大有改观,必在桥和路上做文章。桥和路隆才能城隆,这也并不仅仅是一个城市景观和功能的问题。

从一个村到一座城,是突破地理困难,上升为地理标志的涅槃。上苍所赐的每一宗，没有先天遗憾，只有所用不足。

地理上的薛家湾其实并无骄人之处，薛家湾也是一座小城。这个小城既恰到好处地保持了方便与宁静，又可享受大城市的繁华。经济上，甚至文化上却令人大开眼界。正应了一句箴言：小的是美好的。

一个人的性格和地理有因果关系。淳朴是薛家湾的底色，这弥足珍贵。现代城市剥夺的正是薛家湾目前所拥有的，但薛家湾的名字也正频繁地出现于各种传奇演绎之中。

迄今为止，薛家湾最古老的历史见证，是一棵树龄逾180年的老柳树（不是准格尔能源公司门口那株），如果薛家湾要有什么地标的话，必定就是它了。它的弥足珍贵，可敌1条街、10座楼，真该好好善待它，它是这座城的祖母。

说任何一座城，其实都是在说人。薛家湾的水土很好，天南地北，没有人水土不服。薛家湾的空气确实干燥，常常要把鼻腔磨出血来，据说鼻炎的发病率一直居高不下。但这并没有妨碍薛家湾人有一颗湿润柔软的心，这座城的一切创造和诞生，从来也没离开过这颗心，这片土地也因这颗心而生动。

现在正实践着的新能源战略，正蕴藉着一个春天，一个全新的时代。不远的一天，如果有机会去阐释日新月异和脱胎换骨这两个词时，论证论据就是它了。

一座城的抵达——三说薛家湾

塔哈拉河汇入黄河前，给薛家湾留下了很多与此有关的地名，所有的湾、塔、梁、沟、渠、峁、畔，都与河流相关。

以塔哈拉川为脊轴，唐公塔、苏计沟、乌兰苏木图沟、王青塔构成了薛家湾的地理骨架。沟、川、塔上耸立起来的城，呼应着地理生活的是它的城市风情。薛家湾的变化不可谓不神速，但它在创造了一个速度和奇迹后，忽然徘徊在了一个刻度上。薛家湾的发展从政府驻地迁移到此开笔，历数变迁，莫过于前10年的辉煌了。后来的10年，填空题占了很多分，创造性的发挥几乎没有展开力量。一切的结果，都有合理的理由。

20年多一点的时间建造出的一座城，完全可以创造一个词：准格尔速度。这个速度，与改革开放的进程同频。一个真实、具体、触手可及的薛家湾，多多少少有点梦幻感。你可以去体验一下，离城三五里，这个感觉会更强烈。

薛家湾呈狭长形，一个弹丸之地，它蕴含的能量，恐怕我们自己都没有想到。它的容纳力，聚积起了很多人的认同感，这也是这座城的活力与魅力之源。

一座城一定有一种精神正统，这种正统会影响这座城的整体性格，甚至人格。民以食为天，从餐饮上观察，南北风味汇聚一炉，东西格调同出一辙，这正是薛家湾襟怀的体现。那么，这种精神正统来自哪里？来自包容。融合是它的起点，也是它的落点。这里，有历史的沉积，也有现实的迈进。

一个地方，投缘于一种生命气质，绝非偶然。好人养好水土。有一句古诗说得好："英雄若是无儿女，青史河山更寂寥"。

习俗风物的抵达，莫过于对厚道、淳朴的接近。

因地制宜，十多年前，薛家湾有一个了不起的创造，建设了景观河。这个鲜明的视觉符号，提供了一个以水营城的意象。它不仅改善了一个局部的小环境，也为我们精神上建立了一个清明的世界。手泽尚可披，一惠到朝夕。

比想象多了一捺——四说薛家湾

有一天和一个朋友聊天，他说：这么好的地下资源和这么美的峡谷，上苍不公平，放在一个地方。如果允许去抢，肯定不止我一个！

他是在说薛家湾的煤炭和黄河大峡谷。

煤是天赐的，黄河大峡谷也是。这两样都是薛家湾的符号和地标，甚至是代名词。

有资料表明，长寿的人群多生活在四季分明的地方。那么你很幸运，薛家湾是这样的地方。你想花的时候，当春乃发生，晓看红湿处。想雪的时候，花宫映月看的日子来了。

好事多了，好人好水好土就蕴积起来了，自然的水土就有了人文的意蕴。时间和历史留下标记的地方，上苍必予锱铢。

薛家湾的煤多得有些奢侈，黄河水变绿了，清得让人流口水。民族团结之乡，经济含义之上又多了一层政治意义。这就不是自然之功，而是人力为之了。

一座人力安排的城，一定有人对它进行了构思。这个构思可谓神来之笔，人文的逻辑改造并提升了地理的逻辑。

薛家湾其实很小，从这条街到另一条街，5分钟就够了。这么小的空间，曾经创造过不少的第一。凡第一，必大必隆，这是一个地方的精神体量。和康巴什比起来，它纯朴了许多；和东胜比起来，它安静了许多；和其他兄弟旗县比起来，它又热闹繁华了许多。这样的排比，没什么意义，只是提醒你，它比想象多了一点一捺。

一座城市有具体的人和建筑，这座城里的人朴素、安静，就像这座城的一两座高楼，敦实、少饰。即便是实施了亮化，装点了很多霓虹灯，它的闪烁也还是质朴的亮色。这很好，质朴是本分，人情是故乡。

它就在你的身旁，我的心上，我们共同的故乡。

山河带砺准格尔

湾里头——五说薛家湾

毫无疑问,薛家湾是一座城,吸引了源源不断的入城者。入城者大约有两类,一是抢占先机者,二是求生存和发展的人。这是一座移民者的城,相对于薛家湾的老户人家来说,我们都是外来者。

如果你夜里走在薛家湾的街道上,你会发现这座城的路灯很明亮,像一双双眼睛,会让人生出一种被惦念的温暖感,这其实正是这座城最可贵的品质。

主观能动性的发挥,莫过于一条穿城而过的景观河的建造,历史的通道被疏通了。薛家湾人冲破樊篱,聪明才智放出了光彩。走在河边,感觉这是一条从远方来的河流,诗意被送到了门口。它的建造者当初一定没有想到,设定的功能之外,它真正的意外之外是焕发了薛家湾人的爱心。狭隘一点说,这是一道爱情河,也是薛家湾最大的月老。

煤炭是薛家湾的主业,很多外地的朋友问我:"薛家湾是不是黑色的?"这符合他们的想象。可薛家湾偏偏是整洁的,这座全国县域文明城市,端庄、清美、温暖。

经济是为文明进步做支撑的,这座正作为一个大地域排头兵的城,无论是沉潜、积蓄,还是跨越,如同它丰富的煤,它有自身的光源。它能点燃我们的生活,也会点燃我们的灵魂。

为一棵柳树辟园——六说薛家湾

美国作家怀特先生的《这里是纽约》书中写到曼哈顿的一棵老柳树,经年风吹雨打,坚韧地生存着。怀特先生说,这棵树象征着纽约。每次看到这棵树,他都在想:必须保护这棵树。它一旦消失了,什么都消失了。

无独有偶,也是幸运之至,亦弥足珍贵,薛家湾有这么一棵柳树。树龄逾180年(保守推测),树干直径超过4.6米。

它是薛家湾的祖母。这棵现在被废弃零件和油污包围的老祖母,伸展的枝干被一座小楼挡住,生存遇到了危险。

如果一座连慈祥的祖母都不能善待的城,不论它的经济体量多大,物质文明如何发达,有多少值得炫耀的成就。如同一个数典忘祖的人,皆要受到唾弃。

这也是一枚活化石。它保存着一个地区的生命史,是一部活着的史书,一棵综合研究地区百业发展、百科进步的百宝树。

为它辟园,让这棵活着的"灵魂",成为城市的地标,生命的丰碑。用这座城缔造的奇迹,为它培土浇水。用这座城缔造的财富,为它辟一个园,这座城会攀上文明的顶峰。

为它辟园,历史和发展,将把这个时代铸进丰碑,成为一个时代文明的纪念碑。

你守护了历史,历史也记录下了你。

铅华横斜——七说薛家湾

因煤炭而发轫，以煤炭而闻名，煤炭促成了薛家湾作为一座城的整体构思和策划，因此叫煤城。南山公园的标志性建筑，就唤作煤海明珠，这隐喻了薛家湾的城市属性。

按理，这应该是一座弥漫着工业文明气息的城市。在它的街道上，有一座用废旧轮胎打造的雕塑，这是迄今为止，最具工业化标志的符号。最繁华的兴源街上，也有两三尊产业工人的造型雕塑，孤零零的，与这条街的气氛不协调地兀立着。这个游离，可以看到整体文化与这座城的分离。薛家湾，缺一个鲜明的文化主题和基调，这个现象值得深思。

以湾命名的这座城，先天有着农业文明的气质。工业建设，只是在景观上改变了它的形象，具有农业文明倾向的生活方式，依然带给市民最大的实惠和安慰。这深刻影响了这座城，它的气度和体量始终徘徊在一个既定的空间里，连雷池的边上也看不到一个探寻的脚印。

迄今为止，薛家湾是中性的。这个中性，是文化的平庸消解了经济的活力后，形成的一种平衡。它葳蕤的路径，始终扑朔迷离。

薛家湾的市民少有创造性行为和开路先锋，大多数人接受温暖而平庸的日子，追求低成本的生活。城市整洁而干净，什么时候雄心和激情蓄积起来了，准确而生动的命名和描述才会诞生。

焕然一新的薛家湾，时光后也有风雨的遗迹。历史的发现，往往是在结束或消失之后，它最好的命运，还是沉埋起来好。在薛家湾你不会对历史有很多想象，因为在这个地方，真正强大的是它的现在和今天。薛家湾是有气度的，生活在这里的人，也是诚恳的。从历史上看，这就是一个有容量的地方；从地理上看，从汉代起，这就是个得风气之先的所在；从文化看，包容是它的起点，也是它的落点。延续了两千多年，它依然鲜活、迷人，这是生活本身和这方水土的魅力。一座城总有它坐落地方的地气，而这种地气又影响了它的行为、气质、风俗，这是它与生俱来的胎气。五湖四海的人到了薛家湾，很快就会融汇于这方水土，像一滴水落进了大海。这是薛家湾了不起的一种能力，这样的涵养力也是它与众不同的地方。似乎连操着南腔北调的不同人身上的地气也失去了基元。汇聚一炉，这正是薛家湾的襟怀，是它的历史，也是它的现在，亦是它的未来。

很难想象，30多年前，薛家湾仅是个人口不足千人的小山村。用神话来描述它的发展，大抵不会离谱。一个地区的历史和文化活力，是一种长期积累的结果。一方水土投缘于一种气质，非偶然，连山水也要经受它的浸润，山水又反过来灌注输入生命一种充沛的元气。好山好水才能养好人，出好人，这才是一个地方真正的魅力。有什么样的人，便会有什么样的山水和城市景观。

我常常想，薛家湾何以有如此强大的容纳力，两千年里，大大小小有八九个民族曾在这块土地上生存，也都或多或少留下了他们生命的痕迹，更多看不见的痕迹沉淀在它的血脉中，潜移默化地雕刻着这片土地。文化的认同，是传承经久的基础和保证。何以襟怀，不必说海纳百川的大话，其实就是每个人的举手投足，待人接物。小到不随手扔垃圾，不随地吐痰，不说脏话。文明的细节体现的越纤细，一个人的气度就愈宽阔。一个地区亦如是。

尽管这座城至关重要的高度尚未抵达，但这座城有一种沉潜的不腾达的品性，这保证了它生长的规模和方向。这座城是温和的、宁静的，也是美好的。城市的决策者、管理者们一直致力于打造这座城的工业化、现代化。作为自治区县域经济的翘楚，将资源禀赋和生产方式以一种终极的绿色的发展有机地结合在一起，这无疑是一条自我革新之路。这就是我们今天努力所追求并实践的新能源创新的意义，它的探索尤为可贵。

煤海上的航标——八说薛家湾

早几年写文章，曾经提出一个视觉观点，准格尔有两种颜色：黄色和黑色。这个视觉观点后来被很多人拿去用了。

如果给这个视觉观点找一个合适的阐释地，最好的立足点莫过于薛家湾了。

一座城的生活方式、精神记忆、文化符号都是历史的累积，某种意义上决定着这座城的未来思想方式和行为模式。

毋庸置疑，薛家湾正行进在现代化的路上。现代化是一个国家或地区走向未来的一个时间过程。它是过去和现在之间的一条通道，每个地区都在以自己的方式完成着现代化的实践，既无固定模式，也无技术标准，甚至也没有理论依据。

薛家湾的崛起，得益于黑色，也即煤炭。传奇中的薛家湾，则屹立在一片黄土地上，与黄河依偎在一起，即黄色。仿佛历史性的累积与设计，完成了一个华丽的蜕变，一跃成为冠军。一座城拔地而起，犹如一座航标，它的每一缕光，都预示着这个地区能量的一次释放。

煤海上的薛家湾，沿塔哈拉河两岸展开的城市建设，街道起伏，市容错落，人却淳朴憨稳，这也许是大自然与人的一次完美默契。在这座城里，有一个很有趣的语言现象，南来北往的人，都放弃了自己的方言，选择了一种不是普通话音的普通话，每一个人都是这座城的主人，这很了不起。

这是一座航标式的城，不管你最终去向哪里，你经过了这块海域，你就看见了它的光芒。你的目的地，或许不是它，但它给你一个方向，你可以进到更宽阔的水域，这可能就是薛家湾的意义。

一念涓埃——九说薛家湾

以树为神,这是准格尔人的一个传统薛家湾也不例外。

薛家湾还未成为一座城时,乌兰苏木图河洪水成灾,小小村舍,阡陌房屋时为沼泽。后来人们缘塬居高,薛家湾最早的公共建筑供销社,就建在村子较高的一个土塬上。这是薛家湾30年前的一个经济中心。后来,改水分流,乌兰苏木图河成无波之沟,人们择岸筑屋,毗邻而居。过去,薛家湾是准格尔东大门的前驿,来来往往的商旅,经歇于此。塔哈拉河由西贯东,西风荡涤而入,一川尘沙。小村矮爬爬地窝在一处阳湾里,本来欲依川就水,无奈黄土深竖,沧桑未善,流竭为川。梁、峁、渠、沟、塔,水土流失严重。

薛家湾人不唱漫瀚调,也没有自我陶醉的性情。可能是地理空间相对封闭,务农为生,不事商榷,一抔抔黄土掩埋的是一个个安分守己的灵魂。很多年前用土块擦屁股的薛家湾人,现在用温水自动冲洗器,这个变迁悄然而至,毫无落差。正是这一特性,成就了薛家湾人的当代生活,无缝衔接的好处是不动声色,岁月安好，这是一个一夜涅槃的地方。

许多初来薛家湾的人，会说出很多没想到。最惊奇的是精神上的少瑕与物质上的丰饶。城市化的覆盖无所不在，但传统道德的存储依然深厚。这使这座城的天空高远蓝澈，风骨和神韵别具一格。

薛家湾是一座年轻的城，它的根基却深卧黄土中，它诱发了一种气势。比如它的民歌《天下黄河》《北京喇嘛》等的名字，就藏蓄着这种气势。

薛家湾的历史很简单，从寨子圪旦遗址到阳湾遗存，先民于兹，生息繁衍，地气氤氲势必及人。走在一汪煤海上，栉风沐雨而来，沉沙留金而去，这何尝不是一种人生至境。

坐墨堆雪——十说薛家湾

把煤称为石涅、石墨的时代,薛家湾草木葳蕤,百兽竞出。

地域的富庶发达,有自然优势和漫长的传统积累。薛家湾的富饶,不过是大自然因果的代谢,历史的延续而已。

薛家湾的营城直截了当,工业文明催生的花朵,色缺姚黄,秀少娆娆。上天的偏爱并非一切,也不是万事大吉,小心翼翼地策划和守护迫在眉睫。

从高空俯瞰,东面是一条大河,纵切于沟壑,西、南、北三面是起伏的丘陵。随处可见沟壑交冲之川,裸露的丘陵之上呈现了一座城郭。河是大河,黄河,一条著名的大河。丘陵也不逊色,黄土高原最支离破碎的地方,水土流失严重。"黄河中游水土流失治理一枝花"曾经香动海外。

薛家湾与煤连在一起,处处是采场。这个迄今为止,被人类剥离去温暖地表土最多的地方,工业园区更像一个实验区。回土造绿形成的工业小平原,正改变着亘古的地理秩序。这是人类追求富庶和幸福的实验,无可厚非。这样说来,薛家湾是人类文明或者说工业文明的一个样式，它的每一种实践，都有拓荒的意义，所有的拓荒英雄都值得崇敬！

一座多煤之城，常常被人告知，你的脚下踩着煤，床下压着矿。这种描述既确切又惊奇，它是薛家湾的一个城市意象，并作为一个象征或记忆留给未来，这就是薛家湾。

30年弹指一瞬。如今薛家湾群楼林立，村迹却尚可寻，村情村俗犹在市城中游弋，不经意间便会露出淳朴的底色。去城七八里，视听依旧是农耕文化的领地，固执地保留着它曾经的属性。现代工业化的进与守，正是一部改革开放的演变史。

如果给发展的空间一个色彩归纳，或者说给梦想留一个空间的话，那么这个空间最期待的色彩，便是黄、黑两色之上，创造出一种全新的绿。这样的福祉，才是永恒的造化。

山清水美龙口镇

刘 蕾

人们平常出行，想到的是诗和远方，殊不知，你的身边就有好多美景。从准格尔旗薛家湾出发，一路向南，一路绿野弥漫、一路风光无限，一直进入龙口镇的黄河古渡边上。

黄河古渡位于准格尔旗龙口镇大口村，独特的地理位置和远古的历史让这儿成为一个特殊的地方。古时这里曾是一个较大的渡口和市口，也是口里人走口外的路口，故得名"大口"。据史书和本地县志记载，黄河古渡龙口是上几辈人从山西的河曲过黄河必经的走西口古渡，流淌着老一辈们走西口的血汗，也记录着明清时期无数走西口人悲怆艰辛的历史。

在秦晋蒙流传很久很广的《走西口》戏曲，很多本地人都会唱会演，连周边河北、宁夏、甘肃等地的人也爱看。反映的就是在清朝末年，山西遭年馑，穷苦百姓走西口，到内蒙古逃生的经历。

清史稿地理志也有"河水左渎自偏关入，泾城西大汕渡……""四方商贾皆愿出其途"的记载。说明大汕渡是河曲与大口之间水路的统称，大口村也是当时商贾集散之地，它就是人们所说的西口古驿口。

大口村气候温润，适宜植物生长，在沿河的岸边，尽是平整的农田和菜畦。春天，村里到处是桃红杏白，绿荫掩映，百鸟争鸣，颇似陶渊明笔下的桃花源。在村后有一座圆圆的小山，人称"圆峁"，著名的"大口文化"遗址就在这里。

沿着西口古渡再往南走，便到了鸡鸣三省的龙口镇小占村，这里对面是山西省河曲县，西靠明边（延缓长城），同陕西省府谷县墙头乡为邻，为晋陕蒙三边交界地，这里就是长城脚下的鸡鸣三省。"鸡鸣三省"意指早晨一只雄鸡啼晓，三个省区都可同时闻听，即古人所说"金鸡齐鸣，三省皆知"，又俗称"一鸡鸣三省"或"一脚踏三省"之地。这是形容三省区交界处的毗邻性行政地理现象。历史上，鸡鸣三省可能是一种"鸡犬之声相闻，老死不相往来"的代名词，而当今，"鸡鸣三省"则是一种区域结合部具有特别象征意义的经济交融符号、文化交流符号、社会和谐符号。鸡鸣三省的发展离不开三省区间的文化相融和发达交通。

这里是鄂尔多斯高原海拔最低点，黄河之水与沿途丘陵沟壑啮合，由此南下，出内蒙古，入晋陕，变平静安详为一路澎湃，便有了咆哮的黄河和壮观的壶口瀑布。

大口村南黄河岸畔的鸡鸣三省界碑前，能清楚地看到不远处的一处长城烽火台，这个烽火台记录着这里曾经的人间沧桑和边关硝烟，也给后人留下了独特的风景。

如今，登上鸡鸣三省的景区最高点，可以远眺山西河曲县的繁荣，陕西墙头县的黄土地，大口村的莲花汕，还有千回百折流淌的黄河，这既是一幅历史长卷，也是摄影爱好者和游客的最佳打卡点。

走累了，找一处歇脚地，龙口镇马栅村李家坪社新建了农家休闲共享民宿。沿着马栅村游客接待中心台阶一路向下，行走200米左右，半山腰上，隐约能看到掩藏在果树中依山而建的树屋民宿。特有的小气候是李家坪社发展花果树得天独厚的有利条件，这里也就成了名副其实的花果之村，苹果树、杏树、海红树、桃树、枣树……各类果树郁郁葱葱。民宿设备完善，装修精致，站在树屋中向外看，宽阔的黄河尽收眼底。林中有屋，屋中有树，面朝黄河，背靠山，怀揽瓜果香。驻足古渡，捧一撮清澈的黄河水，听一听雄鸡报晓，你可以穿越远古，也可以冥想未来。历史让你交汇在这个时空点上，你可以自由自在地做一个史学家、诗人、作家、画家、摄影师、旅行家，还可以是出没风波里的摆渡人，镇守边关的无畏将士。

黄土地上看黄河，别样风景别样情

刘海元

　　她是中华民族的母亲河，她哺育了亿万中华儿女，负载着这个古老民族对未来的无限希冀与憧憬。她的血液融合着中华民族灿烂的生命光华！这条波澜壮阔的河流就是黄河！

　　黄河滚滚东流，犹如仙女的飘带缓缓飘来，在河套平原、土默川边缘上轻轻抚摸了一下，又向南飘向准格尔旗、清水河县、山西偏关县，在此冲击形成一个横着的"S"形弯道，将浑厚的黄土地冲出一个蜿蜒的峡谷，铸就了让人惊叹的晋陕大峡谷。九曲黄河十八弯，老牛湾便坐落于此。

　　国庆期间，我们驾车从准格尔旗府所在地薛家湾出发，过小沙湾黄河大桥后右转向南，一路上的盘山公路高耸入云，左旋右转，千回百折。一排排灰白的石窑掩映于黄绿相间的林石之间，给人厚重沧桑感。两岸垂立黄褐色石灰岩壁包裹着浑浊的黄河水无声流淌，仿佛传唱着千年传奇。河对岸便是起伏不平，绵延不绝的准格尔丘陵地段，岸边直立的陡崖山壁，黄土点缀星星沉绿。

山河带砺准格尔

老牛湾景区位于蒙晋交界的雄关峪口，是万里长城和黄河的交汇点，是历史与现代、自然与人文相融交汇的独特地区。"九曲黄河十八弯，神牛开河到偏关，明灯一亮受惊吓，转身犁出个老牛湾。"老牛湾名称由此演绎而来。据说上古时期，这里遍地洪流，老百姓无法生活劳作，天天祈求玉帝，玉帝命太上老君治理水患，以解百姓之忧。老君赶神牛犁河引水，犁至老牛湾一带时，天色已晚它猛一抬头，被什么东西晃了一下，原来是天上仙人怕老牛不认识路，提着神灯前来帮忙，老牛不明就里，被神灯一晃给惊了，身后笔直的河道在它慌乱的脚步下顿时改成了曲折向南，于是长长的晋陕峡谷就这样被犁了出来。同时原本一个老牛湾村也瞬间变成了两个，一个在峡谷的这边，一个在峡谷的那边，彼此隔河相望。于是就有了两个老牛湾村，一个属山西偏关县，一个属内蒙古清水河县。我们今天走进的是清水河县的老牛湾。

老牛湾国家地质公园景区城楼西，一条长长的步行石头阶梯便道通向远方的凉亭。凉亭实为观景台，在此极目远望，眼前山峦起伏，沟壑纵横，黄河犹如一条巨龙在黄土高原丘陵沟壑间奔腾不息。S形的黄河古道如巨龙怀抱"阴阳鱼"。形似太极图的太极湾尽收眼底。270度以上的大回环，堪称天下黄河第一弯。它形如太极阴阳鱼，环抱着郁郁葱葱的青山。岸东头梯田层层，时值秋季，喷金吐银，一派丰收景象。

太极湾就像一个龙腾的图腾，是一幅壮美的山河图，记载着中华民族千万年的历史和沧桑。身在太极湾边，依在母亲河畔，欣赏的不仅是壮美的风光，更是一种历史的回味。

老牛湾古村落建筑依山就势，错落有致，所有建筑就地取材，绵延数十公里的观河慢道全部就地取材堆砌而成，如木纹石（也称黄龙玉）、大理石等。沿道广播不断播放着景点介绍，一首豪迈雄浑的西部民歌"天下黄河九十九道弯"响彻两岸。观河道北是约几十米长、四米多高的巨型纤夫石头雕：九个身强体壮的黄土高原汉子，脚踩黄沙，头顶蓝天，头裹羊肚手巾，肩拉如麻花般巨型绳索，绳的一头，系着一艘鼓帆的大船。船头，一位饱经沧桑的中年舱公手持大桨迎风破浪奋勇划行。这图像是黄河儿女自强不息的精神写照，两条长长的钢丝货物索道如空中银龙无限延伸。索道最北头是传统的灯游会，九曲黄河阵，阵点布置华丽古朴，具有较强的传统文化氛围。灯游会场对面的老牛湾大舞台是传统文化会场。老牛湾南头便是驰名中外的黄河大峡谷风光。老牛湾的"阎王鼻子""舍身崖""响声楼""老牛湾堡"等风景古迹各有特色。老牛湾堡是明朝防御系统的屯兵城堡，古堡北端的望河楼是兵营眺望之处，是明代建筑风格的精品，也是老牛湾景区的标志之一。老牛湾堡下，一头黑牛雕塑迎风而立，它低头俯冲，牛气冲天！

  平缓流淌的老牛湾黄河水虽无大气磅礴之势，但在秋阳高照风平浪静之时又多了几分静谧之美且不失西北的粗犷雄伟。老牛湾是摄影家们公认的拍摄老牛湾全景的最佳位置，在这里可以更好地拍摄长河落日圆的美丽景色。形似牛头的山坡就坐落在清水河老牛湾，在这里可以看到一个著名的自然景观——牛鼻孔，山崖的侧面有一个自然形成的山洞，透过山洞可以看到绝壁之下的黄河水湾，风光壮丽、秀美。万家寨水利枢纽工程坐落在老牛湾旁边，给这里又平添了几分高峡出平湖的壮观景色，亚洲最大的人行吊桥更给老牛湾添上了一些壮丽的色彩。

龙口三章

柳 苏

一

龙口笔会上,我们一行的尚银海先生给龙口镇书记镇长敬酒时,说了这么一句:"没个三下两下,谁敢来榆树湾马栅。"他的"三下两下"其实是个烘衬,要突出的还是榆树湾马栅。无论是话语的技巧成分,还是实际意义,都很深刻,我当时就记下了,再没有遗忘掉。

一句话,一件事,一个人,一个地方,其实难得的就是给人深刻的印象。一个人的才能和作为,一个地方的资源和景致,就是名气,就自然让人向往羡慕。尚银海所说的榆树湾马栅,即龙口镇的前身,在准格尔旗原来的28个乡镇中,属龙头老大、明珠一颗。

我七八岁时,就知道了榆树湾马栅,其次才是十二连城、大营盘、西召、沙圪堵这些地方。榆树湾马栅在我心目中很大,就像城市那么大吧,有一座规模很大的硫黄厂，光工人就有上千号，听说还有许多工厂，就连我们家那火炉，还是榆树湾铸造的。那时多数人家炕头上置一火盆取暖，家里安上火炉子就很稀奇，火柴、蜡烛、玻璃罩灯、搪瓷盆之类，好像都是从外国来的，是一种现代化，榆树湾连火炉子都能造得出来，那地方该有多大能耐。晚上常常在火炉子的灰里埋几颗山药，在山药散出香味的等待中，我也常常地想起榆树湾来。

整个小时候都处于经济困难时期，不论什么产品都很紧俏，就连水果，本是乡间的特产，但生长在乡间的我们，依然稀罕。马栅当时是准格尔的"花果之乡"，所产水果久负盛名，品种也多，有沙果、海红、海棠、槟果、苹果、梨、红枣十几种。孩子们对水果的向往是最大最迫切的向往，于是马栅就随同向往一起入心入脑。一到农历七月，人们就说"马栅水果下来了！"仿佛水果为马栅独有，又仿佛大人专拿马栅吊我们的胃口，因其诱使我们产生兴趣和欲望，脑子里马栅就成了水果的代名词，暗暗下定去马栅吃一次水果的决心。

哎，这榆树湾马栅真叫人向往，真叫人倾心啊！

最早知道榆树湾马栅，是从父亲嘴里听来的。榆树湾就在马栅的地界上，是马栅的一块小地方，后来成了准格尔旗以至伊克昭盟（今鄂尔多斯市）的工业基地，于是声名鹊起，和马栅并立。爷爷手上，依靠做小买卖的积累，从河东的河曲城来到河西的马栅长渠坪购置了几亩薄田，盖起一座院落，种了许多树。那时，河西在河曲人的眼里就是发财的地境，走西口一来是生活所迫，二来也饱含着口里人的期望，尽管期望值越高失望也越大，但怀着期望到西口外冒生命危险的人依然络绎不绝。爷爷和父亲两辈人一年里一半时间忙在马栅这头，但命运没有给他们一线生机，最终把好几年的期望和辛苦变为失望和泪水洒在河西。这些陈年往事姑且不谈，但不管怎么说，我与马栅有着渊源，起码也算半个马栅人。让前辈们没想到的是，我成为他们所栽树下的分享者，16岁那年，我回到长渠坪爷爷盖的那座院落，实现了我在马栅吃一次水果的夙愿，时值7月，置身水果成熟的季节，沙果、槟果几乎成了我的一日三餐，爹爹婶娘们一个劲地劝阻我："吃坏肚子呀！不敢再吃了。"期盼成真的时候，我让等待多年的肚子做了一回洒脱的主。夜里，皎洁的月光下，我站在长满院子的大树下，想了不少，想得最多的还是"前人栽树后人乘凉"那句俗语,品尝人生甜头的多是后人啊!父亲那时还不到60岁,行走很便利,但最不情愿的就是回到那座院落,他站到树下感受的全是辛酸,所以,任凭本家爹爹们每年水果成熟时三番五次地捎话,父亲就是不理会。那一次回到马栅,走亲戚看长辈住了20多天,记得我带了两部书,一部是浩然的《艳阳天》,一部是马加的《红色的果实》,黄河边村子里的生活与景致把我和书里的描写总是连在一起,心情很兴奋。

我在本家弟妹的陪同下,到榆树湾硫黄厂参观了一回,除了宏大、气派的外观外,那炼硫的臭味让我对它的印象打了不少折扣。我还特意到铸造社就是那个生产火炉子的厂家,见证了一下儿时的预想。不过这时的火炉子已不属稀罕物,院子里堆积如山,听我说起"火炉子"的往事,弟妹们哄堂大笑。

很快,海棠、海红也下来了,熟透的果子时不时跌到树下,我和弟妹们大晾了好几天果干,最后装了满满两面袋而归。

榆树湾马栅让我从期盼到亲历有一种满足感,尤其马栅的景色和水果在印象中很美很甜,以至成为龙口的今天,回忆起来都是惬意。

二

准格尔地方不大,但吸引人的东西很多,龙口对于我就是兴趣,留给我不少思考题和探求欲。

准格尔南部边沿地区东起九坪西至羊寺塔,鉴于当时的纷争,历史上好长一段时间里被划为禁留地。康熙三十六年(1697年),朝廷决定允许中原百姓入境垦殖,马栅是放垦的第一站。再往前推想,马栅,圈马的栅子,晋蒙马匹牲畜的交易由来已久,谁也难以断言,交易只在马匹之类的范围中进行,交易从来是由简单到纷杂由局部到全面的。再说清朝既然在很长一段时间设置禁留地,就说明有垦在先。那么,准格尔准确的开垦时间从何时算起?

尽管朝廷允许中原百姓入境垦殖,但管理是极其严格的。把开垦局限在"牌界"内的同时,分设了十户长、百户长式的"大钦"等管理人员,并规定临时牛牪伙盘，垦民不准定居，一律"春出秋归"。那时"大钦"等管理人员绝大多数为蒙古人，若有擅垦和私自定居现象，立即查究法办，他们只能"跑青牛犋"，只能在规定的范围垦殖、规定的地方食宿。比如现在的大伙盘、中伙盘、新伙盘、阴伙盘、任家伙盘、辛家伙盘、鲁家伙盘、伙房墕、西伙房（龙口镇）、牌界塔（原五字湾镇）、分子地、东官牛犋、西官牛犋（十二连城乡）等村子，还有海子塔的五犋牛塔，窑沟的五犋牛窑，德胜西的牛犋圪卜，纳林的十犋牛塔，都是那个时期留下来的名。我对当年开垦的规模、方式、情景尤为关注，很想知道那时人们的真情实感。

龙口与河曲一河之隔，山西文化的传承在龙口几乎是覆盖式的，从外观看到的石窑洞等建筑风格、村落街道样式、婚丧嫁娶仪式、社火套路、民间服饰、民间饮食、行旅习俗，到心理素质、民间信仰、文化思维、教育观点几乎没有两样，即使有变化发展，也是大同小异。作为河曲的四区，1950年6月划归准格尔旗至今也近60年了，这么长的时间里，准格尔在这些方方面面的影响固然有之，但面对山西文化表现得很微弱很苍白。龙口山西后代把根留住的那份执着令我敬服。

早在公元1783年，清朝就规定，十里长滩以南垦区内，凡纠纷改由河曲县审理。这实际上就为马栅、长滩划归河曲打下了基础。公元1908年，准格尔旗大举放垦，由东至西分为仁义礼智信五段，其中的仁、义两段由河曲县代管，其时两段包括今天的马栅、长滩、魏家峁、海子塔、东西黑岱、窑沟等大片地区。此举为马栅、长滩划归河曲进一步创造了条件。公元1918年，长期由河曲代管的马栅长滩被划为河曲第四区，共辖44个自然村。

三

龙口拿个最恰当的词儿来形容：物华天宝。仅煤炭探明储量就近50亿吨。而且地质构造简单、埋藏浅、煤层厚、低瓦斯、易开采，多为优质的动力煤和化工煤。我们现在看到的大型开发项目，就有北方电力魏家峁煤电联营项目

2×660MW火电厂和年产1200万吨露天煤矿。还有开滦宏丰红树梁煤矿、皖北麻地梁煤矿、满世集团罐子沟煤矿、蒙南碓臼沟煤矿、云飞矿业串草圪旦煤矿等等，且多是现代化矿井规模。全镇投产和在建煤矿设计年生产能力1840万吨，2008年煤产量达280万吨，水泥产量达34万吨。黄河流经全镇72.5千米，装机容量108MW的万家寨水利枢纽和装机容量42MW的龙口水电站均已并网发电。龙口镇建设中国西部一流旅游重镇、内蒙古南部现代化工业重镇、鄂尔多斯市东部绿色生态重镇的发展目标已进入全面实施阶段，并取得突破性进展，一个亮丽、富庶、文明的龙口即将出现在鄂尔多斯高原上。

我忽然感到，龙口大体上还是那个原来的马栅和魏家峁，丰富的资源一直埋在这块地下。开发建设的大手笔，关键是遇上了改革开放的好政策好机遇。新中国成立以来，从榆树湾马栅到龙口有过许多能人，许增义也是能人，那些能人没"能"起来，唯独许增义、李大军们"能"起来了，归根到底是赶上了好年头好平台。一个人本事再大能力再强，大不过千载难逢的机遇和政策，强不过改革的浩荡东风。

龙口是准格尔旗最低点，沿河海拔高度仅有820米。但在这个全旗海拔最低的地方，我感到正在创造着一个事业发展的海拔高度。到那时，人们就像看待西部神山1584.6米的海拔高度一样来看待龙口，甚而超过那个高度许多。

龙口镇总面积594.5平方千米，差不多是河曲县总面积的一半。人口4.2万人，几乎是河曲县总人口的三分之一。总产值、财政收入和河曲一县相比也颇为惊人。龙口已经站在一个高度上，必将天天向上、年年向上。

来到龙口，不去龙口景点走一走看一看，就不会真切感受到龙口巨变。黄河犹如野马，从峡谷中汹涌而出，震耳欲聋，而至龙口水电站大坝，就变得驯服乖巧起来，平静如湖，深不见底。之下数里，又有太子、娘娘二滩，卧于黄河之中，让人耳目一亮，心旷神怡。我想起清代诗人曹春晓《娘娘太子滩》其中两句来：黄河迤逦渺无端，忽向中流露两滩。麦穗连云迷雁字，杨花坠雪冒鱼竿。若说诗人的诗是一幅画，那么龙口这幅画就是一首诗。画于诗中，诗于画中，那是多美的境界啊！

龙口是准格尔旗的一个镇，愿它能成为准格尔旗发展的一个龙头。有龙起舞，大戏好戏一定在后头。

马栅春来早

杜洪涛

马栅和榆树湾这些地名,其实在我过去的印象中就一直很出名,因此,一直向往着亲自去一去。这几年,虽然是去得多了,可也从来没有在那里住过夜,只是采风的时候来来往往地路过。如此说来,其实我对它们的理解和认识,仍然还是停留在遥远的孩童时代的记忆中。

小时候我家邻居的老家就在马栅、榆树湾一带,反正是经常见他们家的亲戚来,或者是他们探亲回来的时候,带着好多海红串串和各种杏干、果干等土特产,把我们馋得直流口水,一直站在人家门口不走。只知道那个地方是一个好地方,能产这么多好吃的。在物资匮乏的年代,不论什么水果,对我们来说也算是奢侈品了。

我当兵复员回来后,二哥他们单位每年夏天要去马栅榆树湾一带住很长时间做硅肺病检查,因为那里有硫黄厂和水泥厂,这种病的发病率很高,属于职业病。二哥每一次回来都给我们带回不少的水果和好多地方小吃,并一再给我们灌输,那地方怎么好怎么好。而恰好那段时间,媒体又报道马栅实验种植花生获得成功。从此,就更坚定了我对马栅这一地方的好感和向往。

马栅是以物产丰富和出产水果而出名的,这一地方地处鸡鸣三省,过去是走西口的水陆两路的必经之地,交通发达,商贾云集,民风淳朴,文化底蕴比较厚重,我们从一些残留下来的老街和老房子就不难看出。

在薛家湾举办的"梦萦·准格尔——钱浩波关凤鸣美术作品联展"上,我看到了凤鸣先生的不少作品是来自榆树湾的老房子和老街题材,这就更加激起了我想要了解马栅、榆树湾的好奇心。凤鸣先生告诉我,他的老家就在那里,因此,那里的山山水水和一草一木,他都熟悉。

在这次的杏花节上,我们采风队一行的几个人就是在凤鸣先生的带领下完成了马栅之行。一路上漫山遍野的山野杏花让我们拍了个够,每到一处停下来拍照,凤鸣先生总是适时地给我介绍一些当地特色,以及他儿时对这些地方的印象。

在一个叫沙坪梁的村子,我们被长在房前屋后,硕大无比,歪七扭八和造型奇特的沧桑老杏树吸引住了,赶忙停下车来如饥似渴地拍照,好像就怕这些在这里沉睡了几十年的老杏树跑了。凤鸣告诉我们:"我二姨就住在这个村子,村子里更好看,咱们进村子绕上一遭。"我们顺着一条乡村自然小道一路慢慢腾腾地走着,一路上凤鸣和同行的马栅媳妇儿艺馨给我们介绍各类水果树种。由于大部分还没有开花,我们只是走马观花地记下了各类树种的长相和形态,即使是这样,我们也欣喜若狂了好一阵子。

其实,你别看我写过准格尔的海红子,也唱过"海红子酸来海棠子甜,摇一摇树枝吃几天。"和"郭家梁的苹果陈家梁的梨,桩子梁的油枣不带皮。"说实话,我在这次的杏花节前从来就没有去过这些村子和见过这些树种。写文章的时候,全靠去过的朋友的述说和自己凭空想象捏造。当然,只有了解这片土地和这方水土,才能合理地进行文字创作。

沙坪梁这个地方到底有多少土特产?凤鸣告诉我:"每年的中秋前几天,我从这条路走一遭,车里的各种水果就满满的放不下了。"或许,从这句话中我们能对这里的土特产数量有一个大致的判断。在村子后面的公路旁，村里给村民建起一排类似农贸市场的房子，专门卖本村农民自己生产的土特产。我们特意进去看了看，里面的品种多得不可思议，都是原生态绿色产品。

前年，应准格尔朋友的邀请，我和一帮媒体人在大口村吃了杀猪菜，一进大口村就被它浓浓的乡村味道和景致所吸引。其间，我们还转了古色古香的小占社和鸡鸣三省景区，真没想到，在马栅这个地方竟然有如此美丽的乡村，这让我留恋不舍。心想，一定要找个时间再来看看，住上几天。然而，此后我又来过几次，但是都没有实现住的愿望。不过这样也好，留下一些遗憾的由头更好，使我不断有再去一次的想法。

马栅、榆树湾一带是鄂尔多斯海拔最低的地方，这个地方的春风往往比其他地方来得更早。那天我们去的时候，正是乡亲们在地里忙农活儿的时候。在小占社，我看到了乡亲们在浇地耧地的繁忙景象。在返回的路上，吴老师突然喊着停车。在一条公路旁下车后，吴老师直奔正在地里干活的一户农家抓起相机就拍照。不想这户人家竟然很配合我们拍照，还不失幽默地告诉我们："照哇！照哇！这几天很多人扛着照相机来拍照呢。"真是一个乐观豁达的幽默乡亲。这时凤鸣把车停好也过来了，这位乡亲和凤鸣打完招呼后又让狗和凤鸣打招呼，把我们一行人笑得合不住嘴。原来这位叫李川成的乡亲是凤鸣的表姐夫，这是他们开玩笑的方式。

我们在这边拍照聊天，小田和主人7岁的孙子在那边商量着吃饭问题。这里的民风一贯厚重、朴实、热情，就连一个7岁的小孩童，都懂得留下我们这些他并不认识的人吃饭，我想这与一代又一代的民风传承有很大关系。

又一次走马观花地告别了马栅、榆树湾，不过与前几次的"走马观花"不同，这一次我们是真的走马观花了，都是由杏花节作媒介。只是现在的马栅、榆树湾早已不是我记忆中的那个地理物质概念了，它们有了更大更多的外延和内涵了，它们现在有了一个共同的名字叫龙口镇，但依然保持着厚重的人文素养。

马栅，等到水果挂满枝头的时候，我们还来记录你硕果累累的风姿！

山河带砺准格尔

我是准格尔人

我不是理论上的准格尔人，可我对那里始终藏有感情；我不是生活在准格尔的人，可我总是和那里有缘分；我再三说我不是准格尔的人，可朋友问我为啥长了一张只有准格尔的男人才有的厚厚的宽嘴唇？

我不是准格尔的人，我的先人走西口从来没有路过沙圪堵和纳林，可朋友硬说我的方言比准格尔的方言还浓重；我不是准格尔人，可我会唱几句漫瀚调，"准格尔旗山架高，漫瀚调调实在好。单听我唱来不用你串，顶如你吃过千家饭。"

我不是准格尔的人，可朋友们说我比沙圪堵还纳林人。唉！我真的不是纳林沙圪堵人，可朋友们硬说我比碗托和荞面圪坨儿还地道。

我不是准格尔人，可我吃的一口准格尔味道的好饭；我不是准格尔人，可我是一个准格尔人文地理民俗的实践者和收获者；我不是准格尔人，可朋友们偏说："你就是准格尔人！"

于是，我这才想起我确实和准格尔人有过姻缘。第一次恋情的红娘就是漫瀚调，那是1982年准格尔举办的首届民歌演唱会，我作为伊克昭人民广播电台的记者自始至终录制了坐唱和演唱会的全部内容。也就是那一次我结识了前妻，虽然经过艰难的蹉跎岁月煎熬，我们结了又离，留下一段人世间的悲情，可毕竟是姻缘完了，分开比在一起好，不过我一直认为她不是地道的准格尔的姑娘。

我在打光棍儿的时候，别人给我介绍了一个准格尔的姑娘，大学毕业后她就在呼和浩特市就业了。见面那天我为了表示亲切就丝毫乡音不敢改，用生硬地方言问："家是准嘎（格）尔的？咱是老乡。"没想到这个离开准格尔才几天姑娘，先是白了我一眼，并用带有浓重的准格尔味道的普通话惊讶地问我："说的甚呀？你说普通话。"就这样我的准格尔方言没有与她接上轨，这让我很尴尬。后来我们走到了一起，日子过得幸福和美。

我不是准格尔的人，可我已经被朋友们深深地打上了准格尔的烙印，现在就差户口本和身份证的变更了。多年以来，多少网友亲亲们说："你不是准格尔人，为啥你写的文章好多都是准格尔的事？"我只好骄傲地告诉他们，那是因为我喜欢准格尔的人文地理历史，更喜欢那一方水土养育的憨厚的男人和精明能干、水灵灵的女人。

我知道"紧火捞饭慢火粥，迟早出不了准格尔的手"的道理，我和朋友们有约在先，想写一写、唱一唱准格尔的民俗民歌，可哈喇嗓子不称心。而你们一再用点击量鼓励我，"唱得不好不要怕，山曲儿越唱越胆大。"可我又怕"山曲儿越唱越亲近，唱开山曲儿没尺寸。"

我知道现在的我是"渔网下在瓮里头，不识眼色才张口"了，即使是"渔网下在回水弯，时辰不到（也得）拿工缠"了。写准格尔真是太难了，我深深地懂得"一疙瘩冰糖二两半，吃了冰糖个儿盘算"的分量了。不过我又有很强烈的自信心，那是因为在浩瀚的准格尔民歌中，记录下了千千万万的实打实的民间"诗经"，这是我取之不尽，用之不竭的源泉。

你听一听这"东方木来西方金，千金买不来真爱情。南方水来北方火，没有爱情哪有我？"一个东西南北就把爱情说得明明白白，直截了当。

"黄芥开花金点点，小妹妹长的一个花眼眼。"这是多么形象的比喻，可是"毛眼眼一眨嘴唇唇抿，拿人处就在那一圪拧。"这又是多么的急杵捣心啊！

再看看小妹妹的表现也稳重不在哪，"舀稀粥拿起铁匙啦，看的哥哥眼瓷啦。拨尽捻子熬干油，我催哥哥快点走"。生活中这种形象的故事比喻，把一对情人心急火燎的神情唱得淋漓尽致，要知道这不是文学家在写他们，而是他们自己在抒发感情。

"又踢毛毽儿又跳绳，小妹妹的脚板比手灵。"这就是男人眼里的准格尔妹妹。"妹妹走路哥哥赶，吓得人家出了一身汗。"这就是准格尔男人的风风火火。

"骑上骆驼砍白菜，闪闪忽忽我不心爱！"这是在怀疑对方的真心了。而恋人却拿命来在表白："小刀刀不快石磨上处，你说我心不好豁开肚"。

我不是准格尔人，但我知道"准格尔旗三道川，来时容易走时难"的愁绪。也深深地体会到："羊肉汤汤油炸糕，你眊亲亲错不了"的那种深情厚谊。到了朋友们的家，只要"盘住胳膝压住腿，叫一声结拜没高低"。这样你就可以尽情地拉话话、道古今，这就是准格尔的好人情。

我虽然不是准格尔的人，可我还是就像准格尔的民歌中唱到的那样："枣红骡骡小走走，如今先给你一个活口口。"咱慢慢地来，就像"枣木勾心杏木轴，耐克耐磨交到头"吧。到那个时候，我才敢斗胆说一声——我是准格尔人！

暖水情怀

王 琮

很喜欢一个人开着车到库布其边缘的公路旁,静静地看沙之海;也很喜欢在冬雪初至的日子,到城外的原野上,看白茫茫的雪中的世界。

小时候,曾在家乡的冬天看到一幅美丽的雪景:在一片白茫茫的视野中,一棵只剩三支像鹿角般枝杈的枯树,弓着背孤零零地立在空旷的雪原中。在树的不远处,一条由融雪裹挟着泥土、腐草化成的黑色细流弯弯曲曲地在白色的原野上流淌出一幅毕加索式的抽象画。这幅启蒙了我审美意识的、融中国水墨与西式印象的雪景画随着我年龄的增长而在记忆中越加清晰。

于是,我很喜欢在冬雪初至的日子,一个人到城外的原野上,静静地看白雪下的世界,找寻留在童年时期的那种美丽。可惜,一直到现在,那种能让心灵得到震撼的美丽再没有出现过。

然而,一个偶然的机会,我却看到了不一样的景致。那天,地上刚铺了一层薄薄的雪,省城的几位朋友约我去鄂尔多斯看冬天的暖水泉。

暖水泉和同处鄂尔多斯高原的响沙湾一样，从感观上颠覆着人们传统的认知。响沙湾在库布其沙漠北部，它以神奇的声音享誉国内外。人们在沙上滑行，沙下会发出"嗵嗵"如击磬般的声音，虽然国内外科学家各自做着互不相同甚至矛盾的解释，但至今没有一个令人信服的答案。

而暖水泉，却从另一方面刷新着人们的认知：无论冬夏，总有两股温泉从地底冒着热气涌出，尤其在冬天，大地被冰雪覆盖，放眼望去草木肃杀，然而在这温泉喷涌的地方，却是绿草茵茵。如果有眼福，还能看到一大朵艳丽的花绽放在塞外寒冷的冰雪世界中，真是奇异极了。

更奇特的是，东泉间或伴有小虾从泉眼里钻出，西泉的泉眼里间或钻出的却是小鱼。因此，即使看不到冰雪中的"雪莲花"，光是这鱼虾喷涌的景观，已使我们心驰神往了。

从暖水古镇出来，顺着乡间土路向北走二三里，一条冰冻的小河出现在眼前。之后的路就顺着小河的走势向前蜿蜒，路与河穿插交错，河冰越走越薄，甚至能看到冰下游动的小鱼。

我们的脚往冰上每踏一下，冰上就出现许多细小的裂纹，以脚为中心呈扇形向周围扩散开来，令我们这些外来者提心吊胆，但看看走在我们前面的暖水朋友那神态自若的表情，那种"如履薄冰"的担心才稍稍淡去。

自己正小心翼翼的时候，冰路已经走完，我们看到了流动的河水——在严寒的冬季没有凝结成固态冰，仍在以液态水形式流淌的河！在一座梁脚下，一股泛着少许热气的小水流从地下不紧不慢地流出，没有南方泉的水量大，也没有盆地泉的节奏急，基本看不到泉水争先恐后想冒出来形成的"喷"和"涌"的情景，但它常年如一，流淌不息。

在泉眼周围，形成一个约2米方圆的泉池，边缘已经结了冰，冰的颜色随着泉水在冰层下面涌动与离去，一会儿充盈如镜，一会儿又退如白纸。水流一盈一亏，永不停息！往里看，一丛绿草在泉水中摇曳着。

放眼望去，在雪掩大地、冰覆溪流的背景下，在四面全是白雪的映衬下，煞是显眼。虽然我没有找到听景时的红花，但在白雪皑皑的世界里，突兀出这一丛绿色来，已是造物主在突破理念中着色的定式了。

绿草丛下的泉水里，一条条半寸长的黑色脊背的小鱼在敏捷地游动着，时聚时散。一条小鱼游到泉眼旁，被泉水喷涌到水面上，眨眼间变成两条三条。

我正纳闷，一位当地的老乡笑着说："梁下的泉眼连着黄河哩！"我忙双手作勺，想捧起一条鱼来，却掬起一捧温水。喔，温温的，没有这个季节冰冷刺骨的寒，也不似保温瓶里的烫，就是一个暖了！原来，老祖宗创造出的这个"暖"字，竟是这样一个温度！

回途路经镇政府大院时，忽然看到许多村民站在大院里。一打听，原来是政府在集中向农民发放退耕还林还草生态移民补偿款。

我的心猛然震动：暖水河只是让它流淌过的地方草盛木绿、河床温暖，而国家的一个好政策，却能绿化几万里大地山川，温暖几亿人的心田。

我仿佛看到，祖国西部泛着黄色的光秃秃的山丘开始变绿，暴躁的沙尘暴在绿色的原野上慢慢消失……喔，我终于找寻到童年时期的那种美丽，那种能让心灵得到震撼的美丽！

|刘雅娜

布尔陶亥的深秋

在我眼里，布尔陶亥有着最浓最真最实在的深秋。

白色鸟巢一样的民宿小院外，小草地里落着橘色、棕色、褐色、灰色的秋叶，也堆积也分散。秋风一吹，民宿边上的老杨树飘下一片落叶，这片叶半绿半黄，绿中带点灰色，黄中带点棕色，叶子打着旋儿飞舞翩跹，打我头顶飘过去，又落在了那片小草地。打量着这座纯铝的可移动式建筑，一个念头生起，乡村的胸怀博大，容得下大地上的各种形式的存在。

民宿前的水坝里，一只白色的水鸟一动也不动。我盯了它很久，它细长的腿妥妥地站在水里，身体僵硬地支撑着长脖子，脖子直直的，尖嘴冲下，眼睛应该也没眨。天那么明净，空中的云映在水里，水里细小的波纹一层一层，水鸟的影子比它更有生气。我的精力好似用完了，准备起身走了。突然，水鸟的嘴迅速向水面冲了进去，一瞬间，捉到了一条鱼，滋溜一下吞到了肚里。捉鱼的那一刻，水鸟充满力量与生机，以它为中心的水面向外荡起一波又一波的涟漪。转瞬，它又一动不动，等待着下一个捕鱼的最佳时机。水鸟捕鱼是一件需要独立完成的事情，也许和别的鸟儿一起捕，便不知道水里的真相。

水坝边上曾在夏日里浓绿的苇叶已经没了颜色，稍远些坝梁上的树却绚烂着，闪烁着金黄。深秋，布尔陶亥的天更蓝些，云更高些，阳光更明媚些。阳光洒在树上，闪动的树叶谱出一支金色的歌。这支金色的歌是全苏木的合唱，杨树叶子黄了，柳树叶子黄了，连固沙的一丛一丛的沙柳也黄了。

秋风一阵紧过一阵，树叶儿们像成群的麻雀一样一起飞到空中，然后一起落下。路上都是落叶，又是一阵秋风，地上的落叶打着滚，像活泼可爱的小精灵。风减弱了，落叶靠在一起停了下来，我忍不住踩了上去。脚下的叶子碎了，身边的空气里一下子充满了秋天的味道。我与魏超在"疯子的菜园"边上，谈起城里的落叶都被环卫工人扫走了，可惜得很。他说，"落叶又不是垃圾，扫它干嘛。落叶应该交给秋风……"我收获了一句富有哲理的话。

"疯子的菜园"开始瘦身了，地里只剩下最后一点秋菜，今年的供菜季马上就要结束。自从"疯子的菜园"上了内蒙古电视台新闻联播，魏超他们一班人就更忙了，他们要把"疯子的菜园"拓展成"疯子的农场""疯子的牧场"。听了他们的计划，眼前的秋景顿时充满了希望，与春天的希望一样。

土地整合后的大片玉米地里联合收割机从南头开到北头，再从北头开到南头，在田地里画出了一条挨一条的直线，描绘出一幅既简单又浓烈的丰收图。收玉米的商人就在地头上等着，空旷的地方秋风会更冷些，商人胳膊抱在怀前，把黑色的大衣抱得紧紧的。村集体经济负责人穿着军绿大棉袄，没系扣子，与商人谈着玉米的成色、价格。一车又一车的玉米棒子过了秤，上了车，记录在本子上，合出的价格能把票子摞成厚厚的一摞。

秋天穿什么才对？风衣还是棉袄。穿什么样衣服只要穿的人自在就好。很多农户收秋结束后，农活儿就不多了。媳妇们收拾起干活儿的头巾、旧衣服，换上厚实漂亮的衣服到临时农贸市场赶集。集市上，主妇们买到什么不重要，重要的是聊天。聊今年地里的收成怎么样、聊老公挣了多少钱、聊猪肉价格还在涨、聊孩子又长高了一些、聊王爷府正在翻修、聊移民楼里供暖热乎得很。别看是有一句没一句的闲聊，话里话外都是较了劲的。旁边卖花棉裤的小贩抬头看了又看，心里一定在想，大姐们，不买棉裤能不能别挡在摊位前面。

新镇区又有一户正在装修小楼，两户一幢，一看就是过得殷实的人家。供暖后的屋子里温度高，装修工忙忙碌碌，应该是过年要用的。家，不仅仅是一个场所，房子因家而有了生命。这幢小楼是一个温暖的港湾，在人被社会的涛声陶冶的过分严肃后，放松精神的一个归处。来过布尔陶亥的人总说，布尔陶亥是个适合养老的地方，空气好，人少不吵不闹。其实，年轻人在这里有一个住处也很不错，在城里热闹腻了，就到这里享受一下田园风情，抒发一下乡土情怀。

苏木里的四季分明，春就是春，秋就是秋。季节的变化和岁月的交替实实在在感受得到。深秋里的一粒粮食、一丛枯草、一刻清静、一缕炊烟、一盏灯火都让人由衷地快乐。还有一种快乐需要在月圆的夜晚去感受。秋月洒下婆婆的月光，真实的世界有点像虚幻梦境。周国平在《人生哲思录》里说：每个人在做梦的时候都是一个天才艺术家，而艺术家也无非是一个善于做白日梦的人罢了。深秋的夜晚，在有点冷的月光中，将自己沉醉在心灵空间，好梦联翩。做一个有理想的人，灵魂便有了寄托。有人劝我，40岁还是一个理想主义者，太幼稚很可笑。但在秋月下，理想在梦中结了果，就像在真实的世界给自己了一个交代。

布尔陶亥的深秋，想写的太多，怎么书写都不及它万分之一的风韵。

遇见马兰花

我曾倔强地认为，自己见识过马兰花的美。但当我静下心来认真观察一片片、一丛丛马兰花时，才发现，自己的倔强是多么脆弱，多么不堪一击。放眼望去，尽是蓝莹莹的马兰花，这哪是花呀，分明是草原上千万只翩翩起舞的蓝精灵。细看，每个蓝精灵的羽翼都迎着太阳显出美丽的花纹。马兰花们瞬间明媚了我的眼眸，震颤了我的心。

晨光中，一群大绵羊领着小羊羔在马兰丛中撒了一大圈的欢。起先以为是见了我们几个陌生人有点害怕，要躲远点。过了一会儿才从同行人口中得知，早晨羊儿总是欢实的。到了日头高时，想让羊儿走几步也难。我问骑着摩托赶羊的老额吉，绵羊爱吃马兰吗？66岁的老额吉说，这段时间不怎么吃马兰，因为别的草还嫩呢。等到秋后，草原上大多数草都枯黄了，羊呀、牛呀才开始吃马兰了。

回过头，羊群已经穿过成片的马兰，走到了银白色的针草丛。大绵羊还没有剪毛，体形圆润，晨光为它们披上了金色的衣裳。小羊羔一会儿学着羊妈妈的样子吃几口草，一会儿跪在羊妈妈肚子下吃奶。近处是马兰，稍远些是针草中的羊群，再远些是刚跳出大地怀抱的太阳，整片草场甚是灵动。

蹲着看马兰，腿一会儿就酸了，干脆坐到了撒满羊粪蛋的草地上。微微的风拂过发梢，也拂过马兰。有几朵正盛开着，有几朵已经卷了边要谢的样子。看着马兰花，让人浮想联翩。它绽放时，似朵活泼的浪花，在碧绿的草原上跳跃；似一片坚定的小舟，在波光掩映中畅游；似一只娇弱的蝴蝶，在不知疲倦地飞舞；似一只轻柔衣袖，在花香飘溢中舞动；似一抹前世多情的眼神，在今世又一次对视。

思绪扩散，扩散……

在历史的长河中，马兰是有一席之地的，它很早就进入人们的视野，在《孔子家语》《离骚》《本草纲目》中都有对马兰的记述。而且马兰的分布也很广，我国西部、中部、东部、北部及东北部，甚至朝鲜、日本、俄罗斯等国家也有它的身影。马兰花呀草原儿女的故乡花，也不论它在多远的地方出现，见到它就会想起房前屋后、草场山坡、道旁路边的蓝色花花，也许正因有了马兰，才解了游子的缕缕思乡之情。

马兰是可以种植的。马兰种子像个小球，表层有一层像蜡一样的物质，颜色是棕褐色的。种植后浇水最好，无水也行，非常抗旱。只要出了苗，第一年就会分蘖，会有十到十五个小枝杈，第二年就能成墩成丛，第三年就会开出蓝花（马兰花还有蓝紫色、白色、黄色、雪青色等等）了。从此，这块土地上的马兰年年春天都会开放。马兰为什么耐旱，也许是因为它根扎得深吧，有人把多年的马兰根挖出来制作刷子呢。其实马兰全身都是宝，花、种子、根都能入药，花晒干服用可利尿通便，种子和根可以退烧、解毒、驱虫。也许正是因为马兰的诸多优点，加之马兰花在鄂尔多斯各个旗区均展示风采，马兰花才成为了鄂尔多斯市的市花吧。

市花应该赋予一定的精神内涵吧，是因顽强生命力而来的拼搏精神？还是因极强适应力而来的扎根精神？而我个人更愿意依它的别名"祝英台花"来看它。马兰花应该是个美丽的姑娘，为了爱情一直坚守的姑娘，今生未了的缘下辈子也要接续的姑娘。马兰花让我想起一位鄂尔多斯姑娘,她生在准格尔,人们叫她妖精太太。她的本名人们已经不去深究了。她的爱情之路充满了惆怅,她勇敢地去追求真爱,哪怕最后以悲剧收场。与鄂尔多斯相邻的陕北有一首民歌《兰花花》,歌里唱的那位姑娘虽然最终没有与心爱的情哥哥走在一起,但那份忠贞不渝被传唱了很久。我不由得哼唱起来:青线线那个蓝线线,蓝个莹莹的彩,生下一个蓝花花,实实的爱死个人……我见到我的情哥哥,有说不完的话,咱们两人死活哟,长在一搭。咱们两人死活哟,长在一搭。如果兰花花与妖精太太化作马兰,它们就可以与情哥哥相守永生永世。

  我轻轻采了一朵,又采了一朵,应该没被草原发现吧。即使发现了,草原的胸怀宽广,应该会宽容我这个"采花贼"吧。手中的花记录了我这次切切实实的遇见。

  到草原吧,与马兰花相遇,绝对不负遇见。

两株海红树

眼缘，一看到它俩便喜欢上了。

两株海红树就在房舍旁边。这户人家的外墙很干净，大门很干净，院子很干净，屋子里很安静。

我真想与两株多年生海红树的主人商量，把它们买下来。也许树的主人会应允，我会时不时地来看它们。春天花开满树香味四溢时，准备好透明的水晶瓶，将花香贮好。待到秋色漫天硕果压枝时，再把果香收集好。说不准两种味道混合后，世上便多了一份独一无二的香。将此香浮于发梢，周遭定会有无数彩蝶飞舞。也许树的主人不会将树卖给我，但我会向他讨些海红果，将海红果酿成酒，约几位知心好友，在星星多的像闯入珠宝店的晚上，共饮海红酒的同时吟几句不押韵的诗。

两株海红树旁是一截残破的土墙，墙角的木板历经过多少风雨？裂纹一条深一条浅，吸食着秋天空气中的点点尘、丝丝水，阳光充足或缺乏与它都没什么关系。倒是两株海红树上的叶子极其关注周围的空气是否清爽、水分是否充盈。蓝天中只浮一层薄薄的云时,叶子随着透过云的光粼粼闪动,海红果的某个侧面,借着光显得魅影绰绰。

将自己的呼吸与海红果的呼吸调成同步,一种自得倾泻而来。于是吻一颗海红果,踮起脚尖吻另一颗更高一些的海红果。吻下去,海红果羞答答地为自己蒙上了一层薄纱,那种娇羞太惹人爱了。平凡又普通的果子在娇羞的瞬间,成为一件珍宝,值得捧在手中好好珍惜。

看一会儿海红树,再看一会儿。它们会不会是两个小妖?拖曳着缀满红宝石的浓绿长裙,和着或弱或更弱的秋风,发出时断时续的曲调。这两个小妖富于野趣,不讲规矩,随性地藏于人间。有人告诉我,这两棵树上的海红果会一直挂着。等到树叶落尽、冬雪寒风后依然挂着,那时海红果会像老妪,浑身褶皱,失去了少女时充满胶原蛋白的样子,落在地上,连觅食的鸡都不吃。我不由得为这两小妖施的魔法赞叹,它俩是化无用为大用,让自己的果实安然地处于苏木的小角落。

学一学海红树的安然,在匆忙前进的时间长河中,偷偷地靠一靠岸。在休憩时,拢一束发丝高高盘起,袭一身长裙,倚着树枝做个"无用"的人。也可在树下抚琴、画画、读书,喝不求解渴的茶,吃不求饱腹的餐,看树、听风、闻香、冥想,让灵魂清清亮亮……

人与人之间需要交流,这两株海红树呢?它们会不会与远方的亲人交换信息,抑或它们只是相互依偎,享受隐于世的平凡与清静。曾经时间过得慢,一份想念、一声叮咛靠信件传递需要很长时间。如今时间过得急,那份对信件的期盼没有了,连等待的耐心也不多了。消息新闻汹涌而来,人们生活在互联网的重重包围之下,很多知识不用去牢记只需要去检索,常常忧患,觉得自己还不如初生时聪明了。智力能洞察世界,我不希望自己的双手忙于意义不大的事情,将智力消耗殆尽。

两株海红树应该会读风、读雨、读阴、读晴、读昼、读夜,它们不会有稀奇古怪的论调和无法实施的计划,它们的智慧在风雨、阴晴、昼夜中粲然发光。我也应该多读点书了，不然，反躬自问时会脸红的。在清晨、深夜与书本多交谈，寻找一个好字、一个好词、一句好诗、一篇好文，从古典到现代、从文学到哲学、从经典到通俗，读好书，让头脑得到丰盈。

两株海红树在秋风中发出沙沙的细语，那些细语清晰可辨，如大自然书页翻开后的一行行有声的文字，这书应该是一部精美的作品。而我无从得知到底是什么内容，但听着这些沙沙声，便心满意足了。

今秋，这两株海红树用不同于桃红、枣红、榴红、橘红的红色写着令人愉快的邀请书。尝一口微涩的海红果，感受它一直以来的纯真和简单。总听见有嗡嗡的声音，环视，没找见任何飞虫。但它一定就在周围，一个我看不着的地方。它在唱颂歌？宣扬海红果的与世无争与平静，宣扬海红果经历过冰冻洗礼后果味奇特，多了些喜爱它的食客。

"啾，啾，啾……"小鸟忽扇着翅膀，飞过海红树梢飞到不远的小路那边去了。不远处的小路上走过去了几个人，路旁的草地边还有一只无所事事溜达着的猫，头也不回地走过去了。

没人留意这两株海红树，你们没有收到它们的邀请信吗？难道绿肥红瘦的景致你们不喜欢吗？

请为这两株海红树停留一下，就一小下。

山河带砺准格尔

相似的村庄,不一样的尔圪壕

在鄂尔多斯高原东端,一个北、东、南三面被黄河环抱的地方叫准格尔旗。在准格尔旗的西北部,有一个苏木北边是沙漠,南边是山梁,这个苏木叫布尔陶亥。苏木里有一个浑然天成的"世内桃源"(世外桃源只存在于理想中),蓝天、白云、绿树、青草;羊肥、猪壮、鱼跃、犬吠;朗月、繁星、鸟叫、蛙鸣,这个世内桃源叫尔圪壕。

尔圪壕是蒙古语,意为"喷涌的泉"。我专门找过那眼冬天也不结冰的泉。泉眼在王五子家前面那道沟里,从坡上顺着小土道走下去,踩着嫩嫩的小野草过去,便能看到青玉般的泉水汩汩流淌,那泉水年复一年滋养着这片土地。

一个地方有水就有灵气。曾经这些泉水随意地流着,20世纪末,这里修了80多座坝,那些泉水慢慢地汇集起来,坝里水满满的。如今放眼看去,那些一个连一个的水坝像一块块翠玉镶嵌在这块土地上。坝里的野生鱼时不时地跃出水面,在水面上增添了一层又一层的涟漪。这里的鱼我们称之为"四尔鱼",来这里的游客总是很好奇这个名字。憨厚的老乡伸出一个手掌，说一个"尔"（鄂尔多斯的"尔"，准格尔旗的"尔"，布尔陶亥的"尔"，尔圪壕的"尔"），收一个手指。手指是从食指开始依次往手心里收，说完四个"尔"，四个手指收回，大拇指高高竖起，老乡眼角的笑纹荡漾着满满的自豪。游客们被老乡感染着，也高高竖起大拇指，笑声与笑声相连，空气中全是小确幸的味道。

得益于这里的水，合作社"疯子菜园"里的各种蔬菜长势不错。菜地里施的是农家肥，防虫用的是生物手段，没有一丝化肥或杀虫剂的影子。地里的菜喝的是活泉水，呼吸的是蓝天白云下纯净的空气，这样的菜看着就惹人爱。起初只有准格尔旗薛家湾的百户居民享受到"疯子菜园"的高品质蔬菜。隔年见田合作社新购冷链车，物流的问题一解决，东胜、康巴什的居民也能享受到这样的蔬菜。

见田合作社的社员们皮肤晒得黝黑，衣领周围经常出现汗渍，鞋子上常沾着土粒。他们看向地里的菜时，眼里那种光像父母看着孩子一样。他们不擅长表达，但行动比语言更有力量。他们是爱这片土地的，是爱这土地里长出的棵棵绿苗的。想起了艾青的那句脍炙人口的诗句，"为什么我的眼里常含泪水，因为我对这片土地爱得深沉"。这里的人们对这块土地的爱同样深沉。因为这份爱，他们劳作的形象瞬间高大起来。

"疯子菜园"在嘎查游客中心对面，"疯子菜园"和游客中心之间隔着一条水泥路，这条路呈东西走向贯穿嘎查。水泥路边上是美化带，绿色上点缀着各色小花，美化带边上是骑行道，红色的骑行道总是默默地欢迎着那些向往田园来到自然间的骑行者。骑行道边上不远不近立着太阳能路灯，每晚用那团光守护着夜行的人。如果有可能，夜里我们真应该从空中看看这条路，那一个个路灯一定像润泽的珍珠发着光亮。

开车走在这条路上，把车窗降下来，车内充盈着美好的空气，忍不住放慢速度。路边那么干净，没有乱七八糟的垃圾，田地边上也收拾得干净，没有破碎的地膜或别的瓶瓶罐罐。路边的农户更是一户比一户漂亮，虽然都是红砖青砖相间，但每家每户的设计都不一样。房前房后被那些勤劳能干的媳妇收拾得利索好看。那天，尔圪壕嘎查卫生评比小组到了郝凤英家，屋里屋外、院里院外仔细检查了一遍，评比小组在记录单上又打了高分。郝凤英总能用卫生积分换到日常用品，她和周围的那些媳妇经常聊天，你家美了，我家美了，嘎查就美了。一句简单的话，把深藏于骨头里的纯朴显现无遗。

我总觉得自己与村庄的联系比表面所知的更紧密些，在乡村的日子心里总是自在得很。爷爷在世时，他和村里住的那些老人们一样，几乎一辈子都在那块土地上生活，人们彼此熟悉，甚至当时村里住的七位老人一共有几颗牙都是知道的。回纳林老家，喜欢那种亲切与熟悉。现在的尔圪壕嘎查与纳林老家的村庄是有区别的，这里有了更多现代化的色彩，但乡土中国的本色一直在。大家都没有什么锁门的习惯，不锁门也不会丢东西。我常到老乡家里，如果人不在，你大可与户主打个电话，然后自在地到客厅里等着。

我特别喜欢村庄里这种熟人社会状态下的生活。

"谁呀？"

"我。"

简单的一问一答，不用更多的言语。那种熟悉与信任早已在日复一日共同生活中建立。虽然邻里邻居也会有个小矛盾，只要嘎查里年长的人出来调停调停便好了。

人们总说，布尔陶亥是一个农牧业乡镇，尔圪壕当然也是。当现代人追求体验田园生活时，尔圪壕的乡村旅游随之而生。嘎查里那些做惯了农活的老乡，有的开起了农家乐做起了厨师，有的把庭院修整一番做起了民宿老板，有的买来新车搞运输，有的售卖农副产品当起了商人，平静的村庄里也有热腾腾经济脉动。

时不时来的游客，找寻的应该不是那种人文景点能给的感觉，也许他们更多的是想远离喧嚣、放空心境。

我喜欢嘎查里那三幢特色民宿，尤其是晚上。周围安静极了，仰视天幕，星星在闪动，感觉可以与它们对话。用心听，星星们用低语回应。内心与宇宙是相通的，有那么一刻，内心突然丰富起来，仿佛打开了精神世界的宝藏。

总是给周围的人推荐这几间房子，告诉他们在城里热闹完之后，来尔圪壕感受一下安静，在动与静之间找一个合适的比例或节奏，寻到一种平衡。

民宿的灯亮起，在黑缎子般的夜色中特别炫彩，是一幅别致的画。想象一下，你在这儿或看书或聊天或饮茶或静思，远远地看过来，你就是那散发独特魅力的画中人，多惬意的一件事情。

尔圪壕嘎查也不是一直以来就这么美好。曾经这里因为离库布其沙漠近，老乡们栽过多年沙柳来治沙。曾经这里的房屋也没有这么靓丽，大多房屋是素土夯实后做墙，木质的檩、梁、椽做屋顶，门窗多是木质，窗的上半部分糊白麻纸，过年过节会贴窗花。窗的下半部分安装几块玻璃，增加屋里的光线。屋里会盘一面火炕，一家老少都是在这面炕上休息睡觉。

嘎查里现在还保留着一处这样的院子，就在铁路桥下不远的地方，大家给这座院子起名叫"一号院"。村民满金喜就在这个院子里出生，他总是说这座院子年岁已高。苏木里专门请人修缮过院子，还保留着原来的风貌。院里的水井、灶台都保留着，曾经的农具也摆放整齐。屋内专门收集了过去家家户户都会用的红躺柜、缝纫机，水瓮呀铜瓢呀都有。看过这个院子，再看看老乡现在居住的房舍，生活的变化不言而喻。

从一号院往北走个五六里路，就会看到一大块草场。平时这块两千亩的草场上只散落着几座白色的蒙古包，到了准格尔旗举办那达慕大会时，这里就会变得热闹非凡。高大的看台上聚满了参加那达慕的人们。人们身着节日盛装，满心欢喜地看着射箭、骑马、摔跤比赛和富于地方特色的文艺演出。那达慕大会那几天，人们熙熙攘攘，其中很多是外地来的游客。到处是蒙古包或大大小小的帐篷，临时开辟的停车场里停满了车，仿佛一夜之间草场上长出了一座小城。那达慕闭幕后，那些人、车、蒙古包和帐篷又在一夜之间消失，小城不见了。

那几天，那达慕会场的炖羊肉卖得不错，尔圪壕嘎查那些农家乐的烤羊也卖得挺好。说到烤羊，便要多说几句。这里的烤羊一定要烤绵羊，现杀现烤。一整只羊穿在铁支子上，支到自制的烤架上，将秘制的调味料调成汤汁，用针管注入肉内，然后用木炭烤四个小时，直到烤羊表面呈现出金黄色。此时，羊肉的香味还没有彻底出来，当客人们到齐后，烤肉师傅当着众人的面将烤羊划成细条，顿时烤肉的香味弥漫四周。

我喜欢在露天的小院里吃烤羊，大家围成一圈，都是一手拿小刀一手拿夹子，割一小块肉送到嘴里，吃相不需要斯文。有的人喜欢蘸点大葱呀、酱呀这样的佐料，我更喜欢不蘸佐料，满嘴的羊肉本香，总能吃得很饱。

有一次，遇到一位游客，一看就是游遍祖国大好河山的主。他说，各地对羊肉的喜好差别很大。就内蒙古而言，在鄂尔多斯的跑坡山羊很受青睐，来了客人炖个山羊肉就是好招待。但到了呼和浩特往北些的四子王旗，人们是不爱吃山羊肉的，那里的焖羊肉是用绵羊肉做的。关于羊肉有一点是统一的，涮羊肉一定要用嫩嫩的绵羊肉，北方南方都一样。他还说，南方人吃红烧羊肉，肉很瘦还带皮。带皮？咱们可舍不得，杀羊一定要去皮。皮子可以做皮衣，怎么能吃掉呢？

其实，在尔圪壕嘎查不仅能吃到烤羊，还能吃到很多地道的农家饭菜。因为厨师是当地老乡，做出的饭菜总有一种家的味道。

吃了几年这块土地上的饭，喝了几年这块土地上的水，恍惚间觉得自己成了这块土地上的乡民。看得到大家心底蕴含的厚道，看得到返乡创业青年的热情，看得到支书带领着党员的忙碌，看得到包村干部带来的新思想。感受得到这块土地抓住乡村振兴的机遇一天天变化着，感受得到这块土地上人们的幸福一天天增长着。

我到过很多村庄，它们看起来很相似，但来到尔圪壕细细感受过后，发现它与其他村庄真的不一样。

杏　韵

|王桂萍

　　困于一地太久了，孤独竟成了常态。风不能进来，光也不能过去，在全世界都开始逐步否定你的那一刻，心被深深地刺痛了。失落、凄凉倒尽，悲怆到极点，当四十五岁这一道分水岭就这么猝不及防来的时候，差一点自己就给自己打一个差号。晨里，读五四，担当、理想、奋斗的青年时代即将如杏花般开罢。然桃花、杏花、桂花、雪花、烟花本就是谢了败、败了落、落了罢、罢了散，无奈的安然。

　　出去走走，对于那一场花事期待许久。舒展开僵硬的双腿，踏上松软的土地，过滤掉所有嘈杂，给眼睛安上滤镜，暂且将心格式化，跳一曲春天的芭蕾吧。

　　赶上准格尔的杏花季，漫山遍野的杏花，将准格尔的山头装饰的摇曳多姿。我在粉白的杏树下舞动，花朵落于我头发间，同事笑谈，要有桃花运了。突然一词闪于脑际："杏韵"，便当是"幸运"吧。于桃花这样运气，并不期盼，如果说爱情曾经是我全部的理想，终为昨夜之梦，那些来了的走了的突然全都入梦来，荒唐而纠结，曾总想紧紧抓住些什么，他们如沙般攥得越紧漏得越快，最终两手空空。如今，又想攥住些什么，可手再也没那么紧了，一张一合，走便走，来便来，总有一些会如影随形。

一路带着"杏韵"，愿幸运相随吧，目前急需一杯杏韵酒换安定。拿起手机，对着花朵，拍下它的绝美容颜，丝白的花瓣，粉红的花蕊，多一分则太白，少一分则太赤，就那么恰到好处。有两朵未开的花蕾，红红的，紧包着，如我。总比别人灿烂得慢一些，困难一些。也许这一生都等不来自己的花季吧。那大片开着的花，被夹到吊坠里，印到丝巾上，开在扇面中，聪明的准格尔人将这自然美景带入文创作品中，留住了美，留住了好时光。

酿一壶杏花酒吧，且饮半壶老酒，一盏新茶，我们也来一席雅谈半宿醉话，道尽心中所想，吐出梦中所思，待明月升起，便全都忘了。可惜没有杏花酒，只有高原杏仁露，香甜可口，或许有你在，喝它也如品酒吧，只看着你微笑便醉了。

尝了一包杏干，嗯，酸甜的，虽是干瘪皱巴，却也如此美味。这杏啊，你美过了便是香，香过了还有甜，真是准格尔的宝，谁承想，你让这沟壑不平之地，竟美到四方皆知，富到名扬千里。

看罢杏花已是晌午，准格尔的驴肉碗托如何都不能错过。破旧的粗瓷大碗，盛满乡间味道，马栅麻花竟能与这山西的碗托完美融合，成了一道难得的美味。多像宽厚的蒙古人，当年敞开怀抱接纳了从山西、陕西讨生活的人们，于是便有了这准格尔的八大碗和那一道道混合的美食，谁承想当初这片贫瘠的土地愣被世代的蒙汉人民打造得富甲一方。

我也曾将这样的富裕理解成暴富，到处充斥庸俗。然而一处博雅院却让我感到自己的狭隘。除去它雕梁画栋，青砖灰瓦的外形外，一幅幅笔墨丹青让人完全忘记了这里只是准格尔旗的一个小镇，我深吸一口，好香的墨味，突感自己置身于南方的某一画斋。周老师摊开笔袋，调起了颜色。于是，四尺柔宣上勾勒出一方桃源，牵牛的牧童在无尽的留白处驻足望着满树的杏花，花瓣片片，隐约的新绿让春色即来。那边宋画家一把桃花扇新鲜出炉了,只几朵完全可以与周老师开满南山的杏花媲美,雅到极致。本想求了来,可让友玉荣先一步要去了,稍许遗憾,但也释然,万事顺其自然,是你的终归会来,不是你的到底会走,得之淡然,失之安然。

次日,沿着蜿蜒山路,竟看到一条九曲的绿河,我想,黄河最美的地方就是这里了吧。黄河大峡谷,五年前来过一次,那时同行的人都以为是彼此的三两知己,然成年后的友谊脆弱得如同水中的月亮,只一个小石子便碎了。这一行,当年的友人仅仅还有一位,还不是相邀而是偶遇的。可黄河还是黄河,依旧静静地向东流淌,那些巍峨的山脉守护着它不离不弃。

大峡谷河畔的崔家寨依旧游人不绝。五年前,海红果熟了,一串串的红果害得人口水直流。一行几个友人,在这个古老的院子里,谈着人生几何,醉酒当歌。全然不知这院子因何而在,为何而存?那时候毕竟还年少,只会强说愁,只以为,这一行人会相知一辈子。可如今,有的早已不相往来,有的偶尔发条微信,但早已是分头而行了。那年,杏树上只剩叶子,如今,杏花又开了,崔家院子更显得生机勃勃。油坊、酒坊、碾坊、铁匠铺、木匠坊、婚庆坊、兵寨,完好地存在着,好似崔家后人还在这片世外桃源勤劳地劳作着,简单地幸福着。

突然想起崔护的诗作来。

题都城南庄

去年今日此门中,人面桃花相映红。

人面不知何处去,桃花依旧笑春风。

崔家寨也会有这么一段遗憾的浪漫在吧,要不这朵朵杏花为谁开?曾也会有一个闲游的士子,云游至此,崔家二八女推开柴门,美丽的脸庞和杏花互相映衬,温润甜美。士子终归离去,只留下站在石阶上眺望的姑娘,日复一日的盼望心上人儿出现,然那人却如这落地花瓣,腐烂于泥土,消失不见。谁的爱情不是如此呢?就那么不经意的错过,便成了一生的过错,只待来生,再觅得画眉深浅入时无的爱情吧!

　　随行的张老师给我们讲了一个崔家借粮的故事。一伙村民来借粮,崔老爷让吃炒豆子,吃豆子时搓了皮吃的,崔老爷颗粒不借,带皮吃的才借给粮食。一米一粟来之不易,不懂得珍惜的人不值得帮衬。崔家人是怎样在这个偏僻之地,用了多少辛苦和智慧才把这里建设成为一个丰衣足食、安居乐业的美丽家园的?他们留给后人不仅仅是这样一处观景地,更是一种精神,勤劳智慧的精神。

　　该返程了,多么不舍啊!好想在临近河边的酒店住上几天,再亲亲这熟悉的黄河水,闻闻这暖暖的太阳味,与杏花为伴,远眺对岸的山西,吟一首"杏韵"之诗。多少个瞬间,只能挥挥手抹去不绝如缕的眷恋,人生总有那么多不舍但却不得不舍。

　　归去的路途中,准格尔的杏花、美食、黄河、崔家寨的坛坛罐罐如快闪一般在脑子里回放,来时的阴霾早已丢在路上,拾回的是曾经的激情和自信。虽说回去又将说着言不由衷的话,面对一件件不随意的事,但春天来了,杏花开了,我有"杏韵"相随,那些事还叫事么?

美丽乡村让准格尔人自信升级

作为土生土长的准格尔人，我深深爱着这片土地，可遗憾的是那么多美丽的地方只闻其名未睹其貌。前些日子，我参加了非党少数民族干部培训班的学习，旗里安排了经济、文化、政策、发展等领域的本土大咖为我们科普了大美准格尔到底有多美。从来没有这样认真全面系统的了解过我们的美丽乡村，五天的学习，让我这个准格尔人自信升级。

这里是煤炭大旗，曾经我们因为煤炭而自信无比。"用准格尔绿色煤炭，还世界碧水蓝天"这是每个准格尔人都熟悉的广告语。煤炭市场的火爆让准格尔迅速富裕，钱包鼓起来的准格尔人一度骄傲自信。三十年河东三十年河西，随着煤炭市场的遇冷，准格尔人的钱袋子也紧张了起来，过去的自信劲儿也找寻不见。可东方不亮西方亮，智慧的准格尔人抢抓机遇，适时转型，在乡村旅游的持续升温中找到了新的自信。

说起准格尔的美丽乡村，我们随便一掰指头就能数出一长串。巴润哈岱、阿岱沟、尔圪壕、小占村、五家尧……没有打广告，来来往往的人群就是活广告。据说国庆节尔圪壕的农家乐每户单日接待量突破100人次，意味着一个有5张桌子的小店午间时刻吃顿饭是需要排队等候的。黄河岸边的村子生意更是火得不得了，人们在欣赏新农村建设美景的同时品尝手指鱼美味，玩赏一条龙让游客们乐不思归。但是当前的旅游业竞争也是相当激烈，想要一枝独秀，我们必须走准格尔特色之路。五天的学习，让我对准格尔的发展信心满满，也看到了旗委、旗政府是怎么在这条特色之路上行进。

走准格尔特色发展之路，美丽乡村今非昔比。一张张图片，一篇篇报道，鲜活的例子，让我们感同身受。如果不是听了本土著名女作家韩淑华的讲座，我至今不知"莲花汕"。如果不是看了鄂尔多斯日报大才女张晓艳的《长河抱玉杜家峁》，我至今不知准格尔段的黄河臂弯里有此美丽小村。如果不是下乡采风，我也不知半年的时间，老家十里长滩竟玩起了大换脸。儿时的凉亭依然在，只是娇颜改，成熟大气更加惹人爱。村口的步行一条街新建的古朴之风仿佛让我回到了商业繁荣的若干年前。幸福互助院热火朝天的建设场面，让村里的老人们翘首企盼。

走准格尔特色发展之路，美丽乡村商机无限。发展乡村旅游业，准格尔迎来了最好的时代。通过美丽乡村工程的大力推进，准格尔农村硬件条件的全部升级换代。全旗9个乡镇、4个街道办事处，因地制宜，特色发展，遵循当地民情风貌，都推出了不同的发展规划。十二连城五家尧的绿色旅游，采摘农家乐已经形成一定规模。油松王景区、准格尔召庙景区、包子塔景区一长串重点景区相继改扩建迎客，服务业势必发展动力强劲。

走准格尔特色发展之路，美丽乡村传说动人。好的旅游总有一个美丽的传说让来过的游客难忘，让未来的游客向往。准格尔旗不缺故事，我们只是缺讲故事的人，那么多神奇的传说等着我们去挖掘、去渲染、去传播。布尔陶亥的王爷府就有很多的故事值得我们去挖掘，且不讲当年蒙古王爷是如何开拓疆域建功立业，单就和四奶奶的爱恨情仇就值得我们好好书写，爱情的主题放在任何时代都不落伍。准格尔黄河大峡谷，神奇妙曼、人杰地灵，漫瀚调唱起，动人的故事讲起，任凭哪一段，都会让人流连忘返。现在想来，如果我们有王建中老师对准格尔旗百分之一的热情，我们的一山一水就都会充满故事。讲好准格尔的故事，我们人人有责，从我做起，讲好家乡新故事，做个自信准格尔人！

我的厨神妈妈

民以食为天，天大地大吃最大。对，今天想聊美食，顺便聊聊美女，主人公就是超级厨神——我的妈妈。尽管在三八妇女节这个大家统统喊着要减肥的日子聊吃，属实有点残忍，但我依然不能不说说厨神妈妈这个事儿。三八妇女节这一天，各行各业的杰出女性都能赢得丰富多样、各具特色的奖品奖杯，可是劳碌辛苦一辈子，365天默默奉献一日三餐的母亲，又有谁来颁奖？颁奖倒是其次，关键是那么多曾经吃过的美食怎能只留在我的脑海中？独乐乐不如众乐乐，在准格尔旗这个美食频出的地方，怎么能让那些原汁原味的本土美食只出现在我家的饭桌上，一定要与全旗人民共享才好。

妈妈的做饭神技是从嫁到十里长滩后，才开挂一般达到炉火纯青。话说年方二十的妈妈，在改革开放初期的20世纪80年代，远嫁他乡，从此告别了饥不果腹的日子。一直以为妈妈的厨艺无师自通，后来才知道我的爷爷是妈妈的厨艺老师。在村里，过去谁家有个红白事宴，盘盘碗碗是乡里乡亲的借，凉菜热菜是村里做饭好手艺的来帮,而我爷爷就是那个做饭好手艺的人。据妈妈说,八碟八碗的席她是在婆家过年时,第一次见我爷爷做,当时她就惊呆了,下定决心要都学会,亲手给自己的孩子都做出来。而她说到做到,并继承了爷爷的衣钵,也成了长滩街做饭手艺好的人。

人常说,按部就班做出来叫完成,匠心独运做出来叫创新。妈妈是个喜欢超越的人,从爷爷那里学来好手艺,她并没有满足于此,常常自创新菜,同样的食材总能做出不一样的味道。十里长滩因临着马栅河曲,饮食方面较为精细也颇为讲究,妈妈在长滩这个地方历练了十年,厨艺精进,于1990年随我的爸爸携带两女一子举家搬迁至大开发大建设的薛家湾。那天起,妈妈的厨艺再次征服了南来北往投身准格尔建设的食客。

那时单职工的爸爸负担着五口人的生计,三个孩子在准煤职工子弟学校上学,掏着超出想象的学费,无奈之下,妈妈决定用自己的手艺分担爸爸养家的负担。说干就干,妈妈把临街的自住平房改造成了饭店,拥有两个雅间一个大厅的民居式饭店就此诞生。那时,薛家湾的经济已经迅速发展,外来人口居多,见多识广的外地人点的菜真是五花八门,别说是见一见了,妈妈听都没听过,她那农村宴席上的菜品好多都被淘汰了。妈妈只好现学现卖,据说好多菜都是顾客点拨之后才走上正轨。据说有一天有个人点了个"雪盖火山",妈妈不好意思问,自己就在厨房琢磨,灵机一动西红柿撒白糖还歪打正着。可是哪能次次这么好运气,一次一位顾客点了京酱肉丝,妈妈绞尽脑汁,用干黄酱把姜丝、胡萝卜和肉丝炒在一起,战战兢兢端出去,果然,顾客哈哈大笑,看着朴实憨厚的妈妈竟没有为难。过了多少年,那时的囧样,妈妈说她依然没忘。那个饭店让妈妈扬名的关键一道菜,就是本地炖羊肉,说细点其实是干嘣羊肉。日销量不知道是多少,妈妈后来练就一种技术,剁羊肉一刀准,肉块匀称,一刀下去筋肉齐断,炖熟后,一碗一斤,半两不少。作为准格尔旗最早的现代化小区,乌兰小区承载了太多人的记忆,而去过乌兰小区的人,竟无人不知我妈的炖羊肉,至今聊起,依然赞不绝口。

随着外甥的出生,妈妈的饭店彻底关门了,好多人以为她的高超厨艺从此只在自家餐桌上展现了。然而，杀猪菜的兴起，让妈妈厨神之名再火了一把。

那一年，爸爸妈妈换了新居，院外盖了两个猪圈，门前打了一口机井，爸爸退休赋闲在家，主动提议养三头猪。腊月里，三头猪全部放倒了，一场杀猪菜的欢宴热热闹闹持续了一个星期。爸爸妈妈、我们姊妹仨的亲人、朋友、同事、同学，每天都坐四五桌，满满的两大锅，总能吃得光溜溜。一个冬天，在杀猪菜摊位转了无数圈的资深吃客最后鉴定说，还是老乔家的杀猪烩菜香。就这样，为了持续这美名，妈妈的杀猪菜又持续做了五年之久。随着爸爸妈妈身体各自出现一些状况，腰腿疼毛病开始折磨，猪彻底不喂了，杀猪菜也就成为老乔家的历史，而吃过老乔家杀猪菜的人们，至今聊起来，总会说，再没吃过比她家那杀猪菜香的杀猪菜。每每此时，妈妈总是跃跃欲试，想要重出江湖，这时，总是被我和弟弟及时制止。

今年过年，我们千叮咛万嘱咐，不让妈妈准备过多的菜，简单几样够吃就好。可是，妈妈还是变戏法般，左一道右一道，不多不多又是一大桌。也许，全天下的妈妈都是如此，可我身边的这一位，一不小心就成了我的女神。我想，这辈子最幸运的就是拥有一位厨神妈妈，即便在我经历了灌肠、手术与禁食之后，她那精湛的厨艺仅用三天就让我胖了六斤。此时此刻，已经搞不清楚是我太能吃，还是她的饭菜太好吃，不说了，我妈又喊我吃饭了。

山河带砺准格尔

十里长滩酸枣红

一看见红枣就不由得想起酸枣,同样是枣,一个频频飞入寻常百姓家,一个却是养在深山人未识。那天,我和同是80后的一个小姊妹说起准格尔旗这些酸味好食,酸毛杏、酸海红、酸枣。她居然没见过酸枣树,让我惊讶之余,由不住展开了小范围的调查。不问不知道,一问吓一跳。本土的准格尔旗人,好多居然没见过酸枣树。后来再一了解才知,酸枣这东西,可不是准格尔旗哪儿都有,这才释然。

想想那圆溜溜的小个头,口水就忍不住要流下来。在我看来,酸枣要比酸杏儿和酸果子有个性。尽管漫山遍野的酸毛杏因为做成杏仁露,身价倍增,而满枝满挂的海红果子因为做成海红蜜,也成了餐桌上炙手可热之物。而准格尔旗野味酸宝就剩下酸枣,俨然"待字深闺",总觉得有一天,它一定会为众人所爱。

说起这酸枣,我为什么这么中意它呢?这还要从我的老家说起。

我的老家,人送外号十里长滩。至于为什么叫十里长滩,这里就不详述了。

长滩这地方，很有意思的，山水环绕，地形独特，当年我们在山上碰到蛇，那可不算稀奇事。这山的成分以石头为主，秋季陡峭的崖边有一簇簇的红果果在那里摇曳，让这帮爱冒险的小家伙，忍不住要去挑战。而我，就是这爱冒险的小家伙之一。为什么说摘酸枣就是冒险呢，且不说酸枣树上面那一根根刺容易让人望而却步，单就生长环境来说也是一个挑战。作为登山冒险队里唯一的女娃，我这个假小子特质在那时发挥得淋漓尽致。什么高啦、险啦都不在话下。从山坡一路爬到山顶，一点点挨近酸枣树，两个指头摸进毛刺间，把酸枣一颗一颗摘下来。尤其是摘到最大那一颗，得蹦蹦跳跳好一会儿。有时，会去得晚一些，酸枣已经不多了，我们在树丛间翻开杂草寻找，也会有惊喜出现，一点点也能摘够两兜子。

摘酸枣的经历一直停留在上学前，搬离长滩，到了薛家湾，就再没上山，更没见过酸枣子。印象中吃过那么两次，都是我表姐从老家捎来的。那时候没啥食品袋，就把洗衣粉袋子反复洗，洗得都掉字了，等彻底没有洗衣粉的味道了，就变成了食品袋。满满一袋子，用皮筋拴好，从班车上捎过来。扑面而来儿时的味道，更多的是表姐对我们的惦记。想想酸枣这个难摘，时刻都有被刺扎到的危险，表姐这一袋子酸枣，得费多大的劲儿。

现如今的小孩很少享受到山间摘枣的乐趣。我一时兴起，就鼓动妈妈领着我们回老家摘酸枣。儿子一听要上山摘酸枣，激动得不得了，一个劲儿问我酸枣好吃不，咋摘了。我的记忆一下被拉回了小时候，给儿子讲这个酸枣如何难摘，长的位置如何凶险，这个季节酸枣如何珍贵。然而，当我们驱车到达小时候那片小枣林，它就站在我们的车旁，满挂的枣子竟无人问津。我们一下车，激动地跑向这些酸枣树，发现树上树下都是酸枣，当年长在悬崖边的小树，此时因为新农村建设，修通了路，竟然伸手可得。一家子人，老的小的，都加入了摘酸枣的队伍，嘻嘻哈哈聊着当年长滩的那些事儿。

30多年过去了，十里长滩已成了百里长川的第一站，而这酸枣树与这美丽新乡村一起，每天迎接着太阳的升起落下，聆听着这些新居民的新故事。

做一个书香四溢的女人

女人的美从来不是单一的，五官、身材、穿着，甚至是头发都影响着美丽评分。但若腹内空空，美则美矣，也只能博个花瓶的称呼而已。真正经得起历史洗礼，经得起岁月检验的，是那如流水般滋养容貌的学识文采。有诗云"腹有诗书气自华"，最是那低眉捧卷的一抹温柔，融化多少侠骨换得一世温柔。

我心中的美女，是西汉才女卓文君。"一别之后，二地相悬，只说是三四月，又谁知五六年，七弦琴无心弹，八行书无可传，九连环从中折断，十里长亭望眼欲穿，百思想，千系念，万般无奈把君怨……忽匆匆，三月桃花随水转。飘零零，二月风筝线儿断，唉！郎呀郎，巴不得下世你为女来我为男。"透过这堪称千古绝作的数字诗，我真有穿越的冲动，去一赏佳容，领略那诗韵包裹的美态。

我心中的美女，是南宋词人李清照。"生当作人杰，死亦为鬼雄"这样的诗句出自一介女流，那勇气、那胆魄、那刚烈，直面封建社会，在那个时局动荡不堪的年代，她以一介女流登顶词人高峰，该具有怎样令人折服的魅力呀。

我心中的美女，是中国现代作家张爱玲。《霸王别姬》《倾城之恋》《红玫瑰与白玫瑰》部部佳作给我深刻影响，甚至以为那白玫瑰就是张爱玲。她那沉静稳重的美，那引百蝶栖于肩头的诗书气质，都让我迷恋，甚至觉得唯有此才是真的美。

她们的才、她们的美，不是一蹴而就的，是书海耕耘、是笔耕不辍，是读书、是知识让他们在历史的长河中形成一道道永不消逝的彩虹，闪耀迷人的光辉。

做女人，我就想做一个有味道的女人，一个书香味儿四溢的女人。貌不惊人，但谈吐不俗、落落大方。容貌的美是先天的，我们可以用读书来弥补先天的不足，让充满诗书气的我们拥有更高境界的美丽。读书是打造内心、装点人格的过程，其间，我们会觉得豁然开朗，心灵得到净化，哪怕一缕清风都能让我们享受到快乐。

充实内心、装点内在美需要读大量的书，而选择正确的书来读亦是一门学问。不同的书有不同的效果，我读书，是为了获取知识、愉悦身心、增长才干、陶冶情操。所以人物传记、唐诗宋词、中外散文、史学经典，均是我喜爱的。有时也会俗气，热衷于缠绵悱恻的言情小说、专注于某个名人的花边新闻，这些说来也是娱乐消遣罢了。

历史和现实真真切切地告诉我，知识是女人华美的外衣，要想美丽就要去读书，有知识爱读书的女人才最美。爱读书的女人即使不施脂粉也秀色可餐。爱读书的女人才能路过飘起一股香，那香就是惹人惊鸿的诗书香。

我愿做这样一个书香四溢的女人！

贾舒琴

乡 音

回到曾经生活过的小城,熟悉的街道、走进生命里的友人,还有一群可爱的孩子,不由感叹经年岁月催人老。

如果说一座城市的繁华是大大小小的建筑堆砌而成,那么一句浓浓的家乡话,让你倍感亲切温暖。

早餐铺子的小饭桌上,我点了孩子们爱吃的饸饹面和豆面,挑了一碟子免费的咸菜。门口进来一位操着准格尔旗口音的后生带着两位外地口音的朋友,问道:"老板有酸粥么?"老板答:"有。""那给咱来上一碗酸粥,夹上两筷子红腌菜,再来两碗饸饹面。"

后生忙着打电话:"来了两个外地的朋友,中午给咱安排上一桌饭哇,炖上几斤羊肉,烩上一锅猪骨头酸菜,搭配几个凉菜,你看着安排哇"。

"天气不行么,能去哪儿耍一阵儿了,附近的草原草还没长出来,沙子也湿的,不行去看看咱准旗的稻田哇,那地方也不大,倒是去的人很多。"

又过了一阵儿，后生接了个电话："你这两天做甚各兰，连个人影子也么，来了两个朋友你敢是出来和我相跟上好好招待人了么。哦，你可是把那精巴些，我这俩朋友从广东过来，咱敢是好好领上看看咱这儿的风景。黄河大峡谷那地方好，把你那越野车开上，和我们转各来。"

就这一段方言，竟让人内心暖暖的。"少小离家老大回，乡音无改鬓毛衰"，道出了多少游子的心声。走南闯北的人，回到家乡吃一碗家乡风味的饭菜，听身边的人操着一口方言，顿时幸福感爆棚。

还记得以前在薛家湾的时候，有个关系不错的同事，我俩经常拉家常，她总说一句话"这个怂老婆"，也就是关系亲近才敢这样称呼。那天办公室纸箱子有发霉的味道，我猛然间冒出一个词"恶闷子味儿"，可把我们同事逗笑了。家乡话是深入骨髓的，就像父亲要给外甥买玩具，用地地道道的准旗方言说："我给娃娃买上个耍的哇，这能花了几个钱了"。

准格尔旗人憨厚朴实，从方言到待客之道都是实诚的，不会花言巧语。我才准备从东胜出门，准格尔旗的朋友已经把饭菜安排好了，"想吃甚了？老北京铜锅涮哇"。

乡音，是我们听过最动听的语言，"到兰么？走哪兰？着急甚了？再叨拉阵儿哇"……

准格尔旗地处晋陕蒙交界，与呼和浩特市清水河县接壤。龙口镇是鸡鸣三省之地，曾是走西口人的交通要道，也是走西口人入内蒙古的第一站。故准旗的美食也是数不胜数，酥鸡、焖肉、豆腐丸子、炖羊肉、炒酸粥、驴肉碗托、米凉粉……

准格尔旗地大物博，人口也多，但是东南方向的准旗方言和西北方向的准旗方言还是有很大差异的。而薛家湾恰巧汇集了准旗各个地方的人口，故有良好的方言语言环境且民风淳朴。你不要以为方言里粗俗的话是骂人呢，实际上关系越亲近的人才这样称呼彼此，显得不生分。

准格尔是一个接地气的地方，有黄河"几字湾"大峡谷的旖旎风光、有漫瀚调高亢嘹亮的歌声、有农家乐地道的美食。说走就走的远行，不如回家乡看一看。站在瞭望塔上看秋风轻抚彩色的稻田，北疆的小镇风景堪比江南，黄河水从小滩子穿过、露天煤田在黑岱沟纵横交错、五家尧的瓜果飘香、纳日松的煤炭储藏量惊人。

家乡美，家乡的人朴实，家乡的美食解馋，家乡的方言暖心。

杏子落了一地

小时候，我们等不及果子熟透，就把酸、涩、苦的味道尝了个遍。杏、梨、花果子、海红果、海棠、红枣……一树又一树的果子总能给村里人带来收获的喜悦，尤其是村里的孩子们，经常爬树摘果子吃，扔石子驱赶偷果子吃的小松鼠，在树下捡果子。

今年夏末，终于等来了孩子们的暑假，回到村里，还有一棵杏树稀稀拉拉地挂着几颗杏子。树下铺了一层黄灿灿的杏子，蚂蚁们在忙着聚餐，让人不禁心头一酸。奶奶的电话来了好几通，"杏儿落呀，回来吃杏"。眼看着杏子熟透了，奶奶的又一通电话便是："我捡的晾成杏干了，给你们留着"。在奶奶的眼里，我们还是那个馋嘴的孩童，还是那个看见邻居家杏子熟了忍不住去偷摘几颗的淘气娃。

还记得小时候，邻居一家随亲戚搬去包头固阳住了。他家的果树种类多，果树一棵比一棵长得茂盛。他家老人经常拿着铁锹，担着水桶照料果树，我家坡底下的那棵大海红树是他家的，还有沟渠里的两棵大梨树，还有他家门前的小苹果树、海棠树。老人去世后，果树便无人看管。他家搬走之后，树木在短短几年间陆续枯死。还记得，他家刚搬走的那两年，每到秋天母亲常带我们去摘梨、去捡草丛里落下的梨，苹果梨皮厚耐存放，储存在地窖里到了寒冬腊月依旧很新鲜。

瘸婶家的杏树，长在通往我家的土路旁，我没少偷吃她家的杏子。瘸婶是个裁缝，年轻时做生意搬离村子，如今几经周折又搬回村里。母亲让我们姐弟三个自己种杏树，我们信了母亲的话。开始收集邻居家的杏核，把它们埋在土里等着发芽，终于盼着幼苗破土而出，给树苗浇水、锄草、筑土坑，夏日炎炎的时候还给幼苗搭凉棚。最气人的是树苗被羊或兔子等牲畜啃食，有时候也不一定每一个杏核都能发芽。尽管会失败和失望，但是我们依旧相信将来会有一棵自家的大杏树挂满杏子。围着房前屋后在属于我家的空地上栽下一棵又一棵杏树苗，也栽下了少年的梦，小小的身影跑前跑后地照料小树苗。终于我们种的杏树在十多年后开花挂果了，而那时我们已随父母举家搬迁至镇里。

我们再也没有关心过那些杏树有几棵存活着，也没有尝一尝那些杏子是什么味道。我们回去的时候杏树在开花等我们，再回去的时候杏子落了，难得遇到杏子熟了我们刚好也回去的时候。直到今年，院子里那棵晚熟的杏子终于等来了与我们的重逢，"李子味道的杏子，太好吃了，我们的孩子一个劲地夸我们种下的杏树结出来的杏子好吃"。

老舅舅家的房子四周是被树木包围起来的。他家的红枣树成片地连起来，等到红枣熟的时候，红彤彤的枣儿挂满枝头，俨然是一幅水墨画。老舅舅勤快，会修剪树木，经常一边放羊一边拿着树铲子。大杨树、歪脖子柳树，他把这些树木一棵棵地修剪，村口他家的那三棵大柳树直径一米有余，少不了他的功劳。如今80多岁的老舅舅离开村子将近20年，上次碰见他的时候，他泪眼婆娑地说，他做梦都能梦见村子，他还想到处转转，看一眼他的树。

三婶家就在我家前面，她家的杏子在村里出了名的好吃，不过最好吃的要数她家的青苹果。她家院子大，院外的那片坡地种满了果树，有海红树、苹果树、梨树……。紧挨羊圈的那棵大海棠树，每到春天满树的海棠花散发出阵阵清香。

在我家搬走的几年后，三叔外出打工，三婶一个人放羊、干农活儿，孩子们住校，村里空房子越来越多，她一咬牙，卖羊、卖粮食，随三叔去了矿上。

村子里的人少了、牲畜少了，果子便无人采摘。松鼠偷也偷不完，鸟儿啄也啄不完，这些果子散落在地上像一幅静默的画，与土地融为一体。

爷爷弯着腰，拿着铲子给家门口的那棵桃树锄草、挖蓄水坑。这棵桃树是妹妹小时候移栽的，20多年过去了，今年桃子产量大，奶奶眼看着桃子熟了，挨个打电话，喊我们回去吃桃子。父母赶在桃子落地前回到村里摘了满满一箱子。我们吃到了自家的桃子，带着乡土的气息，它的味道是水果超市里买不到的。国庆节的时候，父母回村里又赶上红枣熟了，母亲又摘了一些，拿给我们尝。母亲经常念叨她从姥爷家移回的这棵枣树苗，如今它的周围又窜起好几棵小枣树。还记得，每到中秋节前后母亲领着我们打枣，总有几日家里弥漫着枣香味，母亲把红枣蒸熟晾晒干或者洒了白酒封坛，等到冬天总能吃到红枣馒头和酒醉枣。

我们曾经提着箩筐奔跑在乡野的小路上，捡拾果子的我们像自由的鸟儿，飞呀飞呀，不知疲倦。追逐头顶大片的棉花状云朵，被乡野的风吹散一缕额前的碎发，嬉笑声在山间回荡。我们对着岩壁大声地喊话："你是谁呀？到哪儿去？"

不经意间我们错过了果子成熟的好些个日子，偶尔会在梦里梦到黄澄澄的杏子啪嗒啪嗒地洒落一地，跌落在梦的深处。

乡　味

盛开的杏花将老村子装扮得焕然一新，老屋墙角下的那株车前草舒展着嫩绿的叶子，那朵黄色的蒲公英花在屋檐下含羞带笑地绽放。

微风抚摸着山脊，沟底的小溪水缓缓流淌，星星点点的野草探头探脑地从泥土下冒出来。老屋门前的那棵桃树枝干粗壮，爷爷把树下的野草拔光了，在树的四周垒起了土堰，花骨朵爬满了枝头。

在春天，万物都有蓬勃向上的力量，给人以温暖。阳光明媚、暖风和煦、树木苏醒，放眼望去一片生机勃勃。

清明节假期，为了和爷爷奶奶一起吃一顿炒煎饼，我们从百公里外驾车回到村子里。母亲提前几天便开始生豆芽。我们去超市里采购了豆腐、韭菜、香菜、尖椒等蔬菜，做炒煎饼的食材备好了，我们驾车直奔村子。

奶奶听说我们要回去，提前解冻了一些肉和骨头，念叨着说："炒煎饼太费事了，吃炖肉吧。"小时候，清明节也是个大节日，母亲和奶奶总会提前生豆芽，做豆腐。在大铁锅里摊一张张又薄又软的荞麦煎饼，炒一锅豆芽菜。如今，奶奶已经年迈，做不了精细的饭菜了。我和妹妹虽然已为人妇，却未曾炒过煎饼。

炒煎饼的任务就交给了母亲。整个上午，母亲忙着烧火，生炉子。她将面粉和成糊，开始在大铁锅里炸土豆条和豆腐块。一边盼咐打下手的小妹洗韭菜、剥葱蒜。

土豆条和豆腐炸好了，开始摊饼子。嘴馋的孩子们端着小碗抓一些土豆条躲一边去吃。过了一会儿，又折回来时，煎饼也出锅了，母亲撕了一块饼子递给孩子们，连忙打发他们去院子里玩。像极了小时候的我们，也是这样天真烂漫，一边吃一边玩，不时笑出了声。

摊饼子需要一张张摊抹匀称了，火候也要把握好，火大了容易烤焦，火小了也不行。薄厚适中的荞麦煎饼在抹了油的锅底呲呲作响。面糊彻底用光了，一沓煎饼垒在盆子里。

母亲正忙着炒豆芽菜。把猪肉条放入煎饼子的油锅里炒，再炝锅放入豆芽、油炸土豆条和油炸豆腐条，切韭菜和尖椒丝撒葱花和蒜末。豆芽菜炒好了，盛一大盘子放灶台旁，可以卷着煎饼吃。剩余的菜里撒入切好的煎饼条，铲子来回搅拌，煎饼就炒好了。

这时候已经是中午时分。玩累了的孩子们嗅着煎饼的香味跑回来了，上坟祭祖的爷爷也回来了，拉家常的奶奶开始拿碗筷。每人一碗炒煎饼，一家人围坐在土炕上就着凉菜和腌咸菜吃得津津有味。爷爷吃了一大碗，小外甥女吃了一小碗。炒煎饼的香味从屋里飘到院子里，又飘向村子里，风一吹便四散的飘远了。

曾几何时，我们总向往外面世界的多姿多彩。现在却怀念起曾经生活过的这片土地，也时常牵挂着我们的亲人。一次次地往返，来来回回间，一年又一年，我们回村里炒一锅又一锅的煎饼。

有一种味道叫家乡的味道，怎么吃都吃不腻。味觉是有记忆的，舌尖上的美味有很多种，一碗朴素的炒煎饼却也让远走他乡的游子们深深地记在心里，不曾忘记。

漫步于准格尔的杏林花海中

十几年前站在准格尔旗沙圪堵镇福路村,一眼望去零星有几株不大不小的树苗陪伴着身下低矮的杂草,在那空寂无人的山坡上窃窃私语。山坡上一条隐隐约约的土路盘旋着消失在山的那边,只是路上似乎没有车马驶过的痕迹,远处的山梁上也不见隐居于此的人家。如果那时候有人和我说短短的十来年间这里会化作杏花的海洋,我想我是无论如何也不会相信的,然而奇迹总是在人们的努力中不经意间来到眼前。第六届乡村旅游杏花节的成功举办让我真切地感受到了准格尔人的勤奋。

杏花仙子下了凡尘,带来了风调雨顺,送来了瓜果飘香。三月里的小雨淅淅沥沥,四月里的阳光妩媚动人。这是适合花开的天气,这里奏响了春天的乐曲。在这杏花绽放的美丽时节,准格尔旗沙圪堵镇福路村的万亩杏林博览园里人头攒动,来来往往的车辆将本就不宽的道路挤得水泄不通。依稀记得第一届杏花节的时候,杏花还只有很少的一片,虽有些景色,但仍有些平淡。如今杏树林规模早已扩大了许多,即使没走到主会场,旁边的土路上那一排排杏花倒更平添了几分自然的野趣和生机。嗅一嗅花的芬芳,品一品花的纯洁,赏一赏花的韵味儿。欧阳修说:"野芳发而幽香,佳木秀而繁阴。"山水之乐,其实就在于此吧。

沿着曲折的小路,慢慢走到了杏花节的中心会场。高亢嘹亮的漫瀚调飘扬在整个会场,欢迎着来自四面八方的游客,展示出准格尔旗人民的热情。许多小贩在摊位上热情地推销着自己的商品,与大多数地方的展会不同,这里的小商贩们售卖的并不是来自批发市场的小物件,而是地地道道的准格尔旗特产。漫步于花海之中,品尝着滑嫩鲜美的碗托,咬开一颗被卤得入色又入味儿的卤蛋,以当地特殊口味的麻花蘸着碗托鲜亮的汤汁,美味入口,美景在眼,纵情在心。

相较于以往,今年的杏花节多了许多不同。最让我惊喜的莫过于花林间那一条条引领着游客欣赏美丽花景的小路。时而见到几个身着汉服的姑娘,摇动着轻罗小扇,轻抚着翠翘金雀,透过花枝的间隙,看着微风摆动她们的裙摆,恍惚间已忘却了人间,似游走于画中。往花海中稍微走一段,有一座高台若隐若现。亭台楼阁、水榭廊桥,这是中国古建筑的神韵。若在一处水乡,一方花海之中少了它们的身影,似乎整个景色也少了些许灵动。古诗云:"欲穷千里目,更上一层楼。"放于此处,也是适宜的。欲穷花海之景,需登楼台远眺。游走于花海的林间小路,感受到的是朵朵花开碧透;站在楼阁之上俯瞰,欣赏的又是花海争奇斗艳了。家住准格尔旗沙圪堵镇的居民赵欣是杏花节的常客,六届杏花节,她从未缺席过。每年杏花节前夕,她都会给自己和女儿购置汉服。杏花节当天,她们便会身着汉服游走于杏林之间,赏花拍照,感受那浓浓的春色及家乡的美景。"这成片成片的杏林太美了,站在观景台上俯瞰美景,感触特别深。我的家乡过去一到春季就是黄沙漫天,可如今却变成了世外桃源,身为准格尔人我为此感到骄傲自豪。"赵欣激动地说。

10余年来,准格尔旗依据当地独特的自然条件,利用荒山秃岭,依托国家级林业龙头企业内蒙古高原杏仁露有限公司,采取"公司+基地+农户+经纪人"的模式,大力发展杏树种植业,累计种植杏树林80万亩,并逐步形成绿树花海生态景观,每逢杏花绽放时节,会吸引大量游客前来观光。

人们说北方是大漠豪情，是空旷孤远。南方是温婉柔情，是软糯缱绻。多年来，准格尔人勤劳、踏实，努力生活，为这片土地播种着绿色。如果说过去的沙圪堵是荒山旷野，今日的沙圪堵却似世外桃源，落英缤纷。春季赏花踏青，不妨来准格尔旗看看这里的风光，感受这里的人文。

| 杨 芳

故乡那条路

　　故乡那条路，很远，永远在路上。

　　总是说回乡，在春天，万物复苏的时候，看一看那些花花草草，听一听那些乡土乡音。但是，每次都不能如愿地出发，就这样，30多公里回乡的路一年也回不了几次。

　　故乡的路，爬坡下梁，翻山过沟，尽管如此，也能把丰收的粮食送回仓里，也能把思乡的心送回家中，也能把幸福送回小村。一脚踏上故乡的路，脚下就生根、舒坦，心里就踏实、惬意。

　　在儿时的记忆里，故乡就是一块偏僻、贫困、荒凉的黄土地。那条通往集镇的土路弯弯曲曲，坑坑洼洼。平日里，尘土飞扬，下雨后，积水遍地，泥泞不堪。正所谓"晴天一身灰，雨天一身泥。"就在这样的路上人们肩扛背驮，用艰辛与忍耐沟通山村与城镇。

　　外界的人，只有沿着乡土路，才能走进村庄。漂泊在外的孩子，只有顺着乡土路，才能回到家。故乡的路没有尽头，世世代代的农家子弟，就在这些土路上出出进进，走完了他们不算辉煌伟大，但也绝不是卑微渺小的一生。

而今，家乡的这条陡峭的坡路却改变了过去的面貌。国家的惠农政策为家乡带来了新的变化，一条宽大的水泥路取代了原来的老路，原先的坑坑洼洼没有了踪迹，汽车可以欢快顺畅地在老家的山坡间奔驰。春节的年货、生产的农资、收获的土产可以轻松地利用现代的交通工具运输。那种顶烈日、冒风雪肩挑背负的历史已经成为一种远去的记忆。小村也因为这宽敞干净的水泥路而变得欢乐了，寂静的山坡焕发了生机，乡亲们通过这条连通外面世界的水泥路编织起发家致富的梦想。几乎家家都有了自己的交通工具，如今故乡的路，已经变成了老家亲人的奔富路。

故乡的路，饱经风霜，它承载着家乡儿女的生生不息。故乡的路，历尽坎坷，它记录了沉重激昂的历史今朝。故乡的路，抒写着繁荣，它沐浴着乡村振兴的春风，引导着家乡的巨变，见证着祖国的发展。

一脚踏上故乡的路，我们就脚下生风，神清气爽，踏地有痕，踏实沉稳，脚下的路就一马平川、一帆风顺，心里的路就宽宽阔阔、平平坦坦。

故乡那条路，很近，永远在心上。

来上一碗冻海红

喝了一场酒,来上一碗冻海红,解酒。吃了一顿肉,来上一碗冻海红,祛腻。

海红树耐寒、耐旱、耐虫害,相比本地的其他水果树,有着极强的生命力,却没有遍布祖国各地,独青睐于晋陕蒙三省区交界一带,这一带的人有吃酸粥的习惯,海红果也就成为酸粥老乡的地方特产。

海红,每年农历三月,花蕊缀满了树梢,整个村庄的坡上梁下,房前屋后都上了妆,放眼望去,好似半壁江山都是粉红的模样,一阵风拂过,那沁人的清香便深深入鼻。

一夜细雨一夜风,次日醒来,这粉妆玉砌的世界便褪去了她的浓妆,变得有些憔悴孤零。几日后再看,树上就多了零零星星的绿豆般大小的果子。再后来,果子逐渐长大,一颗颗,一簇簇,甚是喜人。如果你这时迫不及待尝一个。涩涩的清酸味儿直沁舌尖,半天也没有回转一丝甜味儿,余味更苦,让人不由得撇嘴摇手。

农历十月里，海红果子要熟了，红彤彤的果实缀满枝头。秋风吹落了杨树槐树的叶子，等把糜子、谷子收回来，人群聚在秋收地里就着咸菜烧土豆时，庄稼人就挎起柳条篮去摘海红了。这个时候的海红还不是最好吃的时候。

最好吃的海红是能洗上两场冰雪澡，在草垛里冻上那么月数时光，然后用井水冰镇上那么一阵子。十月里遭人嫌弃的苦味涩味没有了，剩下的是在十二月寒冬里的畅享芬芳，酸甜果肉的滋味和冰雪的滋味奇迹般融合，萦绕唇齿，久久不散。这个时候，放在嘴里，那是满嘴的酸甜可口，清冽酷爽。甜在心里，那也是满腔的思乡情怀啊！

关于海红的储存方式有很多，比如说用酒炮制为醉海红，或者切瓣晒制成海红干，也有直接通过工业技术制作成海红酒、海红醋。

冬天了，来上一碗冻海红，甘甜适口。想家了，来上一碗冻海红，归心似箭。

酸 枣

在石缝里,在悬崖中,在山顶上。农历八九月,酸枣缀满了枝头。

酸枣,四季的风雨铸就了钢铁的身躯,岁月的印记雕刻了无情的伤疤。但是它,依然要生长,没有肥料的滋养,却依然茂盛,没有肥沃的土地,却依然葱郁,没有充足的水分,却依然结果,酸枣树啊,那坚毅的身躯可是你不屈灵魂的诠释。

酸枣,听起来穷酸,看起来寒酸,吃起来牙酸,想起来心酸。是的,不及白杨伟岸,不比樱桃娇贵,没有凤梨香甜,却是游子思恋故乡的那般心切啊!

枣花零零碎碎绽放了。那样的碎小,小得宛若米粒,那样的翠黄,花的颜色近乎鹅毛,一阵风掠过,整个村子就会弥漫在花香之中了。

在春风的摇曳下,那些不能孕育幼果的花儿悠然地飘落,落在地面上,覆盖了破土而出的生灵。枣叶渐渐地丰厚和圆润,记录了历经岁月成长的美丽,也记录了生命何以蜕变的艰辛与快乐。人们不经意间,一颗颗小枣已挂在了枝头,晶莹剔透，圆润可人，似一颗颗绿色的宝石，镶嵌在长长的枝干上。

遇上风调雨顺的年份，枣儿十分的稠密，压弯了枝枝杈杈。那颗颗绿色的珍珠，因为季节的洗礼和风雨的锤炼，终于走出了青涩，渐次成熟。

中秋前后，酸枣穿越了季节的深邃，成就了生命的本色，那样的通红，红得有些发紫。秋风秋雨，一场重叠着一场，叶子就这样会在一夜间全然飘落，剩下紫红色的枣儿，依然不动声色地陪伴着相携一生的枝杈。

调皮的孩子怎能按捺住摘酸枣的欲望，可树干上的刺儿又让他们望而却步。所以，在我的故乡，出现了"打酸枣"这一壮举，叶子随着果实在木棍的捶打下一起掉落，孩子们弯腰一颗颗捡起来，体验着收获的喜悦。满坡的酸枣树长满了酸枣，也长满了我的童年。

在故乡，在童年里，在心灵上，农历八九月，酸枣缀满了枝头，也醉在了心头。

潘雪娇

杏树花开

在准格尔旗的农村、小镇随处可见杏树。

对准格尔旗人来说，这是很普通很常见的一种果树。无论是农村的乡间道路两旁、农家的房前屋后、田间地头，还是城镇的公园里、林荫路上，每到一处，总有杏树的身影。如果再提到福路村的杏林基地，那里的杏树更是错落有致。

每到春天，杏树便最先绽放花朵，给还未披绿的山头、还在小憩的村庄、依旧车水马龙的小镇带去春天的气息与芬芳。

春天来时，行走在准格尔的乡村，映入眼帘的定是那漫山遍野的杏花。杏花在春雨的滋润下、春风的吹拂下嫣然绽放，远远望去，像一片白色的海洋，随风涌动。近观，杏树的枝头上有的长满了白色的花朵，粉红色的花蕊立在中央，一副羞答答的样子，这些花朵相逢相拥，似乎在竞相绽放，向迎春的人们呈现最美的容颜，而有的枝条上结满了花骨朵，正处于孕香含苞阶段，等着春风滤过，再现红散香。

杏树花开时，你若行走在农村的杏林里，更是别有一番滋味。一朵朵小巧玲珑的杏花或三三两两、或簇拥成群灿然绽满枝头，如若透过阳光观赏，一层层坐落、一团团绽放、一阵阵清香，恰如一幅绚丽迷人的田园风光图。美丽的杏花招来勤劳的蜜蜂，它们争相流连在这些花瓣上，翩翩起舞，嗡嗡嗡地叫着，一幅早春热闹的景象。小时候，当杏树花开时，我们这些农村孩子便拿着玻璃瓶，把玻璃瓶口对准有蜜蜂的花瓣，蜜蜂就会飞到玻璃瓶里，当我们捉到蜜蜂，便觉得打了一个胜仗，这也成了我们童年记忆里的趣事。

春天里，如果行走在农村的梁峁山头或者深沟老林，时不时也会看到一棵棵杏树矗立其中，杏花立满枝头，把本是杂草丛生、荒凉的山头点缀得韵味十足。这也是杏树的特点之一，耐寒耐旱抗风，在相对艰苦的环境中依然能扎根发芽、成长壮大、绽放美丽。正如老家的人所说，杏树很容易扎根发芽，山上沟里的很多杏树是小松鼠吃完杏肉留下的杏子扎根的。

春天来临，如果待在小镇上，大人、小孩都会去追逐杏树的倩影，哪里有杏树，哪里便有杏花与游人。大家或者结伴三五好友、或者携妻带子，在杏树旁驻足欣赏杏花的美丽容颜，品尝沁人的清香，感受春意盎然的新气象，为美丽的春天留下难忘的记忆。

杏树花开后不久，结成一个个的小果实。农村的孩子，从小小的绿色果实吃到大大的甜甜的黄色果实，尝尽了其中的涩、酸、甜、脆。小时候，家家户户的杏肉调剂着农村孩子的水果味蕾，而如今人们对于杏肉的品尝却很挑剔，只有好的品种、好的味道才能得到大家的青睐与信任。

桃养人杏伤人。在准格尔旗，大家对于杏肉的品尝其实也就是尝尝鲜、尝尝新，而人们与杏树的缘分主要在于由杏仁加工而成的杏仁露。招待亲朋、宴请宾客的饮料往往用本土品牌的杏仁露。

杏树花从绽放到成为满足人们味蕾的美味，虽然一生短暂，却带给人们美的享受。是啊，杏树就像朴实的农村人，没有过分的奢求，只要有点阳光雨露，它就会拼命地生长，尽情地绽放，把美丽的芬芳留给春天、留给大地、留给大家。

沙圪堵人的荞麦情结

沙圪堵，有人将它解释为荞麦花开的地方。两千多年前，这里五谷遍地，被称为美稷之地。如今，五谷依然丰登，尤其是荞麦这种粗粮让沙圪堵在历史的更迭与变迁中美称实至名归。沙圪堵成了荞麦物品与美食的集聚地，维系着一代又一代沙圪堵儿女的荞麦情结。

初秋，当你行走在沙圪堵的田间地头，无论是在平坦的沟里，还是在海拔稍高的梁峁地上，总会遇见花儿绽放的荞麦，蜜蜂在其上面飞起飞落，唱着"嗡嗡嗡"的小曲儿，一幅生机勃勃的画面。这时玉米棒颗粒已变得饱满、糜子谷穗已下垂……大地呈现出一片微黄，而荞麦才焕发出最美的容颜、才进入最佳的生长期。等庄稼人开始掰玉米、刨土豆，田间地头到处一片丰收景象时，荞麦也可以收割了。即使不是风调雨顺的年景，它的收成也差不到哪去，荞麦就是这样生长期短、耐旱耐瘠。

荞麦浑身都是宝，从秸秆、外壳、颗粒到面粉，每一处的作用都发挥得淋漓尽致。荞麦被庄稼人拉回打谷场，经过打场，麦粒与秸秆成功分离。这些秸秆既可做妇女烧火做饭的燃柴，又可做羊的冬季饲料。而经过加工荞麦壳与果实分开后，它们所扮演的角色才更加丰富多彩。

多年以来，沙圪堵人一直有一种习惯，用荞麦壳填充的枕头。对于他们来说，睡觉不使用荞麦壳填充的枕头睡得总是不舒服或者难以入睡，荞麦枕头已经深入家家户户的日常生活当中。曾经，大部分人居住在农村时，家家户户都用自家的荞麦壳做枕头。后来，随着进城人员的增多，荞麦种植面积的下降，荞麦壳成了市场畅销的物品。尤其是家中有新人结婚的，父母至少要为其准备4个荞麦枕头。据考究，荞麦枕头具有缓解疲劳、透气安神、保护颈椎等多种作用。如今，荞麦壳的用途愈发丰富，荞麦褥子、荞麦床垫也在逐渐兴起，荞麦壳也成了当地日渐火热的产品。

单从外观看，荞麦粒看上去像一个个的三角，颗粒饱满，圆润光泽，经机器加工，有的变成荞麦糁子，有的成了白中带黑的荞麦面粉，无论是荞麦糁子还是荞麦面粉，都是当地做碗托的好原料，这让沙圪堵成了准格尔旗享有盛名的碗托之乡。

对于长期居住在沙圪堵的人来说，吃过沙圪堵的碗托总觉得别的地方的碗托不可与之媲美，尤其是豆腐臊子的热碗托，做得更是正宗与地道。

小小碗托，看似简单，做起来既需要披星戴月之勤，又要求精致复杂之艺。碗托店的主人往往凌晨五点起床开始蒸制。荞麦去壳经加工得到的糁子，用水浸泡，大约半小时后，用拳头使劲捶打，直至捶成面团，加入凉水拌开，用箩筐过滤掉渣子，然后倒入大小一样的碗中蒸制，蒸20分钟左右出锅。蒸熟以后，还需要用筷子使劲在碗中搅拌，以使碗托吃起来更筋道，随后晾凉即可食用。经过加工、浸泡、捶打、搅拌、过滤等一系列过程做出的碗托，取用的是荞麦中的精华，颜色看上去有点发青，却有着柔韧筋道、滑腻细嫩的口感，这才是真正的荞麦糁子碗托，也是正宗地道的沙圪堵碗托。随着时代的变迁，荞麦糁子的碗托依然经久不衰，而直接用荞麦面粉做的碗托也受到当地人的青睐。碗托的托做好之后，还需要特制的汤料和小菜来润色。这些汤料随着时代的发展变得种类繁多。有把味精、干姜粉、蒜末、食用盐用热水按不同比例冲开然后倒入醋做成的凉汤，有豆腐小块或细条熬制的热汤，有卤制好的驴肉与鸡蛋等，小菜则包括辣酱、芝麻末、香菜等，顾客可根据喜好自行选择。

荞麦糁子的碗托承载着一代又一代沙圪堵人的味蕾记忆与美食记忆，这记忆可以追溯到1940年。当初一个名叫苗满红的中年人因家乡河曲县被日本侵略者轰炸，走西口来到沙圪堵定居了下来，同时也把碗托这门手艺带到了沙圪堵，后来这门手艺让他的儿子、孙子接力下来。三代人传承的手艺，铺就了三代人的幸福生活之路。随着时间的推移，当地人也看中了这一商机，也学着卖起了碗托，20世纪80年代左右，碗托店也如雨后春笋般兴旺了起来，碗托由此走进千家万户的饮食生活中。

如今，走在沙圪堵的大街上，无论是在高楼林立的底商，还是在多年未经整改的平房，随处可见一个个的碗托店。这些固定的碗托店名字起得也各具特色。有的直呼其名碗托店；有的用概括的方式命名，比如准旗四大小吃，当然包括碗托；有的以店主名字命名；有的甚至不起名。这些碗托店，不光卖的是碗托，往往还有面皮、凉粉、粉皮等结伴登堂。除了这些固定的碗托店外，还有流动的碗托商贩，他们蹬着小三轮车，穿梭于不同的街头巷尾，有的吆喝，有的静等，不管哪种方式卖，总是有人光顾，甚至呈络绎不绝之态势。

对于经营多年的碗托店而言，他们的顾客也趋于稳定状态。有的人钟情于底街的碗托店，有的人喜欢在商业楼一带品尝，还有的人喜欢光顾镇政府旧院后门碗托店……那些流动的碗托商贩，他们看似流动，实则也有自己的活动范围，他们大部分在文化街到伊东广场一带叫卖，真是活跃了当地的地摊经济。还有一部分则穿梭于各个小区，上午在这个小区，下午在那个小区。没有统计过沙圪堵有多少碗托店，一天能卖多少碗托，但是，我曾经光顾的几家碗托店，每次问起时都说当天能够卖完，而且生意一直不错。

沙圪堵人对吃碗托有时间上的情怀。对于沙圪堵的一部分人而言，吃碗托是用来唤醒早晨的。他们经常光临沙圪堵底街的一家碗托店，这家碗托店的主人是苗满红的孙子苗五，营业时，他凌晨一点便开始蒸制，每天可卖200多个，顾客主要在早七点到八点半光顾，剩余的零零散散来品尝，最迟中午十一点即可全部卖完。对于这些顾客而言，吃了这碗托一天精神饱满，还结下一生的碗托情缘。当苗先生的碗托店关门时，大部分的碗托店一天的营业才逐渐拉开帷幕。从早到晚，忙碌不停。来客吃碗托的时间也不固定。上午或下午吃相当于喝个上午茶或者下午茶。结伴逛街的吃个碗托小憩一会儿，出去办事的吃个碗托缓缓思路，主人有小喜事的请身边人吃碗托庆祝，遇事有人帮忙的吃碗托来答谢，外来人员只为寻访和品尝当地特色美食，故地重游的专为寻找曾经的味道，重拾一段美好的回忆。常年居住在沙圪堵的人们，如果某天中午或晚上不知该吃什么，往往携妻带子、呼朋唤友到碗托店吃个碗托，泡个麻花。炎炎夏日之际，吃碗托当晚餐的人更是不胜枚举，真是解一顿饥，留一顿情。日常饮食、家中待客，往往要端几个碗托摆到餐桌以待品尝。一年一度的物资交流大会，卖碗托的是遍地开花，而吃碗托的更是人山人海、摩肩接踵。

吃碗托，吃的不仅仅是碗托，更吃的是一种氛围、一种情怀。一些年长的碗托店，店面不大，走进去一看，地面上放着一个长条桌。店主坐正中间，看到来客说一声坐下吧。来客往往说打个碗托（打，实际是用小刀切或者用叉子擦），或者店主先问，碗托还是面皮。店主往往又说，凉的热的。来客便根据喜好和季节告诉店主。店主又问要不要茶蛋、切不切驴肉、泡不泡麻花等之类的问题，或者这些话干脆由来客告诉店主。等来客第一个碗托快吃完时，店主便会问，要不要再来一个……对于来客来说，起初打算花3元钱吃一个碗托，经店主一问或者一提醒，便可能消费到30元。每一次看似普通的一问一答，却道出了碗托的佐料、经商的窍门、来客对碗托的钟情。

在物资贫乏的年代，一个碗托就是一道稀有的美食，让餐桌的记忆锦上添花；而如今，一个碗托便是一段美好记忆，让单调的生活变得更有生活气息，让多样的餐桌变得更加丰富。小小碗托店，连接的是无数沙圪堵人的碗托情缘，托起了很多进城农民家庭致富的梦想。我曾经工作地的一个村民，老两口从2006年开始在沙圪堵卖碗托，不到20平方米的房子里，一年四季坚守阵地，我曾问过那位阿姨生意情况，她告诉我生意最好时一年可以挣将近20万，生意不好时一年也可以挣10余万。那位叔叔偶尔跑跑摩的拉拉人。老两口靠这个碗托店和摩的供养三个孩子读完大学，而且三个孩子都找到了稳定的工作，他们也在沙圪堵购买了自己的房屋，这样的例子数不胜数。

　　一方水土养一方人，碗托这种特色美食以它独有的食材和烹饪方式，创造出小吃特有的滋味，让人回味无穷。而以荞麦为原料的面食则以它多样的形态，成为变化万千的精致主食，让人饱感十足。

　　荞面面食包括刀拨荞面、荞面饸饹与荞面圪团。这些荞面面食，烹饪时以荞面为主，辅以白面，这样无论色泽上还是口感上都比纯荞面制作略胜一筹。经营刀拨荞面与荞面饸饹这样的面店在沙圪堵也是比比皆是，比如四大娘刀拨面、韩氏刀拨荞面美食馆等。不同的面店有不同的顾客，主人与顾客之间因为荞麦面食而结缘、续缘。三种荞麦面食制作材料相同，不同之处在于烹饪工具。不同的烹饪工具，发展出不同的烹饪技艺，让荞麦的美味留驻在人们的心里。荞麦饸饹即把和好的荞面用饸饹床子轧成长条。刀拨荞麦即一手握着餐刀的刀把，另一只手握着刀背，两只手一起发力，快速把和好的荞面剁成长短相近、粗细相同的面条，"拨"有"剁"之意。而荞面圪团则是把和好的荞面先用手捏成粗细、大小一样的条状，然后把这些条状放在一个手掌中，用另一个手的大拇指用力搓出一个个的小面块，面块像一个空心的椭圆形。做好的面条煮熟以后，还需要精致的臊子来调配。无论是羊肉土豆块的臊子，还是猪肉土豆块的臊子，都是当地人的最佳选择。当地人吃面时总会脱口而出"油荞面，醋豆面"，即吃荞面，无论是搭配臊子，还是直接调油，放的油比往常要多。如果在面店吃荞面，店家橱窗旁边还摆放着煮好的茶蛋、豆腐、火腿、腌制好的小菜，这些都是顾客根据需要进行选取。不同方式的荞面烹饪方法，多年以来满足着沙圪堵人民的面食情结，丰富着沙圪堵人的味蕾，让他们与荞面结下不解之缘。

　　荞麦作为一种杂粮，在沙圪堵的农业里占据着举足轻重的地位，而当地人通过发挥他们的聪明才智，把它转化为枕头、褥子等畅销的床上用品，转化为碗托、面食等一道道纯正的美食，这转化的智慧经岁月的沉淀已变得熠熠生辉。而它的物用价值和食用价值随着时代的变迁依然会不断传承与发展，这既是当地人家乡情结所在，更是在乡音缭绕中讲述着他们日常生活的历史。

长川路上的文化印记

蒋 殊

初听百里长川这个名字时,我完全是陌生的。那是生活在内蒙古的山西籍诗人柳苏传递来的,之后他更诚恳相邀:百里长川凝结着山西人的情感,弥散着山西人的乡愁,作为一名山西籍作家,不来一趟,不写一回,实为遗憾。

上网搜寻,才知那看似平常的一条川,凝结着几代山西人的情感。从河曲过黄河,南起十里长滩,北到准格尔旗皇甫川白大路,这条百里长路上流淌着山西人深深浅浅的血泪,镌刻着沉甸甸的历史印痕。

2016年7月,我怀着要见亲人的心情,第一次走近。果然,这里处处是乡情,时时有乡音。街上,随处可见"碗托"招牌。集会上,当地人最爱吃的,也是河曲碗托。

近在咫尺的汉蒙人民,共同在这片广袤的天空下,一路驰骋了几百年。今天,他们站在面前,早已分不清谁是汉族,谁是蒙古族。由他们开创的独特而厚重的文化,正在不动声色地延续。

从语言，到饮食，丝毫没有进入内蒙古的陌生感，常常恍若还在山西。

"你们南方人。"走在准格尔的村庄，那些山西后裔却常常这样称呼河曲一带的老家人。当年，他们的先辈为了生计告别亲人，一步一回头，穿山越岭，踏入曾经的这片荒漠地带，悄然潜入游牧民族的偏僻地带，一寸一寸，挖出一片容身之所。

从此远方成了家，家成了远方。

从明朝开始，一直延续到民国时期，山西人一代代翻山越岭通过"河曲西口"走进这里。如今生活在这里的后裔们大都是第五、六代，家族扎根于此至少都有了100多年历史。这里的山西人，当初大都来自晋西北。对于曾经那个庞大的走西口人群来说，他们跋涉的距离是最短的。100多里路程之后，换了天地。几代人辛酸累积，早已把内蒙古当成家，有的人家籍贯上更是已经悄然抹去了山西痕迹。从山西河曲到这里，只有一个多小时车程。然而大部分人却没有回去过那个祖籍之地。当初，他们的先辈泪洒过的那片热土，于他们而言亲近却又无比遥远。

南边，于他们而言只成了遥远而模糊的记忆。

这片内蒙古的土地，却是山西人的天空。走近，内心涌动着说不清的亲情。一代代山西人，感念着这片土地，曾经的山西人远去了，山西文化却留存了下来。这文化生根发芽，延续至今。

进入百里长川的山西人，成了文化传播的主要载体。走访的路上，一处别样的文化风景进入视野，它就是百里长川创作基地。这所位于巴润哈岱村的基地为仿古四合院，占地1600平方米，建筑面积620平方米。不仅水、电、暖、通信、交通条件优越，周围更配套有公园凉亭等设施。

创作基地创建人，又是山西籍诗人柳苏。

他爱故土山西，更爱生养自己的内蒙古。让更多的人知道这片土地，他想到用诗意的方式传达。于是，作家、诗人相继进驻，"诗歌入川"闪亮启程。

薛家湾的文学天空，亮了；百里长川的文化足迹，延伸了。

草原、沙漠、牛羊、庄稼、煤矿，还有一片文学的天空，统统融合在薛家湾前进的步伐中。

　　文字是永恒的，诗歌是伟大的。当"用诗歌为百里长川重塑精神"的倡议一发出来，响应的人便层出不穷。《诗潮》《都市》《海燕》《诗刊》《诗选刊》《散文》《华夏散文》等报刊随之诗情涌动。一时间，百里长川元素随着文字，强势进入全国读者视野。

　　一片土地的历史与文化能不能较好地衔接传承，在于这片土地上是不是有重视历史与文化的领导人，有没有一批深爱这片土地的文化人。百里长川有幸，在时隔400多年之后有了执着呈现它的人。

安 宁

留在村庄里的人们

在鄂尔多斯高原上的准格尔旗，我遇到许多大大小小的村庄，它们像一丛丛质朴蓬勃的沙蓬草，生生不息地停驻在这片因煤炭而闻名的大地上。在这大大小小的村庄里，我也遇到许许多多的人，他们在蜂拥进城市的人群中，选择像父辈们一样，后退，留守在村庄，日出而作，日落而息，于远离城市喧哗的田园中，安静地守候。

守在长滩

在长滩村，遇到一对80多岁的老夫妇，他们有着几乎相似的容颜，好像年月久了，时光将他们糅合在一起，打磨成了一个新的人。他们的庭院里，种了黄太平果树、玉米、豆角、黄瓜、西红柿，都是乡间既可供食用又无需太多照管的作物。一只黄狗卧在门口的鸡窝里，跟鸡们同吃同睡，见有人来，警惕地站起，用力地吼叫着，向主人传递着有客进门的讯息。我们到的时候，老先生没在家，听说他正拄着拐杖在村子里四处溜达，与人唠嗑。老婆婆的小女儿40多岁了，见我们来，热情地端出冰爽的西瓜，而后便有些羞涩地走到院子里，扒着院墙朝外面看去，大约，她是在寻找自己父亲的踪影。偶尔我们视线相遇，她便不好意思地笑笑，又继续向院墙外看去。这个庭院坐落在山坡上，周围是老夫妇种植的大片黄太平果园，不知是被果园掩映，还是村庄人烟稀少，庭院附近，竟是看不到其他人家。这让小小的庭院，更有了一种隐居林中的静寂之美。

老婆婆颇像个好奇的孩子，看见我穿了露膝的裙子，便拉着我的手，一个劲地问我冷不冷。她的手在长年的劳作中，已经变形得厉害，好像枯萎的树枝，或者僵硬的鸡爪。她身体很瘦，但还硬朗。她像一台一辈子都不会停歇的机器，每日在果园或者庭院中劳作，并视之为人生的日常功课。他们没有退休金，因此也就没有"退休"这个概念，尽管另外6个孩子都在外地有了出息，养老所需不必担忧，但他们从未有过依靠儿女的想法，尽职尽责地做着一个农民，侍弄着近万株黄太平果树。好像，他们这一辈子，就是为劳动而生的。

等到寿眉大耳、一脸福相的老先生进门，老婆婆便有了一些作为女人的任性。给他们拍照，她不停地说自己老了，不好看了，又让只着红色背心的老先生，赶紧穿上外套，以便照片看上去像样一些。老婆婆这一辈子，生育了7个孩子，受尽了人世的艰辛，去过最远的地方，不过是所在的县城。除此之外的世界，对她来说，无关紧要，也了无探知的欲望。老先生一分钱彩礼也没有，一头驴子就将她从娘家驮了回来，两个人白手起家，从这山间的土地里日复一日、年复一年地刨食，历经过战争、土匪、强盗，遭遇过天灾人祸，却都奇迹般地挺了过来。村里人都说，老先生命硬，有一年他挑担去很远的地方贩卖粮食，路遇强盗，别人都不幸财物两空，偏偏他躲过了一劫。又有一年，有土匪来村里烧杀抢夺，眼看着村人死在面前，他与家人却都平安无事。还有一年，有人与他起了纠纷，要状告他，告到最后，他依然是胜利者。

相比起这些人生中的起伏，我更感动的，是他们相携走过了60年，不管时代动荡不安，还是宁静祥和，这一对老人，都很少有过争吵。她跟着他，他守着她，两个人将一辈子，就交给了这片土地。我想他们一定不懂得那些宏大的人生理想，或者家国情怀，他们只是停驻在这片大地上，从未离去，也不想离去。就像他们守护的上万株果树，把根深深地扎进泥土，并将千千万万甜美的果实，悄无声息地缀满秋日的枝头。

留在窑洞

在白大路村的窑洞里,遇到祖孙两代人。

村民都已搬迁到山下明亮的砖瓦房里了,只有两位老人,因为习惯了杏林掩映下的窑洞,便一直留了下来。尽管窑洞有些旧了,但是他们又粉刷了墙面,并将依山而建、没有院墙的院子,收拾得干干净净。从山下开车上来,大约要十几分钟。汽车在曲折的山间小路上兜兜转转,忽然间就驶入这片开阔平坦的庭院,便很有闯入世外桃源般的"豁然开朗"。尽管庭院遗世独立般地隐匿在杏林之中,但因有20多只鸡,一只健硕的大狗,一头哼哼唧唧的母猪,飞来飞去的鸟儿,一个十七八岁的少年,和一对60多岁的老夫妇,便陡然有了生机。

每年寒暑假,少年都会来山里陪爷爷奶奶度过。见我们来,他有些羞涩,打了招呼,便转身不知去向。十几分钟后,他拎了一大袋黄杏进屋。那杏都是纯天然的,没有打药,所以许多掰开来,会看到小小的虫子,我小心地将虫子剔掉,咬一口,酸甜可口,美味极了。而更多的杏,因为来不及采摘,被鸟啄食,被虫啃噬，纷纷坠落在地，他们便捡了，堆在粗陶大瓮里任其腐烂后，再将杏仁挑拣出来，积攒多了，拿去山下卖掉。

在我们跟老人聊天的时候，男孩更多的是蹲在墙根下，看着对面绿意葱茏的大山发呆。我猜想那时的他，什么也不想，关于高考，关于镇上边打工边陪读的父亲，关于做村干部的母亲，关于手机里喧哗的信息，或者网上年轻人追逐的明星八卦，他统统都不关心。天空蓝得像无边无际的海洋，云朵是大片大片的，他就像某一片自由舒展的云，在难得的暑假，飘回到这片世外桃源中，安静幸福地发一会儿呆。至于我们这些路人，当然更与他无关。所以我们聊些什么，都不在他的关注视线。甚至我问他成绩如何，明年是否有信心考入大学，他也只是羞涩地笑笑，回复我一句"还行"，就不再多言。其实我也很想像他一样，蹲在阳光盛烈的墙根下，看着面前千百年来都亘古不变的山林，而后慵懒地融进这纯粹深邃的蓝色、绿色、白色和金色之中。

男孩的爷爷是村里的小学老师，在这山村里教了一辈子书，老了，依然哪儿也不想去，还是守着这一片日渐茂密起来的大山，日复一日地安静过着。日常生活在这里，犹如深蓝天空下的云朵，有亘古不变的白，和永恒不逝的美。一切似乎都是千篇一律的，人生中的起伏，犹如一滴水，落入广袤的大地，什么也没有留下，便消失不见。可恰恰是这样单调的重复，才保持着人生中可贵的静寂。外界怎样喧哗骚动，甚至男孩的父亲在镇上挣了多少的钱，有着怎样与他们不同的热闹的生活，都与他们这一代老去的人无关。他们只想守着这一片树木繁茂的大山，守着这几十年住过的旧窑洞，就像一枚秋天的山杏，即便是腐烂坠落，也要投入大地的怀抱。

生在巴润哈岱

在鄂尔多斯被卷入煤炭神话的时代,巴润哈岱因为没有煤,而成为一个被人遗忘的村庄。这里的人们有怎样的生活,没有人关心。如今人人向往山清水秀之地,忽然之间,人们便想起了因为大片的绿色,而被称之为"塞外小江南"的巴润哈岱,发现这里的人们,原来居住在大片大片的向日葵花海之中。

在前往巴润哈岱的路上,鄂尔多斯高原的风貌,通过高低起伏的绿色,可窥一二。那大地上无边无际的绿色,与天空让人感伤的蓝色,在无尽邈远的天际,深情汇聚在一起。一路上几乎没有行人,车也极少,好像我们要去的,是一个人烟荒芜之地。可是车在山间大道上忽然一拐,整齐的房屋出现在面前,人便有《桃花源记》中,见到"屋舍俨然"和"良田美池"的欣喜。

不过在两千多人中,我只关注一个"离群索居"的女人。她住在依山而建的两层楼房里,只不过二楼不住人,而是住着一群活蹦乱跳的鸡。这群鸡熟门熟路,白天跑到山上果园里去刨腾虫子,晚上便乖乖地回到房间里来,钻入笼中安然入睡。想象中，它们与女主人住在同一栋楼里，或许夜晚来临，也会做同样的梦吧。梦里有什么呢？我很好奇，想来是大片大片被薄雾缭绕的果园，还有春天里漫山遍野绽放的花朵，小的、婀娜的、娇羞的花朵。

但鸡们并不是女人唯一宠爱的生命，女人更重要的事业，是她饲养的400多头猪。这大约也是她"离群索居"的重要原因。不过走进猪场，并没有闻到太大的异味，反而甬道两侧盛开的花朵，让人以为这是一个安静的庭院。一个雇佣的工人在院子里择菜，那菜当然是自家在山上种的，还带着新鲜的露珠。片刻之后，女人便笑着走进庭院，只一眼，便看得出这是个聪明精干的女人，做事也干净利索；倒是她身旁沉默寡言的瘦弱男人，若不介绍，没人猜得出是她的丈夫。不过这样的搭配，颇具山野气息，好像一朵生机盎然的花朵，开在了质朴的山石旁，那无声无息的山石，反而映衬得花朵愈发地明艳起来。

虽然身居山村，又独处一地，女人的视野，却是开阔的。不过也不足为怪，她曾经做过巴润哈岱村的小学数学老师，在学校合并之后，她也下岗，那时人们纷纷外出打工寻找出路，唯有她，将目光锁定在了从小生长的村庄里，开始了规模化养殖。这一养，就是很多年，并且她很快凭借自己的聪慧，将市场打进了准格尔旗。她也颇懂经营法则，曾经为了推销自己饲养的优质猪，请了许多可以帮她打开市场的人，在她居住的楼房里，摆了一天的猪肉宴。那房间里至今还存放着很多类似于饭店里的大桌椅，以至于让我误以为这不是进了女人的家，而是某家开在山村里的饭馆。

短暂的相遇，女人的热情和笑声，却深深感染了我。她说下次来，一定记得住在这里，想住多久就住多久。又说，这里吃的喝的，全是纯天然的，连鸡们都是喝露水长大的。果然，我们离开的时候，朝山上走了一程，发现鸡们全在草丛里撒欢。其中的一只，还跳到了树杈上，并像个骄傲的将军，打了一声响亮的鸣。而果树们也是乐意的，因为鸡们在树下拉出的新鲜粪便，也滋养了它们。这是一个完整的生态链，而女人，则是连接起这美好乡村生态链的智者。

我因这些在时代的浪潮中，选择留在乡村的人们，而对位于鄂尔多斯高原上的这片土地，充满了探知的热情与好奇。好像，这片在煤黑、深绿、湛蓝和洁白之间自由切换色彩的大地，披上了一层神秘又传奇的瑰丽面纱。这些留守在土地上的人们，共同勾勒出一个时代鲜活的瞬间。

住在巴润哈岱的一个夜晚

秋天的夜已经很深了,我在巴润哈岱面朝大片玉米地的房间里,度过乡村的一个夜晚。这个坐落在鄂尔多斯高原上的小小的村庄,此刻,像一滴安静又饱满的露珠,以婴儿熟睡的姿态,沉入了梦乡。整个世界,什么声音都没有,偶尔有一只虫子,在草丛里翻一下身,村庄便像落入一粒石子的湖面,微微地荡漾一下,便又寂静如初。此外,没有什么,能够打扰一个村庄的睡眠。

而日间的巴润哈岱,也是安静的。在秋天的田野里四处走走,会看到人与玉米、糜子、土豆们一起,以无限接近大地的姿态,融汇在一起。因为高原和丘陵的地形,这里农作物的收割,很难实现完全的机械化。于是在一小块一小块不规则的土地上,便常见人弯腰收割糜子的身影。骡子或者牛马,也会在田间地头闪现。当然更多的是拖拉机、摩托车、小型收割机。天已经有些凉了,早晚的露水,打湿了女人们的鞋子。女人们大都不事修饰,早晚穿着的一件外套,总是沾着田间的泥土。而当她们弯腰在大地上劳作的时候,更与成熟的糜子或者葵花,没有什么区别。一切都从泥土里生出，一切又都回归到泥土。包括依然眷恋着泥土，选择留在土地上的人们。

黄昏的时候，我偶遇了到村委会办理贷款的张润在老先生。他是这个村子里因有经济头脑，而最先富起来的一批人。20世纪80年代的张润在，还穷得叮当响，好不容易看中了一门亲事，人家女孩子父母到山上窑洞里一看，扭头就走。还好，有一个和他一样贫穷的女人，愿意嫁到他家破旧的窑洞里来。在生下儿子之后，张润在发誓要活得像样一些，至少，不要让儿子跟他一样，窝囊得连媳妇都差一点娶不上。于是他很快领着全家从山上搬到山下一处平坦的地方。在最初村民尚未意识到荒地重要性的时候，张润在利用本地开荒的政策，拥有了第一笔财富：接近300亩的荒地。他就在这300亩的荒地上，覆盖上优质的泥土，开始经营蔬菜大棚。过程并不是一直顺利的，他曾因一场突如其来的风雪，赔得一塌糊涂。也曾在儿女和老伴的反对声中，义无反顾地继续将蔬菜种下去。收成好的时候，张润在一年可以净挣近百万元。所以他长期雇佣着五六个劳力，每人每月三千多的工资，忙碌的时候，雇佣的人手要增加到十几个。

来到他家，看着这处集居住、办公、厂房、储藏、娱乐于一体的偌大"庄园"，和"庄园"对面近200亩的蔬菜大棚，我忍不住惊叹，在乡村，土地永远都不会亏待那些勤劳又有头脑的农民。张润在说，曾经不屑跟他一样做一辈子农民的儿子，在薛家湾煤站当了几年的工人后，也打算回到乡下，跟他一起经营蔬菜大棚了。不过张润在并不满足，虽然60岁的他只读过小学二年级，却野心勃勃地希望招募到有文化的年轻人，来与他合作。

离开的时候，张润在执意要去采摘一些葡萄让我带上。走出庭院，见绚烂的晚霞铺满了整个天空，就连秋天里已经现出空旷萧条的群山，也好像遇到了一场突如其来的爱情，瞬间被这浪漫的色彩给激活了，于是每一处山脊都喷薄出生命的激情。一群飞鸟划过长空，而后消失在无边的黛青色的群山之间。

当农民的张润在，而今的烦恼，是担心自己老了，慢慢干不动了，而尚未接手的儿子，也不知是否能将这份工作，像他一样，长久地坚持下去。

帮我招一些年轻人来吧，临走的那一刻，他像是对我，又像是自言自语地这样说道。

天已经黑透了,我才从张润在老先生家,赶去看望戚老太太。

一路上多亏开车的袁大哥技术过硬,也多亏这几年路修到了每一户人家门口,并增设了路灯,否则夜晚在曲折盘旋的山路上飞驰,是需要担着一颗心的。偶尔,会有一只失眠的野鸡或者野兔,自树丛里钻出来,看到车来,有些吓晕了一样,站在车灯射出的刺眼的光线中一动不动,眼看着就要撞上了,它才仓皇失措地逃回树丛里去。

今晚的天空干干净净的,连一颗星星也没有。山野里也是漆黑一片,路灯的那点光亮,在这片空旷无边的黑里,几乎可以忽略不计。那黑是浓郁的墨汁一样的黑,人走在这山路上,需要唱歌来给自己壮胆,否则,只是一只扑棱棱飞离枝头的鸟儿,也会将人吓瘫在地。

不知道车到底开了有多久,感觉好像很久很久,以至于我不止一次向袁大哥感叹,巴润哈岱真大啊,大得好像全世界都盛放在这个无边无沿的村庄里。我因此也对牺牲周末的休息时间,带我披星戴月地探访村民的袁大哥,生出愧疚。不过他一点也不觉得有什么,好像在这个村子里,开车带我去任何的地方,都是他的义务与责任。

进门的时候,见戚老太太早已端坐在宽大的炕上了。那炕很大,占据了大半个客厅。因此戚老太太看上去便感觉小小的。她已经85岁了,她身后叠得整整齐齐的被子上,套了一个绣花的被罩,那大红喜庆的花朵,是巧手的三儿媳一针一线绣上去的。虽然是夜晚,但是昏黄的灯光下,还是可以看得见庭院里干干净净的,而已经居住了近20年的房间里,陈旧中也自有一种家常的素朴与整洁。我想起刚刚进院门的时候,袁大哥说,他们家门口,种满了山药花。山药花是一种名字乡土但看起来却美好动人的花朵,有玫瑰红、胭脂红、海棠红和小米白4种颜色。我猜测戚老太太是喜欢胭脂红的,因为她的脸颊上就红润润的,好像涂了一层胭脂。据说她一顿可以吃下十几个饺子,饭量与她的儿媳相差无几。

戚老太太说她还年幼的时候,因为家里有很多的土地,并不曾有过挨饿的记忆。在她的记忆中,那时家里的土地多得耕种不完,于是便出租给陆续搬迁过来的外地人耕种。她有兄弟姐妹6个，2个年幼的时候便因病去世。戚老太太家中排行老四，而今却是活得最长的一个。就连她的老伴，也已于10年前去世了。不过她并不孤独，她一辈子养育了5个孩子，家族已经传了4代，过年的时候，热热闹闹，有40多口人。大儿子给我出示了自己手机上存的一张全家福照片，老太太坐在正中，抱着最小的重孙，像一个孩子一样开心地笑着。

恰逢国庆假期，戚老太太的长孙，正在从北京回来的路上，据说再过一个小时，就能到家了。大儿子的脸上，因此溢满了光彩，好像下一秒儿子就会踏进门来。谈起自己的儿子，这个50多岁的男人，满是自豪，据说儿子在一家有名的家具公司从事设计工作。

大家在谈论着这些的时候，戚老太太一直端坐在炕上，微微笑着，一句话也不说。我想起村委会办公室的走廊上，有一张关于"和睦婆媳"的照片，照片上戚老太太笑着坐在炕上，接过三儿媳递过来的一碗热气腾腾的饺子。来自附近沙圪堵镇的三儿媳，是个性格温和的女人，儿女都已离开了村庄，搬去了镇上居住，她便在村里种植的专供观赏所用的花卉基地打工，每个月大约有两三千元的收入。在过去老太太腿脚不便的时候，她每天都会扶老太太下床，在外面晒晒太阳。而今老太太身体好一些了，可以自己拄拐下床，四处走走，庭院里的阳光，也似乎因这一老一少劳作的身影，更明亮温暖了一些。

夜色中看不清这所宅院所处的位置，但在吃过一块甜得让人心都要融化的西瓜后，它在我的心里，却忽然间清晰起来，好像一盏温馨的灯，在秋天孤独的夜里，照亮这日渐萧瑟的鄂尔多斯高原。

此刻，我躺在床上，听见秋天的风，越过起伏的山岭，穿过疏朗的树林，漫过草垛一样高高堆起的糜子，拂过即将入仓的玉米，最后，似乎怕打扰了睡梦中的人，悄无声息地落在人家的庭院里。风在院子里会做什么呢？它一定像个好奇的孩子一样，这里瞅瞅，那里看看，翻翻人家麻袋里的土豆，掀掀人家墙角的柴堆，碰碰屋顶上的一片灰瓦，数数人家羊圈里的山羊，直到它终于玩得累了，退出庭院，随便找一处山谷，枕着夜色，睡了过去。

村庄究竟是一处什么样的地方呢，我一直在想。后来慢慢地明白，村庄应是安放自然草木之所，是人类精神栖息的最后的家园。巴润哈岱一个81岁的老人，读私塾时，所念的农谣这样说道："杈耙扫帚扬场锨，碌碡簸箕使牛鞭"，与草木庄稼息息相关的劳作，虽带给人的身体以疲惫艰辛，却又因精神上的快乐，让劳作的人们，忍不住欢歌起舞，不倦不休。就像我的父母，他们明明知道而今土地上的付出，换不来多少的收入，却始终执拗地不肯放弃。父亲说，一个农民，丢了土地，跟大树丢了根，又有什么区别呢？

如果有一天，我的生命终结，我一定将自己的骨灰，洒入泥土湿润的乡下，让它们与麦子、玉米、土豆、红薯或者野草，生生不息地缠绕在一起，最后，一起消融在这辽阔苍茫的大地。在巴润哈岱越来越浓郁的夜色中，我这样想。

去长滩

高雁萍

已是九月末,虽然沿途秋草微黄,夹道的八瓣梅却仍开得红白紫粉、妖娆缤纷,又有远近高低绿树连绵,就让人觉着,汽车是在和花朵与绿浪相互穿流。

没错,是穿流,在风景如画的百里长川中,相互穿流。

百里长川真是名不虚传呀,全川长达56公里,北起白大路村,南至长滩村,是薛家湾镇正在倾力打造的一条集休闲文化与西口古道文化于一体的观光旅游线路。我们此行的目的地,是长川的最南端——长滩村。

由北而南一路走来,花草树木,农舍田园,川里的景色可说起起伏伏、弯弯转转,而最让人叫绝的,却是山上那些树。那些树虽然也成片,但彼此错落,保持着一种天然的、恰到好处的距离。因为离得远,我无法断定是什么树种,但那独特又少见的树形,让我兴奋地惊呼了一路,一会儿说那树像立在山上的一个又一个鸡毛掸子,一会儿说像歌里唱的"大红公鸡毛腿腿",一会儿又说像胖墩墩的芦花鸡腿,同行的人也随声附和。俗话说一方水土养一方人,是不是也可以说

山河带砺准格尔

一方水土养一方树呢?

川里的文化味道也极浓,白大路文学创作基地,海子塔农耕文化博物馆,沿途遍插的小彩旗告诉人们,这里前不久刚刚举办过准格尔旗首届乡村文化旅游节。等汽车拐过最后一个弯,爬上最陡一个坡,眼前一亮,长滩的核心地带,也就是原来的长滩古镇到了。

长滩又名十里长滩,地处准格尔旗东南部晋陕蒙三省区交界处,是个有些历史的村子,清朝归山西省管辖,现在归内蒙古自治区所辖。网上信息显示,如今的长滩村,仍保留有很多过去的大宅院,如赵家大院、韩家大院、康家大院、乔家大院、庆合院等,这可都是古镇的资本。

关于长滩村村名的由来,相传有两种说法,一是当年河曲人向当地人买了地块,也划分了地界,但河曲人当天夜里竟神不知鬼不觉,偷偷把界碑向北挪了十里地,所以,十里长滩一度也叫"十里长探"。而我更倾向于第二种说法,就是早先的川道中,因洪水年复一年澄砌出无数大大小小的滩台,这些滩台上又渐渐形成村落而得名。长滩村,是其中之一。

历史上的长滩村命运多舛,因经济繁荣和地理位置的重要,从清朝同治七年,一直到1948年初,不断遭遇匪患,并多次被焚烧劫掠,次次都毁损到惨不忍睹。但长滩很固执,每一次灾难过后,总是慢慢自我疗伤,一点点恢复元气,默默坚守着。我们到达长滩村时,沿街房屋店铺的仿古修缮紧锣密鼓,站在当街的某一高处放眼南北,那起起伏伏的青砖青瓦和串串红灯笼,不仅唤醒了古镇的记忆,也让曾经的老街,散发出原有的老味道。

作为走西口的重要入口或重要通道,长滩村的地理位置非常重要。想当年,这街上定是商贾络绎不绝,终日人欢马叫,有打尖儿的,有住店的,有南来的,有北往的,有喜迎的,有相送的,该是多么热闹。不由得想到《走西口》里玉莲对太春的嘱咐:走路你要走大路,千万不要走小路,大路上人儿多,说说笑笑能给哥哥解忧愁……从长滩村一直向北延伸到白大路村的百里长川,无疑,就是通往口外的大路一条。

我们在老街上溜达,两边一些正在施工改造的院子里,不时会出现一个污渍斑斑的纸筋油葫芦，或者是一盏老油灯、一盘旧石磨、一口大铁锅。边走边看，这些过去年代的生活物证，哪一件都会让人浮想联翩。

傍晚的长滩要比城市安静很多，街上没几个人，天气忽晴忽阴，长滩老街便忽明忽暗。我们走在这偶有闪电的明暗里，似乎想在长滩的时间和空间上有所穿越。

在一间中药铺里，听年长者讲述长滩的历史，讲述长滩的老红军和五烈士。他告诉我们，要想了解长滩，得找村里88岁的倪黄安，他什么都知道，任何事情，都能给你讲出个来龙去脉。但可惜，因计划有变，我和张设计师不得不连夜乘车返回呼和浩特，不光没见上倪黄安老人，也错过了那几处老宅子。

下次吧，等老街改造工程彻底结束，我一定要二访长滩，要在老街上住几天，好好体验体验西口古道上的乡风民俗。

武学敏

准格尔赋

　　北国气象，朔漠茫茫。沟壑粲然，丘陵沧桑。黄河蜿蜒，煤海莽莽。枕土默特川平原呈虎踞，傍鄂尔多斯高原形龙盘。鸡鸣三省区，惊艳蒙晋陕。

　　上溯五千年，先民于斯地繁衍。史前猃狁、林胡、楼烦等部落游牧渔猎，秦汉时设郡县有沙南、广衍，南单于庭置于美稷，魏晋南北朝归魏夏州属地，隋唐乃胜州榆林卫地，清顺治六年建鄂尔多斯左翼前旗，清末曰准格尔旗。横槊叱咤，恒河星汉；数千年史，换了人间。

　　准格尔物华天宝，地灵人杰。风云变幻，波澜壮阔历史事件纷至沓来，轮番上演；叱咤风云，纵横捭阖历史人物此起彼伏，旗偃鼓喧。铸就洋洋大观文化长廊流动之雕塑，绵延不绝。康熙巡游曾盛赞旗民"人皆有礼貌"。《宝鬘》书写民族恢宏经典。扎那嘎尔迪执政五十年，毁誉褒贬互见。晋陕蒙交界通衢，汉蒙民族团结，相携互勉，改天换地。岁月沧桑行走壮怀激烈，光阴荏苒书写壮丽诗篇。沙圪堵民国初年即商贾云集，实走西口驿站；五大集镇铺面千间，乃旅蒙商胜券。同仁学校开创西蒙教育新学先河，栋梁继踵遍布漠南广袤草原。兵家逐鹿必争，社会贤达魂牵。沟壑梁峁，令无数志士燃烧热血；大漠河谷，教几多仁人气宇轩昂。

瀚漠福地，塞外卫阙。蒙地南沿要冲，汉域北边交界。鸡鸣三省，黄河天堑。西口古道，富甲朔边。准格尔召、新召、大营盘王府、杨家湾国公府富丽堂皇，须仰视才见；太子滩、双山梁、阿贵庙、喇嘛洞浑然天成，缭绕历史云烟。黄河大峡谷峰回路转、鬼斧神工、气象万千；千年油松王枝繁叶茂、一枝独秀、问鼎苍天。妖精太太与唐公喇嘛爱情故事广为流传，乃准格尔梁祝千古绝唱，缱绻缠绵。准格尔饮食文化博采众长、色形味佳、饕餮不厌。准格尔人淳朴、厚道、好客，盛纳芸芸外域众生视异乡为家园。纷至沓来，忘返流连。安身立命，建功创业。

漫瀚调者，准格尔之旗粹也，华夏独有。缘于情、感而发、歌犹话、话入画，斯调乃汉蒙民族团结奇葩，激越千秋。列入国家级非物质文化遗产名录，旗民男女老幼时亮歌喉。漫漫瀚瀚揽天籁之声，汩汩涓涓融真情流露。一曲多词睹之闻之思之即兴演唱，一词多曲天上地下民情信手上口。准格尔手工地毯遐迩闻名、历史悠久；巧夺天工、仿古似古；造旧如旧、美不胜收。高原杏仁露、海红果酒，实绿色饮品珍馐。土生土长、精益求精，商家消费者赞不绝口。

二十世纪末，旗政府驻地搬迁。弹指二十年，准格尔跃马扬鞭。工业从小到大，财力由弱变强，今非昔比，改天换地。万年宝藏不再沉睡酣眠；煤海乌金掘起滚滚财源。挺进全国百强县，跃居西部百强二甲前列。十桥飞架黄河悬彩虹，路网纵横大地舞曼练。高岭土纳米级蓄势待发，国礼瓷荟精品声名远播，煤转化深加工政企攻坚，开发区工业园魅力无限。工业反哺农业举措力度空前，城镇吸纳农民转移百姓欢颜。民生民心工程祥光普照，首创多个自治区率先。历届党政领导励精图治，恪守以人为本执政理念。抚恤鳏寡孤残颐养天年，尊重弱势群体人格尊严。义务教育一补四免，全民参加社会保险。改革发展成果造福全体人民，温暖幸福万家心田。统筹兼顾利益共享四面八方，构筑社会安定和谐。

七十年天翻地覆嬗变巨，七千余平方千米山河逶迤画卷长。双山梁、敖包梁、大圐圙梁峁梁吐玉，犉牛川、纳林川、塔哈拉川山川飘香。曾几何时，黄沙漫漫无山不秃有水皆浑，存历史写照；喜看今朝，芳草萋萋无山不绿有水皆清，换大地盛妆。禁牧、退耕还林，植被恢复千顷碧波映壑梁；移民、三区划分，生态改善一脉青山吐芬芳。至若夏秋之际，俯瞰山峦，燕雀呢喃、山泉叮咚，充满诗情画意；仰视穹宇，树冠叠翠，果实累累，处处鸟语花香。长天共沃野缤纷霁色，曦日与田畴溢彩流光。若夫冬春之交，周天寒彻，七沟八梁，罡风浩荡。但见天高地洞，哈气成霜，素裹银装。归去饮烈酒，千杯竞豪爽。

美哉准格尔！经济开发区百年老镇，继往开来，焕发生机。政府驻地煤海明珠，魅力四射，熠熠生辉。大路新区横空出世，潜力无限，蜚声崛起。中心镇、工业镇、苏木农业乡，科学定位，扬长避短，十全十美。薛家湾、大路、沙圪堵、街道办事处，创城主力，七星高照，各显神威。城乡统筹，遵循规律；三化互动，顺应民意；保护生态，坚定不移。走特色化之路，兴大手笔之举。社会事业做大做强，千帆竞发，破浪弄潮，比肩涌劲旅；经济发展又好又快，异军突起，比学赶超，争相竞崛起。资源富集，恒念物尽其用，运筹帷幄，捷足先登，寻求产业换代升级；能源宝地，常思科学发展，决胜千里，敢为人先创造奇迹。创建国家园林城市，入选全国文明城市；跻身中国工业百强县，荣获全国幸福百县榜。旗民幸福指数稳步提升，民生既得利益逐年递增。前有标兵，后有追兵。方略既定，上下合力，一鼓作气干下去；山外有山，楼外有楼。目标锁定，勠力同心，一张蓝图绘到底。

壮哉准格尔！拥九曲黄河接呼包，襟鄂尔多斯高原连晋陕。占天时地利之庇佑，得政通人和之真善。日月经天，星移斗转；江河行地，薪火相传。准格尔人民勤劳智慧，壮志正酣；漫瀚调故里诗乡歌海，宏图大展。提升幸福指数，构建和谐典范。舒山川美轮美奂之气象，展大地钟灵毓秀之景观。大气磅礴犹千年油松，遒劲难被雨打风吹去；大爱驰荡似滚滚黄河，壮怀总随云飞浪涌来。百业勃兴，稳操胜算。让世人称奇羡慕，令旗民俊彦载欢。

准格尔有容乃大，海纳百川。正擎举如椽大笔，描绘锦绣河山。

山河带砺准格尔

弯弯月亮的遐思

我喜欢听《弯弯的月亮》这首歌。无论是生活处于顺境还是逆境,无论心情高兴还是郁闷,无论清晨锻炼还是傍晚散步,走在准格尔旗任意一处山间抑或公园林荫小道上,我总会情不自禁地哼唱这首歌。它那直抵灵魂的穿透力,舒缓悠扬的音乐感染力,引人入胜的持续张力,与天籁共鸣的悠远旷达,能够让我全身心的放松,一天的劳累伴随着悠扬的乐曲消散,浑身感到无比的舒展惬意……

月亮、小船、小河,弯弯的、朦胧的景象;小桥、阿娇、歌谣,美美的、舒缓的意境。不管你处于什么样的生理年龄,每一个人的心中,都会怀有一颗童心,平时,童心深藏于内心,但不经意的感应,就会触动那根敏感的神经。一个场景,某种情境,特定心情,都会激发童趣童心,让你回归到活泼调皮的天性,夜的天空,常常撩拨人的柔软不经触碰,一阵蝉鸣,一片蛙声,一树月影,惊醒一帘幽梦……

我在仰望,我在探寻,我在思忖,有时故作深沉,不知道的人也许会想,这个人城府很深。其实，有时我天真得很，我曾经幻想，要想方设法，把天上的星星数目数清，把它们的位置标清搞懂，随着阅历的增长，年龄的递增，自己对自己的幼稚无知也感到忍俊不禁。但我还是常常仰望星空，看着弯弯的月亮触景生情，那里，寄托着我五彩缤纷的憧憬，还有童年时代就在做现在也没做完亦幻亦真的梦……

弯弯的月亮像什么？弯弯的月亮是什么？弯弯的月亮究竟蕴藏着什么？仰望着夜幕的苍穹，我不厌其烦千万次地问，远行千里万里地寻。问父母，问老师，问同学，问邻居，问路人……回答五花八门，丈二高的和尚——摸不着头脑。正因为没有标准答案，正因为永远也不可能说穷尽，它激发了我的好奇心，那深邃的夜空，那浩渺的宇宙，那隽永的天籁，那看不到尽头的苍穹，那数不完的星星，还有我的一往情深……

弯弯的月亮，是一缕意向，一份情怀，一种心绪。你看与不看，它就在那里；你想与不想，它也在那里；你念与不念，它还在那里！人生存在这个世界上，有太多的得意与惆怅。"人生得意须尽欢，莫使金樽空对月"，这是李白的豪放洒脱；"但愿人长久，千里共婵娟"，这是苏轼的普世愿景；"思悠悠，恨悠悠，恨到归时方始休，月明人倚楼"，此乃白居易的旷古相思……古往今来，弯弯的月亮，就像一只小船，承载了人们太多的情怀。

我们生活在这个世界上，从小到大，肩负着不同的社会家庭角色，背负着大小不同的行囊，我们不停地行走，有时的确很疲惫。我们也想释放，比如情绪、思想、心灵；我们也需要一个平台，帮助我们减轻负担，比如事业、亲情、责任；我们有时也显得无助，也想找一个地方倾诉，比如苍穹、月亮、星星。弯弯的月亮，是一个既抽象又现实的载体！只恐双溪舴艋舟，载不动，许多愁。既然月亮能承载，那就托付给月亮吧，我寄愁心与明月，随风直到夜郎西。

我们告诉花儿，花儿会有凋谢的时候；我们告诉四季，四季季节特征分明，有时也不能对应心情；我们告诉月亮，只要天气晴好，它就挂在天上。满月好看，不能承载太多的想象；唯有弯弯的月亮，它像一只小船，载着我们以及我们的行囊，还有愿望。天马行空，纵横捭阖，信马由缰，放飞思想！哦，弯弯的月亮,你是舟,你是筏,你是翅膀,你是梦想,你是飞翔,你是深切的生命的忧伤,你是男女老少皆宜的倾诉对象,你是人类永恒的向往!

苦菜苦菜

韩淑华

苦菜苦菜

我对于苦菜的情感，要从童年说起。

那时的农村每到春夏之交正是青黄不接的时候，庄户人家冬天腌制的咸菜已经吃完，新种的菜才刚刚吐芽，几乎没有蔬菜可供食用。苦菜到了四月初时，就长得很旺了，农家就把它作为蔬菜的替代品。

每到那个时节，大人们都要忙农活，大凡家里能提得动箩筐的娃娃，都会被大人打发到田间地头去挖苦菜。我那时候也经常和小伙伴们一起成群结队出去挖苦菜。对于挖苦菜，我还是蛮有兴趣的。因为是春天刚刚过去，夏天刚刚来临，大地正处在一片新绿之中，就连风吹在脸上，都是柔柔滑滑、清新润泽的感觉。

还有一些刚刚开放的野花，飘散出淡淡的芬芳，吸引着刚刚长大的蝴蝶们翩翩起舞地围着盘旋。于是，这些可爱的小东西便深深地吸引了我们，让我们暂时忘记了自己的任务——要等到吃饭时挖回家一箩筐苦菜，而把心思用到了芳香的野花和缤纷的蝴蝶上，采一把野花，扑几只蝴蝶，但是很少有能扑到蝴蝶的时候，有时候看上一只有四五种颜色、图案美得让人离不开眼的蝴蝶，悄悄跟了它很久，耐心地等它飞累了在一朵花上歇了，眼看就要捉到手，它却故意气你似的，扑地一下又飞得远远的。就这样在穿梭于花草间，与蝴蝶飞飞扑扑之时，时间飞快地流逝，眼看着大人们就要收工回家，苦菜们还得意地吸取着地里的养分，筐筐里也空空如也，这时我们才着了急，东一铲子西一铲子，匆匆地开始挖苦菜，好在苦菜总是一大片一大片的，不用怎么费功夫便会挖很多。

我一直认为苦菜和贫穷与苦难联系在一起。这个印象的形成，大约是和小时候看过的一部叫《苦菜花》的电影有关。电影讲的是一个贫农老妈妈和她的子女们顽强生活和革命的事，用不管环境怎么恶劣都能顽强生长的苦菜来作喻示。具体的故事情节我已经不记得，但是影片中有一个开花的苦菜在风中顽强摇曳的镜头，我还记得很清楚，小时候觉得苦菜花真的很伟大，很神奇，非其他的野花可比。

我那时对于吃苦菜其实特别发愁，因为不管是用猪油炒了吃，还是用胡麻油凉拌了吃，那种苦苦的味道都绝对不会让一个小孩子感兴趣。但是受那部电影的影响，我觉得吃苦菜是一件很光荣的事儿，所以总是像完成一项光荣的任务一样，把苦菜胡乱嚼一嚼便硬咽下去，大人们不知其中的缘故，总是夸我很懂事，不像哥哥姐姐们一吃苦菜就愁眉苦脸、挑挑拣拣的，要大人们从开始吃饭训斥到一顿饭吃完。

随着人们生活水平的提高，苦菜一度淡出了我们的生活。但不知从什么时候开始，苦菜因为有很多别的蔬菜所不及的疗效而又渐渐在餐桌上走红，以它特有的姿态跻身于肥酒大肉之中，对于原本不值钱的作为农家人充饥的补充品的野苦菜，人们要花钱买了吃。和我小时候的印象不一样的是，现在吃起来，苦菜并不是那么难吃，和其他的许多美味佳肴相比，苦菜的苦中蕴含着一种特有的清淡，细细品味，那种感觉就像过久了纷繁喧杂的生活，一下子溶进了与世无争的日子，换上了平和淡雅的心境，不被世事所累，不为红尘烦恼，让人回味无穷。

五一假期，我陪父母去住在乡下的姐姐家度假，因为正是农忙时节，姐姐一家人都很忙。我帮不上忙，就搬了凳子，拿了书，在姐姐家门前的树林里闲闲地看。年届七旬的父母亲却坐不住,不听我们的劝阻,不知从哪儿翻出了两把年代久远的小铲子,提了箩筐出去挖苦菜,我也只好不情愿地跟着。在挖苦菜累了的时候,他们总是满怀兴致地眺望乡间那平展展的、散发着沤足了的粪肥、夹杂着湿土气息的土地,关切地和在地头辛勤耕作的农人说话。他们的言谈中,满是对收获的憧憬,浑身上下洋溢着积极的生活态度,我感受到了他们对曾经生活过的农村,对于曾经耕耘过的土地的深深的眷恋。

也许,我们今天对于吃苦菜的热衷,正是对于已经逝去的一些东西的眷恋,比如天真烂漫的童年,比如那些没有凡尘杂念的日子,离我们渐去渐远,却在我们心中留下了深深的痕迹,让我们不能忘怀,一如我们对于苦菜的眷恋。

杏果流香

"桃之夭夭,灼灼其华。"粉红的桃花,被比作美女,被搭上艳遇,在春天里尽情妖娆。而粉白的杏,如蓝天边际淡淡的流云摇曳人间,淡然芳菲。

春天的风,被寒冷压抑了一个冬天,终于等到春回大地,于是就肆意狂刮。"花狂不待风。"大风过后,杏树下总有大堆大堆的杏花,可是,抬头仰望,"一陂春水绕花身,花影妖娆各占春。纵被春风吹作雪,绝胜南陌碾成尘",经过春风的洗劫,杏还是一树粉白,等待叶子长大,孕育累累杏果。

青青的杏果,在物资匮乏的年代,是乡村娃娃十分盼望的零食。站在绿茵浓浓的树冠下,听初夏的风飒飒作响,立起脚尖,摘一个隐蔽在叶间的青杏,放到嘴里,酸酸涩涩的感觉,一直流淌到心田。这时的杏仁没有被杏壳包裹,有着弱不禁风的白。经不住杏仁诱惑的孩子,把握着大人叮嘱的绝不能多吃的限度,将它放到嘴里,经不起轻咬,就会有一股微微的甜伴着若有若无的苦弥漫舌间。孩子们不仅自己解馋,还要将身上的兜兜装满,给姐姐嫂嫂、姨姨婶婶带些青杏回去。有孕在身的乡村女人，在青黄不接的春末夏初，没什么可吃的，青杏就备受她们青睐。"酸儿辣女"，乡间人认为女人怀孕期间喜酸，可能是怀了男娃，喜辣就可能怀了女娃。在重男轻女的农村，生男娃是每个女人的使命，所以，孕期碰巧在春天的女人，就很张扬地吃酸酸的青杏，让左邻右舍看见说一句"可能是男娃"的祝福语，不管将来生的是男是女，未生之前在心理上得到满足。青杏伴着馋嘴加顽皮的孩子，和有着小小虚荣心的女人，款款走进夏季。

《格物丛话》中说："杏实味香于梅，而酸不及。"成熟的杏果，就像成熟的气质女人，越是经过岁月的洗涤，才越显芳华迷离，全然没有花期的淡雅，黄中泛红，色泽鲜艳亮丽，香味四溢，果肉鲜甜绵软，又有"甜梅"的美誉。在人的欲望面前，杏更像一个哲学家。据《本草纲目》载："食杏仁多，致迷乱将死，杏树根切碎煎汤服，即解。"杏肉味酸、性热，有小毒，所以食杏不宜过多，杏仁也不宜过量食用。但将杏制成杏汁饮料或浸泡水中数次后再吃，特别是多食经加工而成的杏脯、杏干等，不但安全还有益健康。这也许是杏用其独特的语言，警示人们贪之利弊。

在乡间，有杏的人家都将无法存放的杏果晾制成杏干儿。没有什么特殊的工艺，就是将成熟的杏肉从杏核之上剥离，摊放到阳光下晾晒到水分全无，即可存放。晾好的杏干一般装在用老白布制成的布袋中，用布袋来装，可以防潮，以免生了虫子不能食用。杏干在乡人眼里很珍贵，亲人在外，定要想方设法给捎去一包。杏干较之杏果别有一番滋味，轻轻咬去，浓浓的酸味儿中，沁着似乎弥远的甜。"杏核与肉自相离，其仁可以入药"（《格物丛话》）。杏仁也可食用、药用。传说，古时候有位妇女，每天早晨口含去皮剥尖的杏仁七枚，慢慢咀嚼，而后咽之，天天坚持，晚年时她"老而轻健，年逾从心"。

杏仁还可作为高级点心的原料，也可制成杏仁霜、杏仁露、杏仁酪、杏仁酱、杏仁酱菜、杏仁油等。杏仁油微黄透明，味道清香，不仅是一种优良的食用油，还是一种高级的润滑油，还可提取香精和维生素。杏仁作为茶饮原料，历史悠远。"苏造肉香麻饼热，炒肝肠烂杏茶浓"（寿逸庵先生《望江南词》），说的是清末北京故宫隆宗门外专供内廷小吏食用的早点品种，其中的杏茶即杏仁茶，是以上好大米粉熬成粥状，略加杏仁泥，食时放白糖、桂花。词中的浓字，指出了杏仁味浓，余香在口。绿茶桑叶杏仁、橘红、乡间人食用杏仁，一为炒食，再就是做成杏仁茶，其味接近于杏仁饮品杏仁露，口感较之更为浓郁醇厚。做杏仁茶，做法简单，但比较费时，要先把杏仁和一定比例的小米在新汲的井水中泡了，之后捞出将杏仁的外皮去掉，用小手推磨磨成糊。过去的农村，那种用石头凿刻而成的小手推磨几乎家家都有，石磨分为上下两个磨盘，下面为实心底座，上面为推磨，靠边的部位有一个把手，中间有一个上下连通的圆洞。磨杏仁时，一边往圆洞中舀加水的杏仁和小米，一边均匀地推磨，乡人称之为围磨。磨成糊的杏仁加小米就顺着磨盘周围的凹道黏黏答答地流到磨盘下面架着的面盆里，磨好后在开水中熬煮四十分钟左右，就可盛饮，根据个人口味可加茶及盐或糖。因磨盘笨重，除过年过节，一般就尘封在粮房中，若一家人熬杏仁茶，肯定要邀左邻右舍一起来喝。围磨喝茶，聊天，对一年到头忙乎的农人来说，亦为难得的享受。

对于杏的情感，乡间人不善表达，但其浓厚在日常生活中尽可流露。乡间的人评价女子眼睛的美丽，常亲昵地称之为"杏核眼"。乡间女子取名为"杏儿""杏花"，再为普通不过，取这样的名字，也是盼其能苦不馁，乐不骄，就像杏花，经得起风风雨雨。

行走在如画的准格尔

冯发勇

行走在如画的准格尔

鄂尔多斯以煤炭著称于世，准格尔就是鄂尔多斯这片煤海里的最闪耀的一颗煤海明珠。

煤海明珠是准格尔薛家湾镇的标志性建筑。作为地标，在准格尔独一无二。每年五月，南山公园的牡丹花惊艳绽放，与煤海明珠构成了一幅独特的画卷。粉色的、红色的牡丹花吸引了不少居民前来赏花。在家门口就能看到国色天香的牡丹，这样的欣喜，还是让准旗人有一种进入远方景区的感觉。如果说南山的牡丹美，那么北山的牡丹则更加壮观。

北山有一个社会主义核心价值观主题公园。公园依托北山此起彼伏的地势而建，如今已成为北山片区居民休闲娱乐的最佳场所。在公园里，不仅能看到传统道德文化与社会主义核心价值观方面的宣传展板和传统孝道文化宣传，还可以看到姿态各异的牡丹花。公园里最美的季节属于夏秋两季。这两个季节是北山最璀璨的时节。

夏天的北山，牡丹花开，馨香四溢。秋天的北山月季绽放，花香十里。牡丹与月季是北山美的代表。从春到秋，有粉色的榆叶梅、紫色的丁香花与黄色的百合花与多彩的石斛花次第绽放。但是，在众多的花中，我印象最深的便是牡丹和月季。

有牡丹的地方往往有芍药相伴。北山的牡丹种植区分块多、品种也比南山多，也有很多芍药花。牡丹有个别称，叫木芍药。我觉得这个名字非常妙，芍药是草本植物，牡丹是木本植物，两者的花又非常相似，让很多人分不清楚，这一个"木"字就区别出了牡丹和芍药，让两者泾渭分明。夏天早上和傍晚，是北山上人最多的时候。这个时间也是居民们出门锻炼与散步休闲的高峰时刻，此时，也是大家赏花的最佳时间。穿梭在牡丹花丛中，粉色的、红色的、单层的、多层的牡丹花朵朵绽放，边走边看，非常惬意。秋天时候，多彩的月季花就更美了。无论你从哪个方向走来，都能看到月季花的漂亮靓影。

如果你对准格尔不了解，可能不会相信，这里如此美丽。缘何牡丹、芍药与月季花能在此地绽放？家里种的盆栽，精心照料还不遂人愿呢。这是因为准格尔的生态治理工作做得好。如今的准格尔，夏天从空中鸟瞰，城市郁郁葱葱，街道、楼房掩映在绿树之中，是一座绿色之城。如果你还不相信，那么随我一起走进百里长川与准格尔黄河大峡谷一睹为快吧。

秋天的百里长川是花的海洋。金色的、紫色的与红色的花儿连成一片，仿佛是少女最爱的连衣裙，随着季节自由更换。第一次去百里长川时，这里是一片金色的向日葵田，行走在田里，闻着花香，抚摸着巨大的葵花叶子，有一种身处幸福之地的感觉。从夏到秋，百里长川的颜色一直在随着季节而变化。有时这里是金色的、有时是紫色的、有时是红色的。这里有金色的向日葵田、有像薰衣草梦境一样的美丽的紫色花海，还有红彤彤的红高粱。无论是夏天的紫色花海还是秋天的沉甸甸的金色丰收，都令人神往。秋天时沉甸甸的葵花盘一个个俯首大地，静默不语，仿佛在感恩大地又仿佛在感谢正在收获的村民。生活在这里的村民，如今依靠乡村旅游的发展方式创新致富，生活早已奔向了小康。

有时候，我觉得百里长川不仅仅是一片良田，还有一种说不出的希望沉淀在这片土地上。或许,历史上很多走西口的人们经过这里时,在这里落脚,有的扎根在这里生根开花,有的在这里修整后通过西口古渡走向了更远方。如今,再次来到这片土地上,我依旧有一种难以言说的情绪,或许这就是我的黄土情结吧。

感受过百里长川的金色丰收之后,说到准格尔的秋天,不得不提准格尔黄河大峡谷。准格尔黄河大峡谷以黄河太极湾最为有名。秋天的黄河太极湾,碧水蓝天,慢悠悠地走过包子塔,绕着准格尔流向了远方。或许你所见到的黄河是黄色瀑布,像壶口瀑布那样雄浑壮美,但是在黄河大峡谷这里,尤其是秋天的时候,这里黄河是绿色的,和江南水乡的温柔之水一样,非常矜持。这里没有宁夏黄河大峡谷高峡出平湖的广阔之美,却有别样的山峰林立、波澜起伏与纵深的惊艳之美,给人一种类似于"两岸猿声啼不住,轻舟已过万重山"那样的意境。岸上有红色的黄河窑洞和民俗村落,还有无边无尽的红色的格桑花海。这一切,把准格尔的秋天装扮得非常美丽,如同童话里身着盛装的美丽少女。

绿水青山就是金山银山,生态之城就是绿色之城。准格尔的绿色之美还不止如此。准格尔盛产绿色煤炭,为社会提供绿色动能,给千家万户送去了温暖与光明。如今的准格尔矿山复垦区已经变身准格尔国家矿山公园,宛如画中世界。来到这里你会看到:绿草青青无边无际的草原上,牛羊悠闲地散步,无忧无虑地吃着牧草。鲜花绽放、流水潺潺、亭台楼榭点缀其中,蒙古包屹立在湖畔,来往的游客忙着在随风摇曳格桑花海拍照留念。这里仿佛就是一幅生态和谐的优美画卷,这样的准格尔难道还不美?

宁静的阿贵庙

闫桂兰

突然心血来潮,想去阿贵庙看看。说走就走,开车出发,大约走了两个小时就到了。

阿贵庙位于鄂尔多斯准格尔旗西纳日松镇境内,在鄂尔多斯古陆原始植被区。我们把车停在了一片不大的平坦地,就向山谷走去。一进沟口就与这里的幽静撞了个满怀,自然也就带着这满怀的好心情欣赏起这里的风景来。天气晴朗,天空没有一朵云彩,湛蓝得像一块撑起的蓝色大伞,上面挂着一个耀眼的太阳。在这样的天气里,漫步在这静美的山谷里,披着灿烂的阳光,接受着大自然的馈赠,尽情领略这里的风光,吸吮大自然里的灵气,体味这里的超然,让人浑身清爽,精神为之一振。

这里是自治区级自然生态植物保护区,两面山坡和山顶都被植被覆盖,几乎看不到裸露的地面。这些茂盛的植被种类有几百种,我实在是认不出几种来,自然也就叫不上名来,但都是天然的,是典型的温带针叶阔叶林和温带草原面貌。

这里离油松王不远，在一千多年以前，应该也是森林茂盛、水草肥美之地。对自然生态的保护，使这里正在恢复着原来的面貌。

俗话说"风尘尘不动树梢梢摆"，可此时看不到任何树梢在摆动，连小草也不动，静静的没有一丝声响，一切似乎都是静止的，映入视野的是一幅静止的水彩画。又往前走了一段，看见森林里的鸟儿轻轻地飞来飞去，清脆的鸟叫声、潺潺的水流声，是那么的悦耳，划破了这里的静态。顺着水声望去，只见蜿蜒的绿色丛林，看不见溪流，我想走进丛林寻找又止步，丛林茂密得让我生畏。

沿着沟深林幽的小径继续走，就看到几座石窟寺悬于半岩崖壁上，石窟里的神像神态各异。许多巨大的山石凌空悬着，摇摇欲坠，感觉随时都会掉下来，从一块巨大悬石下面穿过，还真有点担心。走了个"之"字形山间小路，顺着石阶登上山顶，再看对面这巨大悬石，便看到悬石壁上的雕刻，悬石下是绝壁千仞。这些雕刻在露天中经受了一千多年的风雨侵蚀，还是栩栩如生，真让人惊叹。是哪个年代凿筑的？又是谁的杰作？这些都难以考证，成为一个不解之谜。考古人员发现，这些已有一千多年的历史了，它体现了古代劳动人民的智慧。

也许在一千多年之前，是个佛教盛行的年代。有一位研究医术的皇族权贵，厌倦了宫廷的钩心斗角、尔虞我诈的生活，想躲避尘世的烦乱，一心想归于佛门。于是，带领着随从离开了皇城，寻访与佛结缘的圣地。他云游了很多地方，翻山越岭，穿过大漠，跨过了几条大河，风餐露宿，寻找他在梦境里曾出现过的地方。

经过长途跋涉，他来到一个小村庄，看到这里的百姓由于常年战乱，在疾病和饥饿中煎熬，苦不堪言。他走进一户人家看到炕上躺着有病的老人和孩子，仔细察看了病情，决定留下来为这家人治病。第二天他和随从一行人到附近的山上采药，用他们采来的草药治好了这家人的病。村里的人听说后，纷纷前来求医，于是他便留了下来。一边上山采药，一边治病救人。

在春光灿烂的一天，他走进了一个葱茏的绿色之地。这里的优美环境深深吸引了他，山岭相连，山泉汩汩，小溪流淌，鸟语花香，正是他要找的地方，而且发现这里生长着好多名贵的药材，便在这里搭建了房子住了下来。春种秋收，寒来暑往，人们的身体逐渐痊愈，日子开始好转了。他便开始凿石窟造庙，潜心念佛，留下了这些石窟佛像，石壁雕刻，给后人留下一道难解的题。

也许这里热闹过，有过旺盛的香火，随着千年自然条件的变化，社会的变革，岁月的洗涤。这里慢慢地不知在哪个年代远离了世俗，没有了尘世的打扰，阿贵庙沉浸在这宁静之中。现在阿贵庙的香客极少，来这里的人都是游览美景，怀着好奇看这千年历史瑰宝。石窟里的佛像与孤独相伴，在这里静守着时光，见证着一千多年的人世沧桑。也许每一个石窟里都藏着一个故事，承载着这里的过去，为我们日新月异的今天，为我们的后代，留存一份记忆。

一阵微风拂过，树草摇曳，展现出无限神韵，极目远望，碧绿的山峦起伏蜿蜒。不是置身于这绿色中，很难相信在苍茫的鄂尔多斯高原，有如此空灵的地方。

日头偏西该离开了，我还是有点不舍，大自然是通灵性的，舍不得离开这个静得能让人听到心跳声的地方，舍不得这个美得能让人窒息的地方。

纳林手工地毯琐记

鄂尔多斯东部的准格尔旗境内,一个乡村古镇有个非常响亮的地名——纳林,有着两千多年的历史文明。

纳林村坐落于纳林川中上游,纳林是蒙古语,意为"狭窄、细小",纳林川正是一条长而不宽的川。自古以来,纳林就是人烟聚集的地方。早在汉代,这里便是地肥水美的地方。纳林有座洪州就是汉代的美稷城,是南匈奴的单于庭,是当时的军事和政治中心,也是经济发展重地。从匈奴人入驻到南迁一百多年的历史中,农耕文化与游牧文化最早在这里融合沉淀。社会的变迁,历史的发展,纳林的农耕文化又融入了小手工业文化。

纳林恰是山西的保德、陕西的府谷通往包头、呼和浩特的交通要道。在清末年间走西口人,从春去秋回候鸟式的季节性迁移逐渐变成了走西口式的移民。多数的走西口人拖家带口到包头、呼和浩特长期居住。这时纳林成了走西口的"大站口",内蒙古民间二人台《走西口》中男主人公太春唱的歌词里就有"头天住古城,二天住纳林,虽然路不远,跨了三个省。"走西口的人,不光在内蒙古这个地方生存下来养活了自己,也给内蒙古带来了经济发展和繁荣,特别是带来了手工业的发展和繁荣。

走西口的人到了纳林有打尖的有住店的,当时的纳林较为繁华。不少走西口的手艺人来到纳林觉得这个地方谋生也行,就住下不走了。在这个地方聚集了一些铁匠、毯匠、鞋匠、毡匠、织口袋匠,还有裁缝等十几种行业,纳林有了小作坊。这些手工业从那时在纳林古镇兴起,这个古镇的人们以这些手工业为生计,就这样一代一代传承下来。

刚开始,这里的毯匠织得只有二蓝地毯,对于纳林二蓝毯子我很小的时候就听说过,我家有块二蓝马褥子,是马鞍上铺的,是父亲在新中国成立初期从货郎手里买的。买时就很旧了,从我记事起就是块破了好几个洞的烂毯子。后来洞口越来越大,有的有拳头大。记得母亲在背面用蓝色的布把洞口补住后,没有了马鞍就铺在了炕上。父亲经常夸耀这块旧毯子,说是在很远的地方有个纳林,那里的人会织这种地毯,这块地毯就是纳林货。至于那块破旧的二蓝马褥子是不是纳林地毯确实不得而知,父亲也只是从货郎口中听说的。

那时杭锦旗的手工业相对滞后,还没有织地毯这个行业。在那个只有牛车的年代,杭锦旗独贵特拉和准格尔旗的纳林距离是很遥远的。杭锦旗的人们对准格尔旗是啥样子根本不了解,于是我很小的时候就觉得这个遥远的地方充满了神秘感。

父亲一生到过纳林两次,第一次是他和三个人赶着三辆牛车给口里(指府谷保德一带)送盐,在纳林住过一夜。给口里的哪个地方送父亲说过我不记得了,只记得父亲说住在纳林想出去看看地毯是怎么织的,可是当时又怕把盐丢了不敢离开店,没敢去看。后来父亲讲起这段经历时很惋惜没有看上如何织地毯。第二次是父亲给食品站往山西温水县送羊。当时送羊的两个人是随着羊群步行的。这件事我已有记忆了,记得父亲走了约一个月才回来。父亲说他们这次又路过准格尔旗的纳林,当时赶着羊没法买块毯子,想在回来时在纳林住上两天,亲眼看看织地毯,如果可能的话买块二蓝地毯。可往回走是坐火车回来,没有路过纳林,又没看上纳林人织地毯。那时纳林地毯就有名气了。没想到在1980年我会在父亲念叨的那个遥远的地毯之乡纳林安家，一住就是几十年。遗憾的是在我来纳林之前父亲就去世了，没能让父亲看看念叨了几十年的地毯编织。

这次为了了解纳林地毯的历史，老刘和我专门回了趟纳林，拜访了原纳林地毯的老职工乔茂林。一上后桥湾大坡就看到两块醒目的红底白字牌子，写着四个大字"纳林地毯"。老刘说："这牌子响亮，就四个字，说明纳林地毯不做广告也能卖出去。"

我们到了乔茂林家，他正在家中专心绘图。我和乔茂林整整20年没见面了，乔茂林虽然还是像20年前那样朴实，但是岁月的痕迹留在了脸上，显示着人生的沧桑。我说明了来意，他热情地领我们到他的车间，到了车间又碰到一个熟人梁玉凤，她坐在毯架上编织。她说，这是她谋生的手艺，干了几十年了，舍不得放下，再说别的行业也干不了。织地毯一天织十几个小时，是很累的，但是从梁玉凤脸上洋溢的喜悦的神情，就能看出她非常热爱这个行业。

我30来年没有拴线头儿了，不知道会不会织了。梁玉凤告诉我，以前是抽角，现在是拉角，就是经线和以前有点区别，别的没有变。学会的手艺忘不了，一定会，鼓励我试试。我有些冲动，真想坐上去拴几个线头儿，又怕惹出不必要的麻烦，忍住了。

说起纳林地毯的发展，乔茂林边介绍边递给我一沓资料，资料详细地介绍了纳林地毯的发展史。新中国成立前，达拉特旗政府曾在纳林设过一段时间，纳林的常住人口便越来越多、纳林古镇的手工业越来越兴盛，有更多的人投入了小手工业，于是便推动了纳林手工地毯业的发展。在这里居住的苏五是毯匠，有个小作坊，带着白玉柱、甄双鱼、张福兴等三四个徒弟，做二蓝地毯。当时毛是用弓弹的，用手车手工纺的毛纱，用植物颜料染毛线——靛蓝。只有深蓝和浅蓝两种颜色，所以叫二蓝地毯。后来苏五去了沙圪堵，在沙圪堵组建了手工业合作社，再往后成立了沙圪堵地毯厂。

毯匠苏五走成后，白玉柱、甄双鱼带出了周桂英等几个女徒弟。在1956年郭苏留、白玉柱、甄双鱼等人以入股的形式组建了纳林手工业合作社，给纳林手工地毯奠定了发展的基础。当时纳林只生产二蓝、三蓝地毯，销售的范围也不大，就在准格尔旗周边。1958年纳林地毯厂正式成立，郭苏留是纳林地毯厂的创始人，后来伊克昭盟的其他旗县逐步也有了地毯厂。

社会在发展，到了20世纪60年代，人们对地毯的需求量增加，生产的品种多起来，销售范围也扩大了。纳林地毯凭着纳林地毯人的朴实和智慧慢慢地超出了其他行业，在鄂尔多斯出名了。纳林地毯真正脱颖而出是在20世纪70年代，纯手工的羊毛地毯能销到国外。

从两名地毯编织女工带徒弟生产出口地毯开始，纳林地毯创造了让人不敢想象的奇迹，给这个百年老镇带来了辉煌和荣誉。纳林的地毯便是高音喇叭上山头——名声远扬了。一块块地毯承载着中国文化远销到了美国、意大利、德国、法国、日本等国家。1972年开始，厂里的货全部做外贸出口，厂里织的地毯成了紧俏货。纳林地毯厂有一款"天坛牌"仿古地毯，在1980年获全国同类产品第一名；在1981年获中国工艺美术品百花奖优质产品奖；在1984年11月获中国轻工业部百花银奖；在1990年6月获中国工艺美术品百花金奖。纳林地毯厂自主研发的一款"飞马牌"仿古地毯，在1990年9月获中国工艺美术品百花奖金奖；在1991年8月获对外经济贸易部优质产品奖。在国际上有了很好的声誉，外国人称赞纳林地毯是"东方地毯珍品"。当时，纳林地毯厂成为内蒙古自治区唯一出口创汇的集体手工企业。纳林地毯比其他旗县的地毯出名，声誉好。

20世纪八九十年代纳林地毯正在兴盛时期，地毯厂职工由当时成立时的几个人壮大到五百多人。后来又与沙圪堵地毯厂合并，职工有一千来人。刚开始做出口地毯纱线还是纯手工纺的，由于纳林地毯订单量大，在20世纪90年代初纳林地毯厂自己上了梳纺。

纳林手工织出来的地毯用手摸一摸质地很柔软，全部工序完成后，软绵光亮像缎子。铺在炕上冬暖夏凉，特别耐用，能传给几代人用，是很贵重的生活用品。20世纪八九十年代准格尔旗及周边地区的青年人结婚地毯是必须有的，跟自行车、缝纫机、手表的地位几乎一样。男方买块地毯是给新家添置一大件，也有给女方父母买块地毯当作彩礼。那时纳林地毯特别火爆，于是纳林家家户户做起手工地毯，男女老幼都会，卖手工地毯一度成了纳林人主要的经济收入。纳林成了真正的地毯之乡。

当时我也加入织地毯的热潮中，并不是要搞经济收入，只是被当地这种热潮所吸引，和纳林人一样对织地毯着迷了。我跟邻居借了一副毯架在家里架起，白天在学校上班，利用晚上和休息时间，用了6个月的时间，织了2块4米宽6米长的地毯，那是我织的第一块，也是最后一块。应了那句"要想知道梨子的滋味就得亲口尝一尝"，不枉是住在地毯之乡的半个纳林人，实实在在过了把织地毯的瘾。

现在纳林只有两三家手工作坊传承着这一传统工艺，乔茂林就是其中一家。乔茂林这几年凭着对地毯的热爱和执着，让地毯图案适应时代的潮流，在保留传统特点的同时，又添加了新时代的元素，研究创新了许多地毯新工艺、新样式。除了做地毯外还做挂毯、椅垫、汽车垫。现在的纳林地毯更是锦上添花，除了质量好、具有实用性外，更具有观赏性。坐在架板上的乔茂林，在讲述中不由自主地轻轻摸着地毯，就像抚摸着自己的孩子，那种对地毯的热爱不经意间就流露出来了。乔茂林是土生土长的纳林人，他把一生的心血倾注在地毯上，对地毯那种情感更是深厚得无法割舍。

说到二蓝马褥子（马鞍上铺的），乔茂林拿出父亲留下的一块二蓝地毯深情地说："虽然又旧又小，时常拿出来看一看摸一摸，心里踏实。好几次人们劝我扔了哇，说没用了。我始终舍不得扔，放着吧。"这块地毯承载了乔茂林对父辈的想念，更承载了他对地毯的热爱与执着。

随着社会的发展，纳林手工地毯业从创业的艰难发展到辉煌，又从辉煌跌落到萧条。地毯厂倒闭后，纳林古镇出现过三四十家小作坊。手工地毯程序特别烦琐，选纱、染纱、合纱、织毯、平毯、凸花、洗毯、剪花、整修等10多道大工序，其实从原毛到成品大大小小100多道工序。每道工序都不能马虎，都得精工细作。由于工序的烦琐，编织时间长，成本增高，一年下来收入也不多，好多小作坊消失了。可有一样——纳林地毯的名气没有消失，现在纳林的纯羊毛手工地毯，在鄂尔多斯境内还是质量好、声誉也好，一尺一百道足足的。人们要买地毯还是买纳林手工纯羊毛地毯。这要归功于纳林人的坚持，既没有丢掉传统的工艺，又在传统工艺的基础上提升技艺。

随着人们生活水平的提高，大家又开始追寻传统记忆，沉寂的纳林纯羊毛手工地毯又有了一线生机。乔茂林的地毯凭借顾客口口相传和良好的质量，远近闻名。有不少人慕名而来，做的都是订单。

纳林地毯经过了百年历史的沉淀，纳林人用自己的智慧和勤劳创造了纳林纯羊毛手工地毯品牌。手工地毯是一门技艺，是祖辈留给后人的财富。希望人们能够把融合了实用性和艺术性的纳林手工地毯工艺代代传承下去，不要让地毯工艺品这块民间艺术瑰宝消失在我们的生活里。

榆钱钱里珍藏的记忆

婆婆家院门前有棵大榆树，树冠长得很大，枝繁叶茂。但树不粗，长了几十年了，还没十来年的杨树粗。我刚结婚时婆婆说等榆树长大了给我做家具，榆木是上好的木料，木纹漂亮，木质坚韧，做成的家具能传辈数（一代传一代往下传）。随着社会的发展，人们都买现成的家具，基本不用自己请木匠做家具了。于是，那棵榆树就那么一年又一年地生长着，那几年秋天都要给它修剪树冠，一方面让它长得周正些，主要还是要用修剪下的树枝喂羊。周围长起的榆树苗每年割一茬喂羊，吃剩的枝干做柴火。这几年喂羊的草充足了，大榆树没人给它修剪树冠，也没人在意它的存在。可它每年在长出榆钱钱时就会让我想起我的家乡，想起村子里那几棵大榆树，特别会想起母亲家门前那棵大榆树，便会勾起我怀念父母的情绪，唤醒那遥远的童年记忆。

由于榆树长得慢，人们不大量栽种，我们村里的榆树不多，只有几棵，我家门前那棵榆树在我小时候就有了，虽不粗壮伟岸，但在榆树里也算大树了。这些榆树每当春风吹拂,榆树披上新绿,悠然地开枝散叶,榆树上长起一串串淡黄色里泛着青的榆钱钱。村里的孩子们就会爬上树捋榆钱钱吃,树上的孩子满嘴地嚼着,树下的孩子急得吼着:"扔下来点儿、扔下来点儿。"树上的孩子就折几枝,手一扬扔下去,带着诱人的散发着清香的榆钱刚落地就被孩子们你争我抢地捡起,津津有味地吃起来。我年龄小时是在树下捡着吃,到十二三岁会上树就在树上捋着吃。孩子们边吃边玩,榆树成了我们的乐园。

人们常形容不开窍、实诚的人用"榆木疙瘩"。确实,榆树憨厚朴实,真诚、善良,无怨无悔,无私奉献。它的皮、叶、榆钱都能吃,在清贫饥饿的年代,榆树能救人性命。

记得在一个青黄不接的春天,正是长榆钱钱的时节,村里的几棵榆树上的叶子和榆钱钱已被人们捋得所剩无几,榆树枝上长着稀稀拉拉的叶子,新的叶子还没有长出来,人们又开始剥榆树皮了,树皮被一片一片剥去,树干露出白里透黄伤口,有的榆树凡是人能探到地方皮被剥得精光。白色的树干赤条条地裸露着,任凭风吹雨打。可是有的榆树竟然长出了新叶并活了下来,第二年又是枝繁叶茂。

那天是个阳光灿烂的早晨。母亲给我们做了高粱米稀粥,让我看好弟弟和妹妹就和父亲出去了。直到下午父亲背着一个鼓鼓的布袋子才回来,一进门放下就说这下能吃几天了。我们打开口袋乐了,是榆树叶和榆钱钱,瓷瓷实实满满的一袋子。这是父母不知走了多少里路到沙梁畔找到几棵小榆树捋的,我们姊妹几个迫不及待地一人抓一把捡里面的榆钱钱吃,我和大姐把捡出的榆钱放在弟弟妹妹的小手里,那薄薄的、圆圆的淡黄色榆钱钱有种淡淡的香甜,充塞着我们饥饿的胃。榆钱不但能生吃、熬粥吃,也能炒着吃、做饼吃,也能和在面里蒸着吃。就这样我们度过了那个自然灾害严重的春荒。

父亲开始做饭了,母亲提起袋子倒在炕上,我们和母亲一起把榆叶和榆钱钱大致分开,当天父亲给我们做了顿榆钱钱稀粥,我们美美地饱饱地吃了一顿。我们嚼着榆钱粥细细品味着,那粥清香的味道里包含着我们清贫岁月里的甘甜,充盈着我们艰苦日子里的幸福,看着我们几个孩子吃得香美,父母眼里闪着爱的光，幸福抚平了父母眼角的皱纹。榆树让人们度过了一个又一个的艰难时光，榆树也给了人们一年又一年的希望。

那时我们的日子清贫，身体也营养不良，可是我们很满足。尤其是我们这些孩子们更容易满足，能吃得饱穿得暖就乐呵呵的，给点阳光就灿烂。在平凡的生活里，我们有一颗平凡的心，没有过多的希冀。就拿过年来说吧，我期盼过年，过年能穿一件新衣服，能拥有几块糖果，能有一板一百响的鞭炮，就幸福满满的，总觉得年味浓浓的。

现在的孩子们在物质丰富的今天，平时吃的穿的就像过年一样，没有了满足和期盼，也觉得过年没有年味。其实现在的年味更浓，家家户户大街小巷红红的对联、红红的灯笼远远超出了那个年代，特别是大街上横跨的彩灯璀璨绚烂，路两旁的树被各色灯火装扮得让人眼花缭乱。家里的年货大包小包不停地往家提，大人孩子的衣服从上到下都是新的，这样的年味又浓又稠。

平时在那清贫苦涩中，我们也能够找到自己的快乐。我们姊妹几个经常把掰了玉米棒的玉米秆皮剥了嚼着吃，这种吃法我们叫作嚼甜甜。我是逐一剥开尝，三妹仅凭皮色就知道哪根甜，我们找到一根有甜味又脆的玉米秆就高兴，我们笑得很开心，笑得很灿烂。那青绿色的玉米秆用淡淡的甜汁，滋养了我们童年对甘甜的向往。

因此，榆钱钱就是我们孩提时的甜点，那一片片榆钱钱里有我们的笑脸，记忆着我金色的童年，也珍藏着父母对我们的爱。

就在物质丰富的今天也有人吃榆钱钱，榆钱钱甚至走进了一些饭店，成为一道营养丰富的菜。

榆钱钱是榆树的种子，榆树是一种古老的树种，是榆科落叶乔木。在鄂尔多斯大地，无论是沙子地还是黏土地，无论是沟壑还是梁峁，无论是平地还是山坡，随处都能看到榆树。榆树是大多数树种无法相比的，它耐寒耐旱，不挑土壤，根系发达，寿命长，它靠种子繁殖，一个地方长一棵榆树，榆钱钱随风飘落近处也好，远处也罢，只要落在地上就会发芽扎根长起小苗来，如果不清除，用不了几年周围就会长成一片小榆树林。榆树小苗繁殖快，但要长成大树是很慢的。有句话叫"父栽榆树子乘凉"说的就是榆树成材要几十年。榆树不单单是靠自然繁殖，也能人工栽种。战国末年，沿秦长城栽种了一条榆树带，叫榆谿塞，是一条绿色长城。当时，在现在的准格尔旗十二连城沿秦长城栽种了榆树带，距今已有2000多年的历史了。

榆树傲立于荒山野岭，用它顽强的生命力给鄂尔多斯这块土地增添了无限的活力与色彩。

泥土的味道

也许因为我是土生土长的乡村人，我对泥土那特有的味道，非常熟悉，也难以忘怀。应该是因为泥土的味道既有历史的沧桑，也有现实的醇厚。我了解泥土的味道，那味道曾经丰富了我从童年到青年的那段生活。

滚着泥土长大的乡村孩子，泥土把厚重的信息传递到我们的身体里，养成我们特有的性格——热爱大自然。小时候，尽管我们穿着补丁盖补丁的衣服，吃的是粗茶淡饭。但乡村的泥土给了我们无限的快乐。我们可以在温暖的土炕上玩，可以在宽敞的院子里玩，可以在广阔的田野里玩。我们玩的游戏就那么几种，跳绳、踢毽子、跳圈圈、抓骨骨、捉迷藏等，简单又快乐。特别是我们这些女孩子，跑到田野摘野花，编成花环戴在头上，坐在河边看着映在水面的自己，美得无法形容。尤其是看到水渠里的小鱼，我们毫不顾忌地跳到水中捉鱼，忘记了回家，直到听到大人的呼唤才恋恋不舍地走出水渠。我们热爱大自然，在大自然里尽情地放飞自己，我们整天灰头土脸，身上沾满了泥土的味道，但我们很健康。

我们童年生活很单纯，没有烦恼，尘世间的人和事在我们这些孩子眼里遥远得没了形状。

乡村的孩子懂事早，我七八岁开始就帮家里干活。村里的孩子和大人们一样，一年四季起得很早。在天气暖和的春天，大人们忙着春耕，我们这些孩子很早就踩着泛白的盐碱地，捡柴火或是捡牲口粪，捡满了箩筐，浑身都散发着盐碱的苦涩味道。在露水很重的夏天，我们走进田野里，顾不得露水打湿衣服，当我们挖满一箩筐猪菜或是割好一大捆青草时，鞋上沾满了泥土，甚至半裤腿都是泥。在生产队把庄稼收割到场里的秋天，我们在生产队山药茬子地里捡了半箩筐山药时，刚升起的太阳才向我招手，"该回家了，上学要迟到了。"（那时我们早上九点钟上课，利用早上的时间帮家里干活）。冬天，我们背了一捆柴火后，太阳才缓缓升起，光芒温暖着我们这些起早的人们。当我们带着收获迎着朝阳向回家的路走去时，远远望去，每家每户的烟囱冒着灰白色的炊烟，轻柔的缭绕在村子的上空，这炊烟里藏着生命的温暖，藏着人生诸多的幸福。在家做饭的女人们会站在自家的房顶上呼唤在外劳作的家人。这此起彼伏的声音像欢悦的晨曲。母亲呼唤我的声音也混合在里面，"换换，吃饭了。"那声音里包含了爱与关怀。我听到母亲的声音，仿佛闻到母亲做的饭茶的香味，那暖暖的感觉，顷刻涌上心头，让我陶醉于这温暖的感觉中，忘记了扑入鼻中那泥土中苦涩的盐碱味道。

乡村那袅袅炊烟是呼唤我们回家的标记，不论你走多远，回味的总是母亲的饭香。那一抹炊烟，是生活的原味，是人间最幸福的味道，好好品味才能知道它的深意与美妙。

乡村的夜晚很美。夕阳西下，晚霞映红，瓦蓝的天空渐渐朦胧起来，田里忙碌的人们陆陆续续回家了，在外玩耍的孩子们也被大人唤回家，喧闹了一天的村子安静下来。夜幕来临时，各家的灯也亮了起来，昏黄而温暖。我喜欢在静美的月夜，一人坐在老红柳树上想心事。月光给乡村挥洒下柔软细腻的光亮，为夜增添了些许神秘。远处田野的昆虫声、蛙声是那么的悦耳，这些乐曲只有乡村才有，这是乡村送给人间的杰作。一阵清凉的夜风悠悠吹来，送来温馨的泥土气息和庄稼的幽香，像老酒一样让人沉醉。夜色越来越浓，周围一切都安静下来，村子沉睡了，大地沉睡了，如果这时你在庄稼地里，会听到庄稼拔节生长的声音。

那漆黑的夜晚也让我着迷，没有月亮的夜晚，像深海一样稠密。整个世界黑得只剩下一颗一颗的星星，是那么的遥远又似乎触手可及。我会静静地坐在老红柳树上，感受夜风吹来泥土的味道……

夜风吹来的不单单是泥土的味道，还有田野的清香。这种清香，从田野里生出星星点点嫩绿的草芽起就笼罩着乡村。在春风的吹拂下，整个田野被染绿，杂草带着泥土的味道疯长，种在地里的庄稼也带着泥土的味道在疯长。野花盛开，如海的小麦冒穗了，麦穗挂着花粉，轻风吹拂着，麦田泛着绿浪。那样的美，没有去过乡村，没有见过这样的情景，是无法想象出来的，更无法体味野花扑鼻的浓香和麦田里混合着泥土的芬芳的淡淡清香，前几天，和同村的小妹说起家乡，她说几十年没有见过麦田了，很怀念家乡麦田里的味道。是呀，那味道对乡村长大的我们来说，是最沁人心脾的。

在我的家乡，麦子是第一茬收割的庄稼。把小麦打下来，家家户户飘散着新白面的香味，村里的人们吃着新白面开始刨麦茬地，生产队把麦茬翻扣在地里，种上热水糜子或白菜蔓菁。社员们的自留地一般都是套种着玉米或糖菜，起早贪黑把麦茬清除掉，浇水、施肥，套种的庄稼便疯狂地长开来。这个季节，我们开始割青草，为生产队的牲口储备过冬的草。堰圪塄上，渠背上和田野里的青草几乎被我们割光。我有时累了，会躺在草捆上，抽一根青草嚼着，那青草的青涩与泥土混合的味道里有我成长的香甜和苦涩。

割草结束后，田野便散发着沉甸甸的味道包裹着乡村，我和村里人一样，怀着喜悦的心情走进田里，把饱满的玉米棒一个一个掰下来，堆成一大堆，然后装在车上，拉回生产队的场面（堆放粮草的平坦场地）。把沉甸甸的糜子割倒捆成捆，装在车上拉回生产队的场面，场面堆得满满的。我们在田间忙碌着，有时趁人不注意在生产队的地里偷偷挖一颗蔓菁，用手把泥土拥（方言，擦拭的意思）干净，用指甲把皮剥掉，咬一口水水的，清脆香甜。现在想想那带着泥土清新的蔓菁，真的很好吃。

我们把田里的庄稼全部收上场，就开始秋翻耕地了。土地是乡村人的根本，乡村人与泥土分不开，双手沾满芬芳的泥土，心里充满了幸福。牛拉着犁把沉睡的土地翻成一行行泥浪，一股清新的泥土味道迅速在田野升腾、扩散。脚踏大地的乡村人，深深吸一口空气中弥漫着浓郁的泥土芬芳，心情顿觉欢畅。这泥土里孕育着春天的种子，夏天的生长，秋天的果实……还有一年复一年的生命。只要在土地里有一点点的收获，乡村人就会无比快乐。乡村人吃着自己种的粮食、蔬菜、瓜果，吃着自己养的猪牛羊肉，吃着自己喂的鸡下的蛋，虽然都带着泥土味，但从来不用担心对身体有害。自给自足的生活，纯粹而快乐。即便是现在的乡村，机械化作业的今天，泥土的味道仍是乡村人喜欢的味道，泥土的芬芳依旧是乡村人的幸福。

乡村的活儿是又苦又脏，浑身常常沾满泥土，在乡村人心里，这些泥土里藏着一些简单的快乐和给我们的馈赠。我从读小学起就和很多孩子一样，很多时间是在劳动中度过的。我们不觉得泥土脏，虽然在泥土里玩得脸上沾满尘土，却在跟大自然的互动中学习着尊重和敬畏。可以说，我们的很多知识是在田间地头学到的，也都是在浓郁的泥土味道中感受到的。我们就像扎根在泥土里的庄稼一样，茁壮成长着，我们的生活里弥漫着收获的香甜和泥土的芬芳。

这种带着泥土气息的生活，是走遍千山万水也寻不到的安暖。

张慧君

钟灵毓秀准格尔召

说起准格尔召,你首先想到的是什么?是山清水秀人杰地灵的准格尔召村?还是煤海先锋绿色崛起的准格尔召镇?对,准格尔召就是有如此丰富的文化内涵,神奇传说因它而起,动人故事因它而盛,准格尔召村和准格尔召镇更是因坐拥古韵流光的召庙而得名。

准格尔召镇位于准格尔旗西部,地处准格尔旗、伊金霍洛旗、东胜区三地交界处,地理位置十分优越,堪称准格尔旗的"西大门"。准格尔召村位于准格尔召镇西南部,西北邻东胜区,西南接伊金霍洛旗,包府公路纵贯南北,巴准铁路东西而穿。村南部呈半沙漠地形,北部为丘陵山区,境内的虎石沟流域与犉牛川相连最终汇入乌兰木伦河。古庙准格尔召坐落于村西北,群山环绕、绿水相依、林木葱郁、花草繁茂,时有梅花鹿、羚羊等出没其间。

如此钟灵毓秀之地最不缺少的就是传奇故事,关于准格尔召名字由来的动人传说你听过吗?从前,有个放牛娃救下一只神奇的梅花鹿,凡此梅花鹿到过的山坡，草会长得又多又嫩。财主知道后便把梅花鹿偷走圈在自己的山坡上，没想到第二天鹿不见了，只留下光秃秃的山和一堆鹿脚印，气急败坏的财主追到梅花鹿并将其打死。放牛娃伤心地将梅花鹿埋葬在一位过路喇嘛所指的绿草地处。一天夜里，放牛娃梦见自己骑神马来到梅花鹿坟前，再次遇到那位喇嘛，喇嘛指着旁边的砖瓦对他说："一定要在此建一座庙宇，名字就叫……"说着便将名字写在放牛娃手上。放牛娃去问识字人，识字人领悟其中奥妙，便召集村民在梅花鹿坟前修建了一座庙，并将放牛娃手上的字做成横匾悬于庙门。这座庙便是准格尔召。

四百年历史给予准格尔召许多优美的故事与传说，人们将其传颂成易于记忆和传播的凄美故事。故事在经年累月中沉淀下来，虽然会渐渐变得神奇，但不变的是它们诞生时被赋予的意义，和它们与准格尔召，与乡土民风间千丝万缕的联系。故事向倾听者传递心向善念的慈悲，至今仍影响着这一方水土的人，不断悟出真善美的道理。

由于召庙的存在，准格尔召村曾是准格尔旗人口较为集聚的地方，也曾是当地文化和经济中心。物资交流会是准格尔旗传统的商品交易方式，一般在农闲的庙会或酬神谢雨时举办。准格尔召每年农历七月初七左右的大会最为著名，吸引着包头、榆林、神木、府谷等地的商旅和本旗各地的农牧民。1962年，时值经济困难时期，准格尔召庙会参加者仍有2000余人，旗国营商业、供销合作社、合作商业和个体商贩纷纷赴会交流，商品总额5万元，成交额达3.2万元。时至今日，准格尔召村不仅保留每年的物资交流会，农历每月的初二、十二、二十二还会举办集市活动，届时商贾云集，小到针头线脑，大到各种生产工具，瓜果蔬菜、肉蛋奶禽、米面粮油等应有尽有，当地及周边百姓蜂拥而至，采购吃穿用度，熙熙攘攘、车水马龙的场面不减当年。

几百年间，一代代准格尔召人薪火相传，共同努力营造出和谐的社会生态。正所谓，民族团结一家亲，携手奋进新时代。准格尔召村"两委"班子成员团结奋进、真抓实干，充分发挥党支部的战斗堡垒作用，探索实施"党建连心"行动，创新发展方式，着力破解村集体经济制约瓶颈，切实提高服务群众的能力，用心打造人杰地灵、山清水秀的大美准格尔召。

依托便利的交通条件和旅游产业优势，准格尔召村整合资金资源，聚焦物业管理、桶装水项目、现代农牧业、休闲旅游等产业，推行"股份合作、投资收益、承包经营"的模式，通过产业带动、务工就业、收益分红等措施，发展壮大村集体经济，增加村集体经济收益，带动农户脱贫增收，实现了"群众受益"与"集体创收"的双赢。

随着准格尔召旅游资源的深度开发，也带动了当地农家乐的发展。村民千军就是当地的一位农家乐经营者，他的农家乐主要是为游客提供特色餐饮，包括煮大肉、炖笨鸡、酸奶、酥油等奶制品和地方菜。千军坦言，近两年自己的农家乐生意越做越红火，目前每年能有十几万元的经营性收入。他的目光炯炯有神，脸上绽放着灿烂的笑容……

"你笑起来真好看，像春天的花儿一样！"来到准格尔召村，你总能见到这样洋溢着幸福的笑脸。不信，去东础国学院看看吧！原准格尔召小学旧址现已修葺一新，校舍整洁明亮，校园花木葱郁。无论清晨，抑或傍晚，你瞧那院内学童手捧《论语》，边踱步，边诵读，迎着朝阳，伴着晚霞……国学院的学子在得天独厚的优雅环境中恣意书写花样年华。

在准格尔召村，产业兴旺、生态宜居、乡风文明，村民安居乐业、生活幸福美满，处处呈现欣欣向荣、富强和谐的喜人景象。听风语铃吟、闻晨钟暮鼓，品漫瀚文化、览美丽乡村。如此灵秀之地，需要你亲自驻足慢慢品味……

我心归处准格尔

乔 鑫

我心归处准格尔

那一晚,我做了一个很长很长的梦,在梦里,我回到了准格尔,回到了我出生的那座小城。穿梭于这座小城的大街小巷里,走走停停,轻轻地触碰着这里的一砖一瓦,呼吸着熟悉的空气,那种熟悉的味道已经深深地埋在了我的心里,印在了我的脑袋里。目之所及,一切都是那般熟悉,窗外的一缕阳光懒散的进入我的眼睛,我的美梦醒了,仔细一想,我已经离开那里好多年,那座小城也早已变了模样,而我心心念念的,依旧是那座小城以及小城里的一切。

人们常说"落叶归根",我的生理年龄远没有达到总结人生的地步,也没有在经历岁月的磨砺之后,脸上充斥着成熟与沧桑,那座小城,我却怎么也放不下,也不曾放下,我时常惦念着它的变化与发展,只因彼时少年的我,丈量着那片土地,在人间烟火气里,我在慢慢长大,它也在越来越好。

人们总也敌不过时间,时间的力量无比强大,它是静态的,却在不经意间改变着人们的容颜,改变着小城的点点滴滴,这座小城的名字叫作薛家湾,它曾经不为人们所熟知，大多数人是因为"乌金"，慢慢地走近它、了解它，小时候我不明白南山公园最高处的建筑——煤海明珠背后的含义，每当大人们谈论，我的内心充满着好奇与疑问，那埋藏在地下数亿年的乌金，慢慢地积蓄着自己的力量，当它重见天日的时候，总是能释放着无限的光和热，温暖着小城里的人们，黑乎乎的煤疙瘩变成了准格尔旗经济发展的支柱，这里的人们也在衣食住行中体会到了改变。

工作累了，我需要停下脚步，找寻一个地方歇歇脚，每当此时，一个非常强烈的念头会浮现在我的脑海里，这个念头有些执着，也异常坚定，于是立刻放下手头的工作，迫不及待地踏上了返回薛家湾的旅途，当小城的轮廓由远及近，慢慢地映入我的眼帘，我感觉这里的一切，都是那样亲切，我想张开双臂紧紧拥抱它，可惜我的身体有些单薄，我默默地将它装在心里，不管走到哪，都带着它。

小城的昨天，满是我童年、少年时期的记忆，那些熟悉的人，有的已经渐行渐远，大家都在沿着自己不同的人生轨迹走下去。那些熟悉的地方，有的在城镇化的进程中，已经不复存在，取而代之的，是一座座崭新的高楼大厦，他们激活了这座城市新鲜的血液，我本是一个怀旧的人，当走进这些建筑时，情不自禁地会想起那些人、那些事，还有那些年林荫小道上我略显稚嫩的身影。

我迫不及待地回到这座小城，这里的楼更高了，街道也变宽了，基础设施也在不断完善，人们的脸上洋溢着发自内心的笑容，人们早已把真诚和朴实融入了血液里，也一直如雨露般浸润着来到这里的每个人，让他们来到这里，然后爱上这里，最终选择留在这里。

每一次的分别，内心总是五味杂陈的，我要与小城里的花草树木告别，我要和这里的一砖一瓦告别，我还要和最爱我的人告别，收拾起远行的行囊，把小城继续装在心里，陪伴着我走好人生的每一段旅程。

小城很美，我陶醉于它的美景之中，久久无法自拔，我从这座小城出发，去往下一个目的地，在人生的旅途中，欣赏过许多风景之后，依然惦念着我出发的小城，依然会想起我心归处准格尔，在离得很远的地方寄托着对它的深深眷恋。

温古"那个什么"

甫澜涛

温古"那个什么"

"那个什么"是温古的口头禅,他往往用"那个什么"开启话题或回答问话。我电话问他:"听说你在大刊任诗歌编辑了?"电话那边就传来熟悉的轻声细语:"那个什么,是打工,临时的。条件还好,不必坐班,隔几天露个脸告诉编辑部人在,反正不耽误当月发稿就行。"

我说诗歌编辑的位置非你莫属。

他说不敢不敢!高手多的是,我只是近水楼台先得月。那个什么……

我打断他说:你忘了咱们的"协议"了吗?要表扬和自我表扬嘛!

听见他呵呵呵地笑起来。

所谓"协议"是很早以前我俩开玩笑的产物,即在只有我俩的场合,谈论文学时,要表扬和自我表扬。当然,我们不会遵守这样的"协议",只是多了一个自嘲的契机。

我俩分开已经20多年了,他去了呼和浩特,我还窝在小镇上。但我们的联系一直没有中断，还经常见面。如果联系少了，必定会出现意料之外的事情。20年前，联系突然少了许多，原来他办理了"停薪留职"手续，下海去了；这次沉寂了一段时间后，又突然做编辑了。这是温古做事的风格，即低调，事情办成之前绝不张扬。

与温古相识，是在1986年，距今已经是36度春秋了。当年深秋季节，乌兰察布盟文联办了一次笔会，一个很年轻的诗人引人注目，诗写得很棒，已经在自治区崭露头角，这个诗人就是温古。我用一句话概括了他给我的印象：一个清秀谦和睿智的小个子青年诗人。那次相识，也仅仅是相识，没有深交。

几年后我们居然调入了同一家央企的新闻部门，成了同事，由于有相同的文学追求，交往便多了、深了，那友情也自然地深厚起来。

温古是学财会的，在政府部门任会计职务。业余时间，他便骑自行车到县城的郊外，坐在山坡上或者大树下读古文、古诗词，往往是在昏黄的余晖中骑车返回。他形容这样的一天过得十分充实，因为他满载而归了。接着，他就开始写诗了，也开始发表诗作了。写了几年，在县里出名了，同时也"收获"了非议，指责其不务正业。于是，他沉默了一个阶段，突然就在不张扬中调到这个能源企业的报社了。企业报尽管小，但他找到了自己满意的工作，负责报纸副刊，整天与诗歌、散文稿件以及文学爱好者们打交道，累而快乐着！每当发现了好的诗稿，他会站起来大声朗诵，但应者寥寥无几，编辑们大多对诗不感兴趣。他会沮丧地对我说："此地，那个什么，不但是库布其沙漠的边缘，也是一片文学沙漠啊！"

在单位里能与他谈论文学的人，几乎只有我一个。他说，咱俩有好多相似之处，比如咱俩都属牛，都生有两个女儿，都爱好文学。我说，其实在这相似里还是有区别的，比如虽然都属牛，但我长你一轮，你是小牛，我是老牛。从此，小牛与老牛常常会坐在小酒馆里喝酒谈论关于文学、关于人生、关于历史以及哲学的话题。

记得一次，我问他我可不可以抄袭他的诗歌？他不解，为什么要抄袭呢？我说我在写一个小中篇，其中有个人物是位诗人，我要这位诗人的诗作在小说中展示那么一段，可是我写不出诗，就想抄袭你的诗了。他大笑，说你随便抄袭吧！第二天他将他的三本诗集搁我桌上，供我"抄袭"。我从他题为《黄土地》的诗中抄了一段：

  时间风掀起于地平线袭来硬状的雨
  山丘延绵着驼队般的雕塑行进在记忆
  滚雷般的蹄声夹着黑云过去了
  周王征讨狯狁，归程插满了风旗
  国殇奏出了一个鬼啸的夜
  死骨梦见杨柳依依
  似采桑于南阳伊人的手臂
  易水飘动着一支悲壮的歌
  箭雨里飘作幽州台吊古的白须
  铜琵琶弹起金甲舞，踏陷了一场噩梦
  三千名兵俑抖落星星和尘土
  站出阿房宫之废墟

  我十分惊讶，一个文文弱弱的人怎么会写出如此铁骨铮铮的诗？我甚至要怀疑文如其人的说法了。
  这样的"抄袭"我还有过两次。
  温古是典型的农家子弟，"我和岁月一起来看守野山/卵石在荒草里觅食/月亮是一只不肯辞职的狼/永远和我的故乡梦周旋"（《月亮谣》）；他永远走不出庄稼院的夜，"可以听见，夜的中心，另一只手/的呼救声，一片草叶/抖动着细小的舌头//词语熊熊燃烧着，一盏灯焦急地/看着我的房屋静静地漂移/滑进一篇肮脏的文字里/然后睡去"（《草窑子之夜》）；同样，他也走不出他童年的大山和森林，"擦过粗壮松木的风，一定碰过/野兽们的鼻孔，但她抚摸花朵/的手指是轻柔的//野兽们醒来，看见满山的大石头/披着月光，偎坐在一起……只抖了抖身上的草叶/就一千年过去了"(《摩天岭峡谷》)。

他钟情于山水,他承认他的灵感大多来自大自然。他领我数次进入大青山游玩,他熟知哪里有水,哪里有悬崖,哪里有人迹罕至的森林。他像一个导游,不但能把你领到最有看点的地方,而且能讲出这些地方的历史和传说。游山玩水,他乐此不疲。记得是1996年,在温古的发动下,十几位文学爱好者去大同云冈、凉城岱海游玩了三天。岱海不是海,是内陆咸水湖。温古见到碧水森森的湖泊,喜不自胜,一下子年轻了十岁。尽管不会游泳,但还是光了身子下了水,在湖边浅水处瞎扑腾。湖岸上有骑马项目,以时间计费。写散文的小张姑娘想体验骑马的刺激,但又害怕不敢骑。温古挺身而出,他跨上马背,小张也在别人的帮助下上了马背,他们双双坐在马背上催马前行。这时,有人起哄唱起了电影《阿诗玛》的插曲:"马蹄儿响来玉鸟儿唱,我陪阿诗玛回家乡,远远离开热布巴拉家,从此我们不忧伤、不忧伤!"小张害羞了,红了脸;温古却昂首挺胸做出阿黑哥的样子,惹起一片掌声和欢笑声。

一日,温古告诉我:下周,刘庆邦要来。你有啥稿子可以给他,他是《阳光》主编。身居在边远小镇的我们是很难见到主编呀、大作家呀、名诗人呀的。刘庆邦在我心中是神一样的人物,因为他的短篇小说是那么朴实、那么震撼人心!在我们这里见刘庆邦,不能说百年不遇,也是可遇而不可求的事。一部小说的构思在心里已经酝酿多时了,何不写出来给刘庆邦看看?于是,埋头写了三天两晚,写出了短篇小说《紫山岚峡谷》的初稿。刘庆邦来了,我拿了稿子去招待所见他,屋里温古正陪刘庆邦聊天,他给我们做了介绍。我发现,刘庆邦与温古很有几分相像之处,个子不高、面庞白净、一脸谦和、朴实低调。第二天,刘庆邦说:老甫,你这篇小说写得很好,我要带回去在《阳光》上发表。我问:是不是还得改一改?他说不用改了。发表后我还可以试着给《小说选刊》推荐。后来,这篇小说先在《阳光》发表,后被《小说选刊》选用,接着入编《2001中国年度最佳短篇小说》,而且还获得了内蒙古自治区第七届"索龙嘎"文学奖。

第七届"索龙嘎"文学奖获奖名单中,两头牛双双在列,小牛的诗歌《库布其的中午》获奖。此届获奖作者除几名荣誉奖外仅43名,其中两名居然在同一家企业的同一个部门的同一层楼里,这概率也太小了吧!那天下班后,单位为两名在公司运动会中打破公司纪录的职工设宴庆功,而对两名获得自治区级文学最高奖的员工却无人问津!我有些愤慨,温古却苦笑着摊开双臂,说:那个什么,咱们的领导能把文学解释为拉二胡、吹笛子和扭秧歌,还指望他重视"索龙嘎"吗?

我们决定自我祝贺。我们面对面坐在小酒馆的角落里浅斟慢饮。店老板是本地人,喜欢山曲儿,录放机不厌其烦地唱:半个月眊了你十五回呀十五回,把哥哥我跑成个罗圈腿……我说关掉吧。温古说唱吧,有不花钱的陪唱,为啥不享受。于是,他举杯祝贺我获奖,我亦祝贺他获奖。他夸我的小说有难得的浪漫主义情调,我极力否认,说写法太老了;我夸他的诗歌很先锋,他亦否认,说寓意太浅。酒至半酣时,他说:咱谈咱俩的创作时,能不能不批评与自我批评,而开展表扬与自我表扬?我立马响应,好啊!这可以是我们的一个约定吧。于是,他夸我,我也自己夸自己;我夸他,他也自己夸自己。夸得过头、虚荣满满,好像在夸诺贝尔文学奖的获得者。我们都喝多了,脚步蹒跚地相互搀扶着走在路灯昏暗的街上。那晚,圆月悬空。温古指着月亮说:"那个什么,把月亮摘下来,当灯笼提上回家!"

小牛和老牛的命运确有好多相似的地方,比如我们同时被公司从编辑科长和总编办主任的位置上推了下来,尽管我们的工作还算兢兢业业,但这是公司机构改革的需要,我们无话可说;我们同时被评为副高(主任编辑)职称,但都未被聘用。种种的不如意使温古有了去意,"此地不留爷,自有留爷处"。这样很沉闷了一个阶段,他突然对我说:"老牛,那个什么,我告诉你,我不干了!我办了停薪留职手续,和老婆做些生意试试,也算下海吧。那个什么,我学的财会专业也有用武之地了。"

我们有很多相似之处,其实,不相似的方面更多。他有下海的决心和本领,我没有,再怎么委屈也只能端牢工薪饭碗度日。

2001年后,他定居呼和浩特,我还在小镇上。我们分开了,但两个月左右总会相聚。差不多每一次相聚,他都会给我意外的惊喜:2003年冬,他出版了长篇叙事诗《天旅》，我说你又有了自我表扬的资本了，他说这次就不自我表扬了吧；2006年出版了随笔集《解读苍茫》，我说你除了诗歌，散文随笔也是一流的，他说，实在是滥竽充数啊；在2009年相聚的酒桌上摆在我面前的是四本诗集，《停云轩诗草》《甲申卿云歌》《燃向夕阳》《在大鹰爪下签名》。我说我今天见识了什么叫多产了！2014年、2015年分别出版了两本诗集，《低低的火焰》《温古诗选》。《温古诗选》于2017年7月入围第三届李白诗歌奖，接着于12月获第七届全国煤炭文学乌金奖。

  2020年，公司文联决定为我的一部长篇小说的再版召开读书分享会，会议组织者给温古打了电话，问他能不能回来参加我的读书分享会，他说他要去四川遂宁开会，时间上冲突了，而且他已经预订了机票。显然他不能来了。读书会在下午两点半开始，正当人们陆陆续续入场时，温古风尘仆仆地出现在了会场。我看到他，居然没有惊异，似乎对这戏剧性的情景早有预料。我们的手紧紧地握在一起。我说："你个小牛，乱跑个啥！你应该去四川呀！"他说："那个什么，四川那边给诗歌评论家胡亮开作品研讨会，虽然邀请了我，但胡亮再怎么名气大，也不如咱俩的感情深啊！"几句话，几乎诱出我的眼泪来。

  如果我们较长时间没有相聚，就打电话或发微信联系。一日，他在电话里告诉我：我有外孙啦！她一出生就提拔了我，我现在晋升为姥爷啦！语气里充满了自豪与幸福；又一日，他发微信：今正式退休，也正式步入老年方阵……我的眼睛突然蒙了泪水，那个清秀谦和睿智的小个子青年诗人也老了吗？

不想当面点师的药剂师不是好的宣传员

于艳艳

"一、二、三、四、五……"记得我上小学一年级时,一个冬天的早上,路面被积雪覆盖,我一路数着自己摔跤的次数,到达学校已经是其他同学上第二节课的时间了,我很懊恼,让我懊恼的不是我一路摔跤导致上学迟到,而是我没有像别人说的那样"摔跤能捡到钱"。我这"一根筋"的状态一直延续到现在,以至于我在人生的每个岔路口都是跟着感觉走,从来不计较后果。

我大学就读于内蒙古医科大学药物制剂专业,毕业后,当事业和爱情摆在面前时,我毅然选择后者,也就与准格尔结下了不解之缘。2009年刚刚大学毕业的我追随着自己的爱情,怀揣着对未来美好生活的无限憧憬,来到了这个离家几百公里的小镇,坐在大巴车上,难掩心中的激动,望见车窗外,大山环抱中的那一抹倩影,我知道这即将是我的新天地。

初来乍到,对于生长在内蒙古东北部呼伦贝尔市的我来说,既新鲜又惶恐。在这里我听不懂本地人的方言,身边没有任何亲人,对自己的未来毫无规划,于是开始了人生的第一次大探索——找工作。我先后从事过药店收银员、家电推销员等工作,甚至还摆过街边摊儿,卖过烧烤和麻辣烫。想想那时候像无头苍蝇一样到处乱撞,心里毫无着落,不知道自己能否在这片土地扎根生存下去。直到一次机缘巧合,我得到了自己第一份正式工作,应聘到准能公司铁路生活服务部,成为一名面点厨师。"药物制剂专业毕业,当了一名面点师?"是的,没错,这就是我。曾经有同学跟我开玩笑说:"你就是咱医学院独一无二的人才!"我认为她们是在夸我。

我坚信"三百六十行,行行出状元",刚参加工作时,由于制作手艺不熟练,我买了各种面点书籍,虚心向师傅们讨教,每天下班回家练习。我的练习成果能装满一冰柜,以至于我们家好几个月主食没吃过米饭,都是我做的面食。功夫不负有心人,经过几年起早贪黑的磨炼,我的岗位由最初的一般面案厨师,逐步调整为特级面点师,2014年荣获准能公司第八届职工技术比武面点师组第一名。

我除了努力工作,公司组织的各项活动也会积极参加,细数一下征文比赛、排球比赛、运动会,各类荣誉也获得了不少。最难忘的还是2011年准能集团公司第八届职工运动会,我头脑一热报名参加了女子5000米田径赛,训练的时候才知道坚持跑一圈下来有多么困难,400米的操场要跑12.5圈,可是我跑完2圈就已经气喘吁吁了。该怎么办?要放弃吗?死心眼儿的性格不允许我这样做。我明白,站在赛场上,我代表的不仅仅是我自己,是铁路生活服务部的队员,代表着我的单位和我的企业。于是,我开始认真对待每一天的训练,强迫自己不停地跑,不断突破自己的极限。曾经在第九中学的操场上,有一个又黑又瘦,个子不小的女孩儿,迎朝阳,送晚霞,不知疲倦地狂奔在跑道上。有一天,我也不知道自己跑了多少圈,总之在尽自己所能的奔跑,锻炼耐力,操场上一群学生看到我不停地跑,汗水湿透衣衫也毫无察觉,便好奇地讨论:"那是不是个傻子?"我甚至连好笑的力气都没有了。那次比赛,我斩获了准能集团女子5000米中长跑比赛的冠军。事实证明,所有付出终将得到回报。

8年的面点师工作中,有收获也有艰辛,而感受最多的还是幸福。最开始,我被分配到铁路沿线工作，一个月只有5天休班，大部分时间都在食堂，不能回家。食堂的服务员姐姐们上8天休8天，每次休班回来，大家都会给我带一些家里的好吃的，以至于我的体重由原来的不到100斤，一路飙升，一发不可收。我工作的食堂就像一个大家庭，同事间亲如兄弟姐妹，工作中，大家都会相互帮助，生活中，也会彼此照应。

2011年年底，我调回薛家湾工作，每天凌晨4时起床赶往唐公塔站区食堂做早点。那时候我跟老公囊中羞涩，没有固定住所，有时在自家开的烧烤店拼凳子睡，有时在关地塔新村租来的平房住，但无论在哪儿，老公都会早上骑着买来的二手摩托车送我去上班。天气好的话，觉得也很浪漫，清晨的微风吹过，两个人驰骋在宽阔无人的大街，开始美好的一天。如遇雨雪天气，我躲在老公的背后，他为我遮风挡雨，但每次下车时，看到他被风雨吹打得通红的脸庞，雨水从他的睫毛滴落，还是会感到些许心酸。那时我最大的心愿就是能拥有一辆自己的小汽车，不用多么豪华，能坐下我们俩就行。现在想来，我还真是没什么大的追求。

也许是"傻人有傻福"，我总是能遇见好的机遇。2017年，内蒙古聚力矿业综合管理有限责任公司成立，我成功竞聘到党委工作部，成为一名宣传干事。记得当时，笔试结束后，领导面试时，我紧张得不知所措，领导问我："你对以后的工作待遇有什么要求吗？"我不假思索地脱口而出："只要不和面，干啥都行。"也许是领导觉得我傻得可爱，最终被录取了。这份新的工作对我来说，又是一份新的挑战，我不想辜负领导的信任，也不想错过提升自己的机会，于是，我又全身心投入工作中。我这个新手的运气也不错，有经验的新同事对我倾囊相授，我慢慢地学会了编辑微信公众号、使用PS、制作宣传视频等等。一转眼，我这个宣传干事也干了5年了，虽然没有什么大的成绩，但是所做的工作还是得到了领导的认可。

时间如白驹过隙，我已经在准格尔旗这片热土生活了13年，无论是工作还是生活都已慢慢融入，明白了"有一种笑叫呲，有一种疼痛叫费，有一种姿势叫圪蹴……"。出去吃饭也会点一盘炒酸粥、来一份炸面圪蛋蛋、要一盆红腌菜拌汤……，这里已然成为我的第二故乡，它见证了我的一步步蜕变，分享了我生活中的酸甜苦辣。我爱准格尔旗，爱这里的青山绿水，爱这里的地域文化，爱这里的民风淳朴……我将继续沉浸在这份爱里，尽情挥洒满腔热情，与准格尔旗共同成长，携手迎接新时代的美好明天。

想起家乡的美食

若 兮

为什么我这么爱吃酸捞饭？

因为我对准格尔糜米爱得真诚。

我一边做着酸捞饭，一边不停在心头嘀咕着。这种自娱自乐，又迫使我自言自语起来。

这一次，我想起了家乡的炖羊肉和酸捞饭，不禁让人垂涎欲滴，想着想着，就想自己动手做一做。常言道：唯美食与爱不可辜负。特别是在静静地享受做美食过程的时候，一种"自己动手，丰衣足食"的优越感便油然而生。

说起炖羊肉，家乡的味道便浓烈起来。父亲养了一群胖乎乎、白生生、毛茸茸的羊，每到逢年过节的时候，父亲就早早地给我们安顿说：什么时候杀羊，什么时候熬羊杂碎，并让我们招呼同事们到家里吃饭。母亲总能把羊肉炖得汤肥肉鲜，把羊杂碎熬得色味俱佳，同事们边吃边喝，举杯邀友人时还说着祝酒词："羊肉就酒，越吃越有"，仿佛把羊肉和羊杂的香味同时浸润到了酒杯里，喝个畅快。

众人都觉得父亲喂养的羊吃起来原汁原味，因此，他们也成了我们家的羊肉购买户。一次，同事去亲家家里提亲，让父亲杀了两只羊，去到亲家家里，大家把拿来的羊当场炖了一只，全家人一起吃饭的时候，对羊肉这个硬菜是众口夸赞。谈论着，同事也只好道出了原委："同事家的羊肉是我吃过最好吃的羊肉。"经过同事这么一说，我们家羊肉的名气就传得更远了，从那以后，他们时常让同事给寄羊肉过去。

只要羊肉好吃，不管怎么做它都是饕餮大餐。它是我家乡绝对能够拿得出手的美食之一，常常被人们说起记起吃起。除此之外，我还格外喜欢家乡的土特产糜米。

《论语》里说："四体不勤，五谷不分，孰为夫子？"我还专门查阅了"五谷"到底是哪五种？神奇的是，竟然没有提到"糜"，这让我很是失望。难道糜米这么不被众人所知吗？我百思不得其解。后来，我在南方读书，没见过这种米，又去东北上班，也没吃过这种米。那么，我从潜意识中更是坚定了它就是家乡的稀有土特产。

这个土特产糜米，它最完美的吃法就是做成酸饭。在做酸饭时，把它和大米混杂在一起，但它是占比最多的，它粒大体圆，吃到嗓子眼儿会有涩涩之感，更能觉出它是健康的粗粮之一了。

吃粮不忘种田人，我们常常觉得田间地头是一道亮丽的风景线，尤其是北方七八月份的时候，当你走进田间地头，别有一番好看头：满地的糜苗正值成熟之际，笔直的身体、坚实的糜秆上用力地支撑着硕大的糜穗，糜穗耷拉着脑袋恭敬的面向大地，你不禁对肥硕的果实充满好奇，更是对农民产生了一种敬畏心理。其实，站在农田之外看着农夫觉得是田园景色，真正在农田里种地的时候却是十分辛苦的，所以，我很珍爱餐桌上有糜米的时光。而今，糜米作为一种粗粮，也已经在各大超市畅销，城里人焖米饭、煮粥时，撒上一把糜米，那饭香气、色泽、味道绝佳。

每每想起家乡的美食，炖羊肉和酸捞饭始终是我吃不腻的家乡味道，我对它们有着深厚的情感，我爱它们，更深爱着那片土地上日复一日，年复一年在辛勤耕种的父老乡亲。

烧山药

准旗人把烧土豆说成"烧山药",土豆和山药本来是两种不同的蔬菜,我们准格尔旗人统称为"山药"。实际上烧的并不是河南盛产的那种铁棍山药,而是把现刨的土豆就地做成美味餐饭,吃起来味道绝佳,尤其是准格尔旗农村沙地里种的那种沙腾腾的土豆更好吃。

烧土豆一般是在每年农历八月下旬刨土豆的时候在地里头吃最爽口。村里人忙着秋收,家里老老小小全家总动员,能出力出力该吃苦吃苦。男人们拿起镢子使劲往上方一扬一用力,镢子在空中成抛物线状落在地里,锋利的镢头刃儿把地皮切开一个大口子,再使劲把镢头从地下往上翻,那圆溜溜的土豆就被挖出来了。有的土豆还紧紧地连接在它的蔓子上,把蔓子拿起来一抖,土豆就全脱落在地上了。

把土豆一颗一颗捡起来,再把它们聚拢在一起,就可以在地里看到成堆的金黄的土豆。再把这成堆的土豆按照大小筛选分类,娃娃们把尼龙袋子的口子打开装上土豆，再由三轮车拉回家倒进地窖里。

　　刨土豆最大的乐趣不是刨的过程，而在于那番在田间地头，就地取材，品尝美味可口的土豆的绝妙时光。去地里刨土豆前就把从家里泡好的红腌菜和煮菜拿上，当刨得累了饿了的时候，大人们就招呼娃娃们去捡拾些柴火，准备烧土豆。

　　娃娃们乐得屁颠儿屁颠儿到处找寻来糜子枯蔓和杨柳枝条，在地的这头大声呼喊。大人们放下手中的镢头从地的那头走来。搂一把还带着绿叶的土豆蔓子，这样起大火的风险小，又可以不紧不慢地把土豆焖烤熟。搂好后，在地里稍稍挖个浅洞，把土豆一个挨一个放进去，盖好土豆蔓子后点火，只听见一阵又一阵的"呲呲"声，土豆里的水分受热蒸发缓缓向外流，土豆开始变得外焦里软。

　　早已围在火堆旁的大人孩子们，眼巴巴地等候着这道美食。待柴火烧成灰烬，那一个个被炙烤过的黑黢黢的土豆就露出来了。我们把烧好的土豆放在石板上前后左右上下蹭过来蹭过去，表面的黑焦部分全部蹭掉后，就会露出硬硬的崭新的土豆壳，干干的黄黄的。用手轻轻把它掰成两半，热气散发在空气中，沙腾腾的土豆上面把红腌菜丝和汤汁往上一浇，味道香在嘴里，甜在记忆里。贪吃烧土豆以至于吃完后半张脸都被糊成了黑色，样貌奇特也顾不得了。田地里干活的人，哪有那么多时间去注意形象呢？

　　大家说说笑笑吃完这些烧土豆，继续拿起镢头开始刨土豆，更有劲儿了。

　　我是有很多年没去过田间吃烧土豆了，有时真怀念那种生活。去年寒假回娘家我和妈妈念叨起烧土豆的事情，妈妈赶紧让老爸往火炉里加满了精煤，炭火很旺烤红了炉体。妈妈戴好手套拉开炉屉用火钩子把炉灰刨开一个洞，把土豆放进去再用炉灰把它埋起来，把炉屉关上，再使劲把炉膛燃烧正旺的碳圪垯往下捅上一些，静等20分钟左右，烧土豆新鲜出炉，味道也还不错，令我想起小时候的冬天围炉烧土豆、吃土豆的氛围。儿子爱吃烤红薯，每次给他烤红薯的时候，我也会往烤箱里放一颗切开的土豆，烤好后，全然吃不出那个味儿。

　　是的，城市里吃到的土豆，哪能和在田间地里头一出土就烧熟吃的那种烧土豆相提并论呢？

老房子就像一首歌在心中宛转悠扬

|李前唤

老房子就像一首歌在心中宛转悠扬

　　清明节举家回乡祭祖，路过已破败不堪的老屋，这座承载过多少欢声笑语的老房子，经历过风霜岁月的冲刷，已展现出苍老的"容颜"。但烙印在脑海里的记忆却从未褪去，慢慢开始浮现，它就像一首歌曲氤氲在心中宛转悠扬。

　　老房子坐落在准格尔旗沙圪堵镇哈拉沟村一个叫做当铺梁的地方，建造于1968年的春天，当时我17岁，在叔父的帮助下，靠邻居帮工在老家旧址稍靠前的地方开始修建新房，新房是为我成家建造的。房子的规格是土木结构，一院三间，五檩四椽一道柁，茶罗镜窗子双扇门。盖房一共花了98元，主要用于木工盖屋顶和做门窗的工资，其他都是靠生产队邻居互相变工和帮工完成。

　　1969年，生产队给我安排了一辆木制牛车，每天后半夜大约三点钟从家里出发，到生产队的饲养院套车，去七八公里外的煤窑拉煤。虽然上身穿着山羊皮大皮袄，下身穿着甩裆大棉裤，但寒冬腊月，冷风刺骨，我缩紧着身子，浑身冻得直打寒战，嘴里哼着"上一道坡坡摸一摸油，皮鞭鞭一响泪长流"的山曲儿，不知是心情酸楚还是身受寒冷的原因，反正眼泪止不住地往外流。这一年，脚趾冻得流过脓，耳朵冻得脱过皮，再加上不会赶车，不会操作，各种苦头吃过不少，也哭过不少的鼻子。辍学在家，给我带来了巨大的心理压力，后来我的好多同学都考上了学校，有的有了工作，我后悔万分，这对我的打击很大。那个时候，我做梦都想着学校、老师和同学，想着上课、下课和考试……

后来经过一段较长时期的磨炼，让我慢慢感觉到了农村的喜悦和在农村拼搏的一线希望，也同时使我产生了美好的梦想，这就是：挺起胸，抬起头，鼓足勇气大步走，不能落在人后头。并暗暗给自己立下了奋斗目标：一是必须刻苦自学文化知识，二是积极参加集体生产劳动，三是加倍学习科学文化知识，四是做一个对社会有用的人。

在我一边思索着如何走出农村，一边父亲已开始张罗着我成家的事宜。1973年，我和妻子够了晚婚年龄（当时我是大队干部，又是共产党员，必须得带头执行晚婚号召），到人民公社登记了结婚手续，次年农历正月初八，在父亲给我盖的新房里举行了结婚典礼。举行婚礼之前，我的新房经过了一番认真的装饰布置，掏两元向当地画匠买了十几张墙纸，自己亲自糊裱。花四元买了一块竹席铺在炕上，向我的本家堂哥借了一顶四尺长的躺柜，炉台和炕塄墙子买了两瓶墨汁自己涂染了一下。花一元钱买了两块玻璃让当地的画匠画了两块风景，一块是杨子荣打虎上山，另外一块是李玉和手提红灯，正面墙上工工整整贴了一张毛主席的画像。就这样，在这个装饰一新的房子里，我和妻子携手走进了婚姻的殿堂。婚后，我们夫妻二人恩恩爱爱，相敬如宾，她每天早出晚归，参加集体生产劳动，我在生产大队工作。三年后的农历五月初一，大儿子在这里出生，给我们这个幸福的小家庭增添了几多欢乐。随后的几年里，二儿子和小女儿相继出生。在养育孩子们成长的过程中，我始终没有忘记学文化，我认为文化是一个人最好的包装，没有文化，一切都是空谈。劳作之余，我花五角买了一本新华字典，每天读书看报纸遇到不认识的字就查字典，并且标注上拼音。白天下地劳动除了背工具就是拿母亲给我缝制的装有书本、报纸、字典和铅笔的黄帆布小书包。劳动中途总免不了休息，别人休息时就是娱乐，而我每到休息时就会一个人躲到僻静处看书、看报纸。晚上回到自己的新房中，不管白天劳动强度有多大，晚上总短不了熬一灯壳子煤油看书学习，每天晚上两个鼻孔被煤油灯熏得漆黑，第二天早上，洗出来的鼻涕、吐出来的痰都是黑色的。家人有时候可怜我熬夜，有时候又好像是心疼家里煤油，可怜的表情和喊骂的声音交替着朝我袭来。

新华字典是我一生最好的老师，一本巴掌大，二寸厚的字典让我认识了不少的汉字，让我能够读通好多的书本和报纸，让我能够写好多的文字笔记，随着自学的进步，野心也逐渐大了起来，由读普通小人书和报纸转变为读小说。几年工夫，《三国演义》《水浒传》《红楼梦》《西游记》等名著和现代小说《金光大道》《艳阳天》《青春之歌》《草原烽火》等长篇小说都已读完，自我感觉有了一些文化知识，就开始练习写东西。给西营子公社广播站和准格尔旗广播站写通讯报道，写着写着感觉自己的视野开阔了，野心也逐渐大了起来，后来干脆给各大报纸投稿，采用率逐步提高。1973年，我出席了伊克昭盟优秀通讯员代表大会，并聆听了贺政民等作家名人的演讲，从而激发了自己的诗情，一气呵成写了这样的诗句：年少十七正青春，辍学回乡来务农；白天下地要劳动，晚上苦读伴油灯。三国水浒红楼梦，一本一本都读通，金光大道艳阳天，青春之歌记忆深。勤学苦练几十年，翻烂了几本大字典，幸好没有忘拼音，如今能把文章写好。功夫不负有心人，铁棒磨成绣花针。少年荒废没学成，后期拼搏求学问。七十年代写新闻，各级党报多采用，上过伊盟领奖台，见过作家大名人。

通过刻苦自学和几年来高强度的劳动锻炼，使我这个青少年时期人生很失意的人逐步有了一些转机，思想和社会实践有了很大的进步，早早加入了中国共产党，先后担任大队会计、团支部书记、民兵连长、村党支部书记。

1978年党的十一届三中全会召开，改革开放的浩荡东风吹遍了鄂尔多斯大地，1981年，全盟农村家庭联产责任制基本完善，我家和广大农牧民一样，承包了土地，分得了牲畜农具等生产资料，几年工夫就翻了身。到1983年冬天，我和爱人靠种葵花、卖余粮和育果树苗获得了一笔收入，于是相约几户农民回沙圪堵买了风力发电机和14英寸天鹅牌黑白电视机。在准格尔旗科技局技术人员指导下，成功安装，电视接收信号效果也好，全家人每天晚上围坐在电视机前，看完新闻再看电视连续剧，坐在家里，便知天下大事，幸福感和满意度无法形容。就那一年，我们村有十多户人家先后安上了风力发电机和黑白电视机。风力发电机和那台天鹅牌黑白电视机是我终生难忘的电器，因为风力发电机给了我家第一次光亮，那之前我们家点的是煤油灯，有句俗话说："煤油灯灯不着风，熏黑两个鼻窟窿"。那台黑白电视机让我第一次看到了电视节目，此前，我根本没有见过电视机，更想象不到这个一尺多的四方匣子里面演绎的竟是整个花花世界。

我40岁那年，也就是1992年，由于我在农村20多年的摸爬滚打、刻苦努力，受到了准格尔旗委的关注，领导认可了我多年的工作业绩，并通过"一推双考"的选拔干部程序，以优异的成绩，录用我为准格尔旗西营子乡党委副书记。1995年，因工作关系，我们离开了生活了近30年的老房子，举家搬到了乡政府，住进了家属房，再后来，随着社会的发展，加之改革开放给人们普遍带来了巨大的实惠，我家也和千千万万人家一样，居住条件发生了翻天覆地的变化，从家属房搬到了沙圪堵独门独院的砖瓦房，最后又搬到薛家湾的现代化大楼房……

从土木结构的三间房，到职工家属房，再至独门独院砖瓦房，抑或今天的现代化大楼房，我始终没有忘记曾经的那座土木结构老房子，那是岁月变迁的记载，是我们这个家庭摸爬滚打，奋斗拼搏的印记。是风雨中的不倒翁，教会我坚强，教会我做人，更是一部厚重的史书，记载着祖祖辈辈的忠诚与善良，镶刻着父母养育子女的大爱与无私，见证着时代的步伐，浓缩着我们诚挚的情感，验证着我们曾播下的追求与梦想。

砒砂岩里长出的暖水苹果

砒砂岩是内蒙古准格尔旗非常有特色的地理风貌，它的模样，有人将它比作"五花肉"。只可惜这块"五花肉"中看不中吃，它非但没有让周边的村民闻到肉味，反而让他们几十年饱受贫困折磨。2009年，在砒砂岩严重裸露的准格尔旗暖水乡村，村民全部移民离开。

在准格尔旗，我是个外乡人，家在"黄河百害，唯富一套"的河套平原巴彦淖尔，30年前，因为爱情，我来到了准格尔旗薛家湾小镇。

30年前的薛家湾正是准格尔煤田筹建初期，到处乱糟糟的，没有几栋楼房，没有几条柏油马路。当地人的生活水平还处于贫困落后当中。我婆婆住在山上，还看着14英寸的黑白电视机。但是，婆婆招待我的第一顿饭，是炖"鱼"。而鱼，是头一年过年的时候储存起来，用盐腌制好后放在地窖里，等着我这个即将上门的儿媳妇吃。我记得那是1993年8月的一顿午餐，婆婆把做熟的鱼端上来，因为在地窖里存放了半年，鱼萎缩干瘪，只有巴掌大，黑乎乎的，鱼味膻气呛鼻。我尝了一口,是又咸又苦。家在河套平原的我,从小吃乌梁素海的黄河鱼长大,怎么可能咽得下?但碍于婆婆的热情,我强忍着咽下了。

丈夫看我难受的样子和我说,这鱼是准格尔煤田过年给职工发的福利,他的父母半辈子没吃过鱼,不知道鱼怎么做,更别说怎么吃。婆婆和我讲,他们家是从准格尔旗暖水乡搬到薛家湾,暖水乡太穷了,什么都没有,靠天吃饭。薛家湾镇有大煤田,煤挖出来后,日子会一天天好起来。

暖水乡的穷,是听婆婆说的,我从没有去过,但是它给我留下了很深的印象,因为在日后的家长里短中,婆婆经常给我讲暖水乡的故事,那是她和公公生活了好几年的地方,那些年也是他们年轻时最艰苦最贫穷的岁月。

我结婚后,每逢过年过节,都要随丈夫去看望他的姥爷姥姥,他们住在一个叫准格尔旗马栅乡瓷窑沟的地方,那是夫的老家。那地方的"穷"啊,让我这个吃白面馍馍长大的河套人汗颜。今天说起来,都深吸一口气:光秃秃的山,一毛不拔,荒山野岭,土窑破瓦,靠天吃饭。没有电,没有水,一年四季打不了百斤粮食。招待亲戚最好的饭就是油炸土豆。那里一家人只有几分耕地,全年刨不出两麻袋子土豆。等到秋天亲戚上门,来一锅油炸新土豆,就像过年了,一家老小围坐在窑洞的炕桌前,就着一小碟咸菜,吃得不亦乐乎。要吃豆腐,也是我这样的新媳妇儿上门才能有的待遇,而且老家的亲戚要早早地站在这个山头,向着对面那个山头,高声地喊:"凯——小——子——"对面山里头回音:"噢——"待到下午四点左右,才能把豆腐端回来。

难道说,暖水乡比瓷窑沟还穷?公婆说,还不如瓷窑沟。准格尔旗普遍穷,苏木乡镇一个不如一个。在马栅乡瓷窑沟还能吃到野果,暖水乡什么吃的都种不起来。

丈夫的老家瓷窑沟在准格尔旗深山里,要爬两座大山,跳三道深沟。我因为爱美而穿着八厘米的高跟鞋,搭配长款风衣,一摇三晃往山里走。一路上累且顾不上说,脚疼就难忍,往往走在半路,当着公婆的面,眼泪吧嗒地流。公公找来一辆毛驴车驮我进山,可羊肠小路又陡又滑,小毛驴的前蹄都要前屈着、跪着走,坐在毛驴车上的我吓得惊呼乱叫。公婆不停地劝慰我不要叫!不要叫!会把毛驴惊着了，会连人带车翻进沟里。可我哪里见过这样的乘车方式，好几次从毛驴车上摔下来，或者是连滚带爬掉下来。

准格尔旗多数是砒砂岩山，碎屑岩系，沙粒松散，稍一触碰，唰啦啦地，落下一堆。我经常是裹着碎石砂粒，摔进沟里。

一转眼，20多年过去了，我也有20多年没有回过丈夫的老家了。听说，砒砂岩里长出了苹果？并且是在暖水乡的砒砂岩里。还听说，前几年，暖水乡村民为了寻找活路，整体移民搬出去了。怎么可能产出苹果？苹果的味道是甜、香，那个地方是酸、涩、苦，怎么可能融合？那里的苹果能吃吗？不会是就像"五花肉"成了一道风景线，中看不中用吧？

我在电视新闻里，看见暖水乡带头种植苹果的王在达，一个70多岁的老头，满脸堆笑，笑容形同把"五花肉"剁碎，拌成了饺子馅："你可说对了，就是这样的穷山恶水，乱石沙泥，长出了十几种又大又香又脆的苹果，年产200多万斤了。"

准格尔旗文联，每年在不同季节都要去各个苏木乡镇采风创作。一次，听说要到暖水乡，我便跟着上了车。

采风车绕着山路走，一路上我没有看见婆婆嘴里牙碜的山路，而是一条条宽展的柏油马路在蜿蜒。满眼的绿色，满山坡盛开的野花，一大片一大片丰收在望的庄稼地。当车子停下来歇脚，粉红色的荞麦花，吐着婴儿般的小舌头，和我们扮着鬼脸，嬉笑着。

暖水乡位于准格尔旗西部，境内沟壑纵横，是准格尔旗砒砂岩严重裸露的地带，经过地方政府多年的科学创新整治，如今砒砂岩形成了一道独特的风景奇观，引来周边很多文学、摄影等艺术家们的观赏创作。

我来到一个叫德胜有梁村的山头，站在暖水乡苹果种植基地，看着沟里挂满的一排排红彤彤的大苹果，又是惊讶又是感慨：这地方能长出苹果，确实是个奇迹。

30年前，这些地方是寸草不生，吃水都是问题。想一想，30多年来，这里的人一天又一天，一年又一年，是靠着什么生活到今天？尤其那个70多岁的王在达老人，听说在全村都移民去薛家湾镇居住的时候，他却执拗地留了下来，用自己仅有的6亩薄地，咬着牙，一鞠一偻，背着太阳，抱着月亮，数着星星，硬生生让砒砂岩长出苹果。

苹果，人人都见过，人人都吃过。全国好吃的苹果不计其数，有多少人吃过砒砂岩里长出的苹果？

这时，园子里的果农采摘了一篮子新鲜的苹果端上来，给大家尝个鲜。我拿起一颗又大又红的苹果闻了闻，真香啊！那味道是久违了的农民的味道，它的香饱含着这里祖祖辈辈人的艰苦辛酸。你尝一口，慢慢嚼，微酸的味道里还残留着开垦砒砂岩的前辈们苦涩的泪水，辛勤的汗水。它的甜，充足的糖分，来自这里多少人日日夜夜的守候，苦苦等待了多少个黎明破晓，才迎来今日的曙光普照？

砒砂岩的苹果，不能论价钱。因为，它不是一颗普通的苹果，它是一颗圣果。它让一个闭塞落后、穷山恶水的地方，经过奋斗努力，涅槃重生，走向了幸福小康。

吃砒砂岩的苹果，吃的是山沟沟里几代人的梦想与收获。

张 慧

在故乡思故乡

百度词条里"故乡"的解释是这样的：出生或长期居住过的地方，家乡、老家。基于此解释，我便是长期生活在故乡的人。

对于漂泊在外的游子来说，故乡是自己的国家；对于在外地工作上学的人来说，故乡是自己的户籍所在地；对于离家的人来说，故乡是有父母在的地方。有些人的故乡是一个城市，有些人的故乡是一个乡村，有些人的故乡也可能是一座小院。

作家史铁生说："人的故乡，并不止于一块特定的土地，而是一种辽阔无比的心情，不受空间和时间的限制，这心情一经唤起，就是你已经回到了故乡。"

对于我来说，我的故乡是那个很小很小的村庄，或者更具体地说，是在我老家房子周围的那片地方。以我家房子为中心，房后的"脑拌梁"，房前的"对正洼"，去"对正洼"必须经过的"河滩"……这每一个列出来的、没列出来的地方，都储藏着我的童年、我的趣事、我的美好时光，还有我的亲人。

春天的故乡，印象最深刻的就是会刮很大的"黄风"，还有伴着大"黄风"、戴着帽子、裹着头巾赶着牛车从地里往打谷场上拉玉米草的爷爷奶奶。地里的玉米草是头一年秋天收割之后的成果，来年春天拉回场面上储存，当作家里养的牛羊的干粮。把地里的草拉回来，等到天气暖和之后，再开始一年的播种期。

小时候最喜欢跟着大人去种地，最喜欢的环节是种完地之后的磨地，犁完地后，把要种的农作物种子撒在犁好的地里，再犁一次用土把种子盖好，就这样来回犁。种完整块地后，再把犁卸下来，把一个用红柳木条编制成的长方形磨套在牛身上，开始磨地。这个时候就该我登场了，爷爷在前面拉着牛，我或拉着牛尾巴站在磨上面，或抓好磨坐在磨上面，再这样来来回回把这块地磨的整齐平整。这样，一块地才算种完了。

开春后的故乡，是万物复苏的味道。田地里有新种子的清香味儿，有种地用的肥料羊粪味儿。山坡上、野地里，花儿草儿探出了绿尖尖的小脑袋，随着春雨的滋润，绿尖尖们撑破泥土，开出了绿色的春天。

我生活的这个乡村，有美好的人与人之间的关系，有一个家族本家人天生的亲密氛围，有邻居之间相处融洽的和谐环境。我们村有很多我们的"个儿家"，就是同姓同祖宗的人。我属于年龄小辈分大的人，几岁的我就有人叫姑姑。邻居们在距离爷爷奶奶家不远处种地、锄地，种地的人为了节省时间会带着干粮中午不休息继续干活。爷爷奶奶看到邻居中午不回家，一定会去把他们叫到家里来吃饭，饭菜只是家常便饭，但那是平凡普通的爷爷奶奶一生的处世之道：与人方便，与己方便！

在故乡，到处都能看见美好，善意无处不在。

夏天的故乡，是最好玩的时候。多年前的故乡，河滩还是有水的河滩，河水很清澈，把水里的沙子和石头冲洗得一尘不染。河水里新生的蝌蚪黝黑黝黑的，像一群精灵在河里追逐奔跑。

小时候最喜欢在大热天光着脚踩在河水里，夏天的太阳把河水晒得温温的，河水很浅，刚刚没过脚脖子，脚下的小石头虽有些硌脚，但还是舍不得从水里出来。现在想来，那夏日的河滩便是天然的小温泉了吧，虽然只是一个只能泡脚的温泉，也带给我莫大的快乐。夏天，也是最贪玩最淘气的时候，大人们会严格要求小孩们午睡，但是小孩子根本睡不着。我每天的午休时刻，就等着妈妈睡着，我偷偷地溜去院子里玩。有时候会在等妈妈睡着的时候自己先睡着，等到起床之后心里还怨自己，怎么就睡着了呢？白天发现了一个大蚂蚁窝，还准备中午去挖呢……

秋天的故乡，是收获的时刻。大人们收割庄稼，孩子们"收割"酸果子、酸毛杏儿。我最热衷的活动是手上挎着一个小箩筐，去山上的、沟里的杏树林摘杏、捡杏，我并不是一个爱吃杏的人，但我是一个爱"爬山下沟"的人。等到装满一箩筐杏之后，很费力地提回家来，跑到大人跟前邀功。大人会把吃不完的杏干晾晒起来，过年的时候，可以把杏核敲碎，用里面的杏仁熬着喝杏茶，或者还可以把杏核直接卖给收山货的人。

在大人们下地忙碌的时候，我会学着大人模样，提着一小箩筐草，去喂我喜欢的羊。我先解开羊圈门上的绳子，再提着草进去，转身再把羊圈门拴住，因为怕淘气的羊在我倒草的间隙跑出去。七八岁的我，经常会思考一个问题，我每天来喂羊，这些羊到底认识我吗？

我是一个从小到大不吃羊肉的人，直到前几年生小孩，老人们说吃羊肉暖胃，才开始勉强吃一点。但是没有人知道我小时候为什么不吃羊肉，因为我很喜欢羊，不忍心吃掉他们，我又属羊，感觉吃羊肉就是把自己吃掉了。但是我只是一个小孩子，我改变不了什么，所以我只能做到自己不吃羊肉。现在想来小时候的想法真好笑，但是的确符合一个六七岁孩子的智商，那时候的我的确不明白万物生灵皆有它的使命和道理。后来长大后，我就真的不爱吃羊肉了，不喜欢羊肉的膻味儿。

冬天的故乡是最清闲的，外出务工一年的男人们基本在冬天返乡了，在地里忙碌了一年的女人们也穿着干净的花衣服，梳着好看的大辫子，三三两两地在热炕上闲聊、嗑瓜子、打毛衣、绣鞋垫。冬天，放羊的爷爷也不放羊了，有时间给我讲过去的故事。

童年与故乡,似乎有着密不可分的天然联结,看啊,说起故乡,都是纯粹天真、一尘不染的童年时光。

有人说,在童年拥有过美好的乡村生活、被爱和美喂饱的人,总不会对当下要求太多。成年的路上,每当遭遇打击和欺骗,尽管也会难过和感觉受到伤害,但最后总能从负面情绪里走出来。我很清楚,那一定跟我在故乡生活里早就预存的能量有很大的关系。

在每个难眠的夜晚,总是自然地想起在故乡的种种欢乐,想起存放在那里的童年。

有一种乡音叫漫瀚调

"三十里的明沙二十里的水,五十里的路程来眊亲亲你。半个月我眊了你十五回,就因为眊你跑成哥哥罗圈儿腿……"无意间换台听到了熟悉的漫瀚调唱词,遥控器停在手中那一刻思绪顺势回到了小时候。或许对于大多数90后来说,漫瀚调比较陌生,但对于我却是我生命中最深刻的感同身受。作为一个土生土长的准格尔旗人,漫瀚调伴随了我整个成长时期。

从出生开始,我就听到了漫瀚调,我的母亲是一个漫瀚调爱好者,所以母亲的歌声是我童年时期最深刻的记忆。童年时期,我听不懂母亲在唱什么,只记得她在田地里劳作的时候会唱,在灶台上忙活的时候会唱,在哄弟弟睡觉的时候还会唱。后来我逐渐懂事,我才明白,在那个贫瘠的年代,对于面朝黄土背朝天的农民,他们没有更多的娱乐项目,甚至也没有娱乐时间,他们的生活就是种地、收割庄稼、喂牲口……一切与黄土地有关的活动。母亲喜欢唱漫瀚调,完全是基于周围环境耳濡目染的影响,因为在这个地方,到处都是这样的歌声。他们没有经过专门的学习和训练,继承着长辈们的曲调,自己编歌词,经过天生的好嗓子的演唱,就是一首高亢动听的漫瀚调。90年代初期准格尔地区的大部分农村生活还是如此,农民还是过着靠天吃饭的生活。

后来,家里经济条件稍微好些了,父亲买回来一台录音机,还有两盘磁带,对于一个六七岁的孩子来说,只在别人家见过的东西,忽然自己家里有了这么一个"大器件",除了好奇就是高兴。连着几天就坐在家里听录音机,翻来覆去地听那两盘磁带,而两盘磁带里播放的都是漫瀚调,父母亲偶尔也会跟着录音机唱几句,我至今都记得磁带盒上的人像,现在想来才知道他们就是漫瀚调的演唱者。而那时候我并不是为了听漫瀚调,只是对一个新事物的陌生和好奇,而漫瀚调仍旧被动地在我记忆里留下更深的印记。

上小学之后,我接触到了音乐教材上的儿歌,学校的音乐老师教我们唱以前没听过的流行歌曲。回家之后,我再听到母亲唱漫瀚调,我就觉得难听,我还让母亲不要唱这个了,我来教她唱在学校学会的流行歌曲。母亲笑着说:"我们没文化唱不了那个,就会唱唱这些山曲儿。"

不管我怎么不喜欢听漫瀚调,但大人们仍旧在唱。在农村嫁女娶媳、给孩子过百岁过生日、给老人庆寿……都俗称办酒席,在酒席上漫瀚调又是必不可缺的一项娱乐活动。那时候,农村办酒席就是从亲戚邻居里边找几个懂得吹拉弹唱的人,谁家有扬琴、二胡、笛子这些乐器拿出来,组成一个"乐队",而演唱者就是像我母亲父亲那样一群喜欢唱漫瀚调的妇女汉子们。随着年龄的增长我也能听懂大人们唱的漫瀚调,我听到他们唱的都是身边的人和事,大则唱地名,小则唱特产,甚至家里的"大红公鸡"都能成为他们嘴里的唱词。我竟也慢慢不再讨厌他们所唱的了,反而觉得大人们唱的东西很有趣,再加上"乐队"伴奏,还真的是别有一番动听感。

又过了几年,农村家庭里的男人们开始外出打工,家里的生活条件开始有所转变,生活条件的改变,又给农村带回来了新的设备,VCD、DVD和碟片又引领漫瀚调上了一个新台阶。随着时代的发展和进步,农村地区人们的思想也在慢慢发生着变化,他们会把自己的家乡唱到漫瀚调里,把看到的听到的唱到漫瀚调里。电视机里的领导人、新闻联播里的国际国内大事件，也成为他们漫瀚调里的唱词。20世纪准格尔地区的农村生活发生了改变，人们不再闭塞思想只懂种地，开始"走出去引进来"，走出去的是脚步，引进来的是思想。

到了今天，人们的物质生活水平提高了，精神追求也随之发生了变化，漫瀚调以各种各样的形式出现在了电视屏幕上。以漫瀚调为创作题材的同名电影《漫瀚调》也搬上了大银幕。今天，我们的生活变好了，漫瀚调的发展也越来越好了。

后来上了大学，去了外地，见识了很多人和事，见识了外面的世界之后，回到这座小镇，熟悉的建筑，久违的空气，亲切的方言，耳熟的漫瀚调，感觉就像从来没有离开过这里。直到今天，我才懂得漫瀚调的艺术价值。它描绘的是准格尔地区的壮美山川，它记录的是准格尔地区的腾飞发展，它叙说的是准格尔人的琐碎生活。它标志着准格尔地区一百多年来的历史变迁，承载着准格尔人世世代代的文化精髓。而今天，准格尔地区的乡镇街道无不都在传唱着漫瀚调，准格尔地区的老老少少们都在把"漫瀚调调抖起来。"

准格尔旗是"漫瀚调"的故乡，"漫瀚调"是准格尔旗的特产。我为自己是一个准格尔人而感到自豪，为能生在一个民间艺术之乡而感到庆幸，为我的家乡能有这特有的"乡音"而倍感珍惜。

寻找"美稷城"

甄自明

听说准格尔旗有一座历史悠久的汉代"美稷城","稷"是指粮食,"美稷城"应该是盛产粮食的地方吧,或者解释为美丽而又盛产粮食的地方,这样的"美稷城"真是令人神往!经多方询问,得知"美稷城"可能在准格尔旗的纳林一带,不禁勾起了我一定要亲眼见识"庐山真面目"的迫切心情。

进入纳林古镇,首先映入眼帘的是一条笔直的仿古街道,宽阔的街道两旁都是仿古建筑的各种店铺,涵盖了当地居民生产、生活必需的方方面面、应有尽有。在"秦四面馆"和"段二娥门市"的铺面门口聚集着很多人,人们都在围着一张张桌子打扑克或下象棋,人人脸上都堆满了笑容、怡然自得。观看的人比参与的人还多,还更有兴致,这些现象在别的地方并不多见,显示了纳林人生活的悠闲、安康和富裕。纳林仿古街上,青砖灰瓦、红木门窗,店铺、商号古色古香,再现了民国口外商镇风貌,打造了一个集商贸古镇特色、生态乡村景观、休闲文化旅游为一体的美丽村镇。

走着走着想到了纳林地毯，老乡提到了纳林地毯技艺传承人乔茂林，就顺路去参观一下吧，看看能不能淘一块纳林地毯回家。早在20世纪70年代，纳林手工地毯就闻名中外，畅销法国、英国、美国等国，被誉为"东方地毯珍品"。编织纳林手工地毯的工序十分复杂，包括选毛纱、染毛纱、合纱、织毯、凸花、洗毯、剪花、整修等数十道工序。一平方尺毯面的地毯需要打一万个结，需要工人重复绕线、割线等工序万余次，编织出一块成品地毯需要耗费大量的时间。看着精美华丽的地毯，摸着感受它的柔软和温度，感叹地毯传承人的辛苦和汗水。

虽然纳林地毯厂已成往事，但是历史没有将传统手工艺遗忘，经济的快速发展让传统手工地毯再现生机。随着经济社会的快速发展，人们开始追求高品质有文化气息的物品和生活了，这些变化为手工地毯的发展带来了契机，即使价格贵点，销路也越来越好。传承非物质文化遗产、保留中华优秀传统文化，已成为全社会的共识，成为坚定文化自信的重要途径。

从地毯厂走出来，在老建筑"纳林供销社"的对面，有一家"小乔碗托"，我闻着香味就闯进去了，"来一碗碗托，浇上豆腐热汤，加上一颗卤蛋，再来二两驴肉。"碗托筋道有嚼头、热汤味道鲜美、卤蛋香味扑鼻。俗话说：天上的鹅肉，地下的驴肉。吃着正宗的驴肉碗托，我们都眉开眼笑了。"纳林风味"除驴肉碗托外，酸粥、炸糕圈、炖羊肉、荞面饸饹、扎蒙拌汤、六六八八都是闻名遐迩的特色美食。

纳林美食由来已久，有一位"任老婆儿"，本名"邓云女"，早在1980年就开办了纳林首家个体饭馆，1997年建成店面任邓饭店，2001年注册"任邓饭店"商标，发展连锁经营，勤劳与厚道的经营风范有口皆碑，连锁加盟店遍布旗内外。

品尝了美食后，我们在街上溜达，隐约看到有些较为高大的建筑，气派规整，就走过去看看，原来是纳林村委会，大院子就是一个小广场，令人称奇的是这里还有村史展，展览讲述了纳林从汉代、清代直至现代的历史瞬间和民风民俗。

纳林村外的纳林川山川秀美、植被茂密、河水流淌，养育了世世代代的纳林人。纳林川南通晋陕，北达呼包，历史上的草原丝绸之路就经过这里。清末以来，走西口的浪潮席卷这里，晋陕农民春来秋归，路经纳林川，大量的晋陕汉民同这里的蒙古族交往融合，形成了独具特色的风俗习惯。纳林占据交界之地，坐拥交通之便，南来北往的旅蒙商，三教九流的手艺人辛勤耕耘，共同开发了这座名扬口里塞外的商业重镇。民国年间，纳林规定每旬逢四开市，吸引同心德、义泰成等商号，毯坊、铜匠、金银匠、铁匠铺、木匠铺、口袋匠、皮毛匠等手工作坊纷纷落户纳林。逢四集市日，商铺车水马龙，地摊琳琅满目，货郎商贩云集，沿街拴满了大牲口，纳林成为准格尔旗数一数二的大集市。现在，这些工匠店铺在纳林村仿古街上仍然一应俱全。

党的十一届三中全会以来，纳林获得了长足的发展。党的十九大以来，纳林人谋改革、促发展，衣食住行用等方面得到了极大地满足，精神文化、生态环境等多方面的幸福感得到了极大地提高。

参观完展览后，找到了纳林村文物保护员曹老师，他领着我们兴致勃勃地来到这次出行的真正目的地。走在纳林古城高高的城墙上，大致能看到古城的轮廓，城墙的夯层非常明显，虽然古城内外植被茂盛、郁郁葱葱，但是地表上密布的砖块、瓦片和陶片印证了古城曾经的繁华和辉煌。

纳林古城位于纳林川东岸，平面略呈长方形，南北长410米，东西宽360米。城墙夯筑而成，基宽2~3.5米，残高1~4米，夯层厚15厘米，四墙各设门，文化层厚约50厘米。据史载，公元48年，匈奴分裂为南、北两部，南匈奴入塞归汉，随后移师美稷，美稷城成为西汉时期西河郡的属地和属国都尉的驻地。东汉初年，设置匈奴中郎将以此为驻地，南匈奴单于王庭更是长期驻扎在这里，为当时南匈奴的政治、军事中心。据考证，纳林古城即为西汉美稷县城。美稷县曾是盛产粟和黍的地方，粟即小米，黍今称黄米，黍和粟合称稷，稷起源于中国，为五谷之首，故起名"美稷"。现在，纳林百姓除种植玉米外，仍然大量种植小米和黄米。

美稷城不仅是汉代盛产粮食的地方，还与曹操那个时代的一位才女有关，发生了富有传奇色彩的动人历史往事。东汉末年，蔡琰，字文姬，别字昭姬，为文学家蔡邕之女，她自幼博学多才，擅长文学、音乐、书法。初嫁于卫仲道，丈夫死后回家。南匈奴入侵时，为匈奴左贤王所掳，生育两个孩子，此时居住在南匈奴单于王庭美稷城。曹操统一北方后，花费重金将蔡文姬赎回，嫁给董祀。蔡文姬的名作有《悲愤诗》两首和《胡笳十八拍》。《胡笳十八拍》是一首古乐府琴曲，为中国古代十大名曲之一。"文姬归汉"的故事，在我国广为流传。唐代诗人王昌龄写过一首《胡笳曲》：

城南虏已合，一夜几重围。自有金笳引，能沾出塞衣。听临关月苦，清入海风微。三奏高楼晓，胡人掩涕归。

站在美稷城城墙上，吟着《胡笳十八拍》的词句，回想着汉代美稷城粮食的大丰收，感慨人生的悲欢离合与岁月的沧桑变迁。美稷城，您的丰饶和传奇吸引着我们有时间还会再来。

爱上薛家湾，无关风月

| 张丽兰

爱上薛家湾，无关风月

有人说，爱上一座城，是因为城中住着某个喜欢的人。其实不然，爱上一座城，也许是为城里的一道生动风景，为一段青梅往事，为一座熟悉老宅。或许，仅仅为的只是这座城。就像爱上一个人，有时候不需要任何理由，没有前因，无关风月，只是爱了。（引自《你若安好便是晴天》）。

同样的，我也深爱着准格尔旗薛家湾这座小镇。也许是因为午后邂逅一道美丽的彩虹便怦然心动，也许是因为有我眷恋的人而无法割舍，也许是大街小巷都留下了我的足迹，也许是这个小镇见证了我无数的眼泪与微笑，也许根本无关风月，仅仅因为它是薛家湾。

我在这座小镇已经生活了将近20年，这里有车水马龙的街道，有熙熙攘攘的闹市街头。人们常说要远离喧嚣的城市，独享一方安宁。但这里也可以有投身于青山绿水之中，细细品味鸟语花香的惬意之处，可以转累了找间咖啡屋，饿了找处烧烤店，散步在柳树成荫的小路边，碰巧了你还能在公园、广场听上两段漫瀚调。

虽看过了准格尔的每一天，走过了准格尔的每一季，可你是否发现了它的美丽，你是否注意到它每一天的变化？

这里，早晨的阳光，温暖而不炽热，照耀着早早起来劳作的人们。午后，充满正能量的阳光洒向这片土地，一切都充满着热情和朝气。太阳西斜，一天即将过去，晚霞的黄晕映得半边天空分外好看。日落西山，它失去了白天耀眼的色彩，用余晖照耀着我们。暮色已至，小镇显得愈发宁静，这样宁静的小镇，美得令人窒息。夜色如水，灯笼亮起，因这灯火，小镇显示出别样的风采。

这里水好，空气好，让人心情舒畅。这里四季总是来得分明，四季都有不同的天地，四季都有醉人的风景。春天的小野花，夏天的金麦芒，秋天忙碌的人群和冬日雪白的寂静。

这里每年清明总会烟雨朦胧，雨过之后白昼渐长，天气也一日比一日暖和，绿树生新芽，繁花次第开。四月，准格尔已被桃杏花染成粉红色，好似流霞散落人间，美不胜收。

夏日的暖阳，悄悄地照进这座安静的小镇，小镇慢慢地苏醒了，这里有的是雾霭笼罩着静悄悄流淌的塔哈拉川河，有的是沁人心脾的花香，有的是蝉鸣鸟叫，有的是淳朴民情。

秋高气爽时，落霞满天，夕阳的光芒将小镇照耀得更加金黄，金黄色就成了这个季节的主色调。无论是"天高云淡，望断南飞雁"的辽阔自由，还是云卷云舒之中的浪漫洒脱，都让人心旷神怡，伴随着蓝天下金黄的季节，心中也在酝酿着一个金色的梦想。

季节总是在悄无声息中更迭，秋华落尽，冬雪降临，它是冬天的代表作，是冬天的成名曲，伴着寒风呼啸，当白色的小精灵出现在冬日这张美丽的画卷上时，这些洁白的精灵就给这个多彩的世界添了些许不一样的美丽。

在小镇的时光总是很慢，从前如此，现在依旧如此。走进它的那一瞬间，就好像走进了一个温馨的故事里。步行街，小店，缓慢行走的老人，时光仿佛瞬间倒流，日升日落，人来人往。路过每一个橱窗，仿佛还是从前时温婉的模样。

南山公园搭配着白墙瓦黛，是小家碧玉般的温情脉脉，以至于连带着小镇人，也都因为这些花花草草变得温柔起来。细长飘逸的游步道依山而建，宛若瑶池仙子的绫罗不经意飘落人间。沿着步道缓缓而行，四周绿意盎然，让人真切地感受到小镇的动人。清风拂面，树影摇曳，徜徉其中，偷得浮生半日闲。行至高处，体验"一览众山小"的开阔，远方的风景、山脚的小镇尽收眼底。

初夏，草长、花绽，喧闹的小镇别有洞天，也盛放着生命的美好。傍晚，小镇披上了霓虹的彩装，继续着夜的繁华，光亮勾勒出城市的剪影，照亮了每个人回家路，这就是我居住的小镇，每一天伴着呼吸与心跳的小镇。最喜欢这时看着天色渐暗，远方晚霞映红天，青山依然。夜幕降临，月光之下，陷入月光包裹的柔情之中，徒然筛下一地的碎片，醉倒在一片温柔的梦乡。

我喜欢在这座小镇纳一缕春光，赏一片星空，看一路风景；一茶一饭，一菜一粥，如此而已，如此甚好。无论是朝阳还是夕阳，都变得更有味道。

这座小镇，这个所有梦开始的地方，是漫漫一世里最挂念的向往，这里有我拔不走的根，有我忘不掉的情。

| 王世铎

薛家湾夜景

十四年前,一个不经意的决定,让我从塞北的白音乌拉草原驶离,越过黄河,来到这个传说堪与海湾媲美的小镇安家落户,这些年过来,对小镇的感知也渐渐地从陌生变成了熟悉。因为喜欢早晚出去散步,所以对小镇的景致有了很好的印象,尤其是小镇的夜景,更让我迷恋。

小镇的夜景,大抵在日落后一小时就出现了。先是天空中的晚霞,它是小镇的衬景,因为小镇居于一个低坳的湾里,四周都是峁梁圪旦,天空中的晚霞就倚靠在山边,目测离小镇很近,有一种伸手可触的感觉,为小镇的夜幕增添了几分祥和的色调。在持续一段时间后,天渐渐暗了下来,晚霞退去,月亮在天空中出现,孤独的星辰冉冉升起,淡淡的白云在幽静的苍穹下若隐若现,与星月一起俯视着小镇,看上去是那么轻盈,那么柔软,那么亲切,晚归的人们不时放慢脚步,多看上几眼,可以帮助舒缓一下紧张的情绪。

更令人陶醉的是地上的情景。先是各条街道上的路灯点亮,紧接着是各座大楼和路两边小区楼房上的灯带点亮，瞬间小镇全亮了起来，如同白昼。沿楼群四周安装的多是霓虹灯，各种颜色交替出现，加之不断闪动，远远望去十分美丽，增添了许多迷幻的色彩，似乎有大城市的气氛。

景观河的夜景很美，是小镇的最大看点。河的两岸都装满了彩灯，五颜六色，与岸边楼群的灯光一起，倒影在河水中，如水下宫殿，显得富丽堂皇。岸边的垂柳、松柏，在微风中摇曳，有时也会在光河里留下浮游的影子。如天气晴朗，河水辉映着夜空的群星，一定会装饰出一个海市蜃楼般的水下世界，让游人流连忘返。也有人用手机拍下来，放到网上，不知情的人看了还以为是西湖美景。

小镇的饭店是晚间最热闹的地方。因为小镇盛产优质精煤，属富庶之地，人们的消费水平普遍比较高，所以晚上举家出来吃饭的很多，也有一些工薪族由于白天工作忙，晚上便相约几个朋友出来放松一下，饭店的买卖自然就红火了起来，无论大小饭店都是宾客盈门，座无虚席，大多数饭店都得提前预订，若没有预订，来得迟了，还得等上个把小时，不过食客们也是极有耐心的。

还有些习惯夜生活的年轻人，三三两两漫步于街头，张望着寻找归处，或聚到生活都市，或落座路边的烧烤摊，点上几个菜，斟上几杯酒，烤上几串肉，自由自在地消遣起来。从盛夏到秋凉，他们始终沉浸在火热中，品得有滋有味，喝得晕晕乎乎，成了小镇真正懂得享受生活的人群。

公园里不时传来悦耳的歌声，乘着灯光望去，是一些依恋广场的大妈们，她们随音乐翩翩起舞，分享着快乐。对她们而言，每天除了吃饭，跳舞可能是最重要的生活了，几乎风雨无阻，正是她们这种有节奏的律动，才提升了小镇的文化品位，为这个全国文明小镇注入了活力，所以也成了小镇一道最靓丽的风景。

我曾经多次扩展自己的想象，是否其他地方的夜景也是这样？或许更好。但我依然觉得小镇夜景是最美的，因为我每天都能真实地看到它，并顶戴着它的光环。

故乡的野酸枣

吕星龙

糜子收割完的深秋,家乡的山坡上野酸枣好像有个约定,说红都红了。酸枣棵一株挨一株地连成一片,红彤彤的野酸枣密密地挂在上面,笑得纯情,红得热烈,像一片燃烧的云霞,把家乡的山坡惹醉了。

家乡南邻长城、北靠黄河,贫瘠干旱、沟壑纵横,祖爷爷从口里走到这儿口渴难耐,随手捋了一把野酸枣放在嘴里,满口生津,便在这酸枣棵边打了口土窑住了下来!一株株的野酸枣低低矮矮,总也长不高,比起杨柏、青松,它们单薄得近乎可怜,却很有筋骨和活力,呼啦啦爬满了崖畔和山坡,见证了土窑中一代代人的兴衰。

春日山野变暖,各种花草树木吮吸春天的雨露,在清新的空气里伸展枝条,酸枣棵却长得格外小心,静悄悄、慢吞吞地抽芽吐绿,到了夏初,才开出米粒状的小花瓣,浅黄的颜色让人瞧不上眼。桃树、杏树、梨树,赶趟儿似的开满了春天,酸枣棵细细碎碎的小花瓣,带着泥土的气息,淡定不懂张扬。它们在温暖的阳光下，一片片一丛丛地长满山野，漫山遍坡，满目清新。像是经过了一次午睡，秋风一吹，野酸枣长成了。先是有半边红润，秋深了，也就红透了。

野酸枣个头像蚕豆，核大肉薄，滚圆滚圆的。摘一颗放进嘴里，酸到极致便是甜，很是讨山里人喜欢。小时候最喜欢和母亲去村头的红泥地收割庄稼，垄头密密麻麻全是酸枣，大的、小的、酸的、甜的、红的、绿的……在童年的记忆里，野酸枣是抹不掉的快乐和喜悦。

野酸枣谦卑、坚毅、耐瘠薄、生命力强。山坡上、乱石中、岩缝里，只要有扎根之处，它就能安身立命，随遇而安，像一个个乡间小伙，天然、率真，不失个性，浑身带刺，却惹人喜欢！

家乡的野酸枣又熟了，奶奶病故了，全家人回到了阔别已久的村里，只有崖畔上一簇簇鲜亮红彤的野酸枣，颗颗透着红亮，酸到心里、甜到泪里，等待着我们的归来。小土窑就这样断了炊烟，走口外的人儿继续漂泊。野酸枣啊！你的真，你的野，你的美，我们怎舍得离开！

叨扎蒙

看见扎蒙花，就想起儿时的快乐，那种无拘无束纵情山野的烂漫，那种自由自在面崖怪吼的快意，那种心旷神怡漫步乡间的兴奋，时至今日难以忘怀。扎蒙花，勾起了我对故乡峁梁深深的眷恋，那漫山遍野碧绿的小草和令人陶醉芳香的野花，让人心旷神怡，久久不能释怀。每当我喝着扎蒙佐料的疙瘩汤时，就不由得想起远去的奶奶，铭记心间的岁岁月月，日日夜夜。

当地人采摘扎蒙花称为"叨"扎蒙，就是用手摘扎蒙的花朵，动作仿佛小鸡啄食，也好似天空中的雄鹰扑向地面捕食一般，娴熟自然，痛快流利，一气呵成。摘采扎蒙，有的背着袋子，有的挎着篮子，有的干脆往自己衣服的口袋里塞。在我们村子的阴坡上，可以说扎蒙漫山遍野，但是花冠大的扎蒙只有生长在水好土好的地方，平时扎蒙花朵只有小拇指般大小。

扎蒙，上等的调味品。在我的记忆里，叨扎蒙是一件令人愉快的事情，村里人缺乏调味品，扎蒙就成了最美味的香料。到了暑假，夏秋之交，正是扎蒙倾吐芬芳的旺盛季节，也是叨扎蒙的最佳时机。一场大雨过后，大地仿佛换了容颜，空气湿润润的，天空中悬浮着七彩虹桥，扎蒙花竞相开放，坡上坡下，沟沟岔岔到处是叨扎蒙的人。届时奶奶总是带我去叨扎蒙，扎蒙喜欢生长于山野土石相接的地带中，细细的茎叶上顶着冠状的花朵，粉白色的花儿独具特色，释放着浓郁的花香，沁入鼻翼香喷喷的，一簇簇，一丛丛，头顶上仿佛戴着帽子，在风中摇曳，在雨中沐浴。叨扎蒙充满无穷的乐趣。男女老少结伴而行，到了目的地就拉开了阵势，不能说你争我抢，可以说你来我往，穿行于大自然的怀抱中，在山野草丛花香鸟语的氛围里感受着劳动的快乐，领略着空旷高远的自然风情。

村里人把叨回来新鲜的扎蒙清理干净，加盐捣成黏糊状加工成饼型，然后用线串起来晾晒干就可以食用了。走进村里，可见家家户户的屋檐下挂着串串扎蒙，每到做饭时，满村四溢着扎蒙的芳香！扎蒙是非常好的佐料，用扎蒙炝油的凉汤拌上莜面，再加土豆，真是令人垂涎三尺的美食。或者喝拌汤，味道极好。在我的记忆中，奶奶总是用扎蒙作调味品，放在日常的饭菜或汤里，而炝扎蒙油散发的余味就让人芳香扑鼻，再吃到嘴里，香美至极，有滋有味。

叨扎蒙已离我的生活渐行渐远，但心中总是有股亲近感时时袭来，叫我不能忘却，思绪荡漾。

高　领

大美太极湾

车沿着一条山道进入群山，我看到远山上空闪烁着阳光。黄河隐匿在山峦那面。这条河引领过当年在贫瘠的土地颗粒无收而一筹莫展的关内人鼓起走西口开辟良田的勇气，滋润过唱响山沟山峁"漫瀚调"的准格尔人豪迈的情感，还曾给誓把一望无际的群山变为国家一流煤田的准格尔人坚定的信念。

凭窗眺望，我看到灿烂的阳光下群山毕露显现。风吹起黄沙吹乱我的头发，单薄的衣服有点不抵风寒，大河上，船只孤零零地飘荡，两面悬崖刀劈似的挺立，连水波也没有次第地荡漾，我的心却融入了里面。

太极湾终于出现了。我看到高耸的两山形成的阴阳图。看到弯曲的河环山构成的太极图。身处直耸蓝天的楼厦里，随一艘游船进入群山，黄河形成的峡谷，几经弯曲构成的太极图，我的想象几近绝望。群山，河流，静谧的阳光洒在上面是必不可少的。在两山嵌夹的河流，水一样清净的天空中出现了一轮太阳，阳光水一样洒在上面，天空、阳光、河面明媚透亮。行走其中，你会觉得只有这条河,这座山峦,才有这样静谧的阳光照耀。看看到处林立的生产煤炭高大的现代化设备,山里传来隆隆声音的一台台煤掘机,一列列从煤场开出的运煤专列——在那里,正夜以继日刷新着生产纪录。由此在全国"百强县排行榜"上,赫然醒目出现四个大字:"准格尔旗",阳光照耀在上面,依然赏心悦目。

作为一条河与一座山构成的美丽的准格尔,与其说是物质的,不如说是精神、文化的。这条河从大山奔涌出来,一座完整的山被一劈四半,一半在左,一半在西南,另两半形成一个孤岛、一个半岛耸立河中央,仿佛孩童随手堆垒的积木。黄河与大山形成的自然秩序,非人工所能构建。在日常生活中,过多的人工建构让人厌倦。在准格尔人心中,穿山而过的黄河,太多驮载了人们的苦难、挣扎、抗争和希望。准格尔人有河、山不屈的品格,事实也证明了这一点,他们在这块贫瘠的土地创造了奇迹。黄河、大山与生长在这里人的坚韧不拔的精神、性格所构成的状态,非目睹了这座山、山与河形成的气概不能知晓。在宁静的阳光中,横躺的一条河,耸立的一座山,它呈现出的是一种文化姿态、精神面貌。

我们认识一座山,一条河,过多依赖思想家、艺术家的见解,而不是自然,结果在类如大峡谷这样壮观的景象面前麻木不仁,一无所见。仅凭已成的认知见解是难以理解这样一座山、一条河流的。在这样庄严宏伟的山、河面前,是绝不能敷衍的。在大峡谷、太极湾产生的感知与觉悟是不可思议、美妙绝伦的。

生活在这里的准格尔人相信美产生于自然,他们把从大自然中这条河、这座山得到的美的理解用歌声来表达,所以这里的人以唱漫瀚调闻名。他们思虑的美,与山川、河流有关,总在模仿空寂的形象,阳光的广阔无边。太极湾的壮观,让人感到那些山曲儿里暗示的开阔与寂静、准格尔人不屈不挠的精神。或许是这条河、这座山本身就会发出歌声,它形成的庄严、寂静、宽广,更是容易让人听到它在诉说。不论弯曲流淌的黄河形成的太极湾,还是两岸陡峭挺拔的河岸形成的大峡谷,我想象它要表达却欲言又止的分寸感,不是想象,是它告诉我的。听到它声音的喜悦,不是诗歌所能给我带来的喜悦,而是如诗一样美妙的感觉。

不光群山,就是这里山顶矗立的一块岩石,一片流动的云;不光黄河,这条河里一朵浪花，一个因岩石阻滞形成的漩涡，它所引发人生悲欢的情态，是任何一座山、一条河都不能给予的。

在河上漂流，我完全沉浸在一片喜悦中。天空飞过的一只鸟的叫声都对我构成诱惑。凝视远山一片浮云流动，都是一段快乐的时光。绝妙的河流，绝妙的河流上面吹来的风，绝妙的阳光形成的静谧，我内心渴望这些光，风与寂静非语言所能描述。我们生活的都市，街巷拥挤不断的车流切断了我们的想象力。说是噪声，这里也有，实际上，漂流在河湾，前面的山顶上已是噪声不断，灰鹧鸪、大嘴鸟、捕鱼鹳以及不时大片飞过的麻雀，早把山顶吵得喧闹不止，而它是那么美妙。我看到一只鱼鹰从低空掠过，它像所有的捕鱼鸟般斜飞在水面，翻飞上空，露出白色的腹部，在阳光中显得耀眼夺目。一只喜鹊也飞在河上，从大峡谷这边，飞向那边，飞上山顶，歇憩在一块岩石上，悠闲自得。坐在船上，静听水波击打船舷的声音，看着细微的浪花在船舷飞溅，波浪击打着河水里面的鱼在跳跃，一只鱼鹰立刻飞过来，一头扎入波浪，然后腾空跃起，我的心早与河融入一起。准格尔人有幻想的气质，这从他们喜爱、创造的民歌中可以得知，从汹涌的波浪和翻飞的鱼鸟图景也可看到。在几百年的"走西口"逃荒中，日子虽千难万苦，他们自信坚强地生活着。黄河、大山，保藏了他们的一种内在品格。我又听到了那悠扬高亢、略含几分凄凉的漫瀚调，山峦上一个放牛的孩子正引吭高歌，准格尔人心目中，始终装有黄河、大山。我倚船而立，一直漂流在峡谷。在大峡谷溯流而上，可以很容易地看到太极湾的全貌和黄河的弯曲形状，也很容易感受到准格尔人在这块土地抗争的坚韧不拔。

夜晚我登上岸，随向导站在山崖眺望。我静听四起的虫鸣声与黄河泛起细微的波浪声。我不能把一座山与一条河分开来观望。在无尽的夜色下，月亮像一个装饰品，在吱吱的虫鸣中，河与山变成了一座浮雕。我看到月光像乱石般堆积在河上，月亮蹲踞在残光里。无论山上任何一块岩石或河里任何一道水波上，都有月光清晰变动着的姿影。我坐在两石居中的一块草地上，眺望到簇拥峡谷而去的河流。在月色下，两山显得特别凛然和高雅。从这个角度看，大峡谷简直就是一首诗，一曲悠扬的漫瀚调。云遮雾罩的大峡谷，此时被拥揽在无尽的月色里。黄河在云雾中断流了、莫名其妙地消失了,它奔腾不复的姿影却在我的想象呈现,在我视野消失的部分,最让我陶醉,重山在编织、重组、不断变幻,我的想象力随河流消失插上翅膀,在月光下飞翔。那么一刻,在山隙我看到火焰燃烧,天空看到星月摇荡,一块块岩石突然从山崖滑落下来,挣脱了山的束缚,愉快地坠落着,坠落在河里,在流淌的河中获得新生。掩映在阴影的河壁左侧,一群夜莺飞过,穿越大山形成的阴影,飞上看不见的天空,啁啾鸣啭。准格尔人好客。这是了不起的情怀。我坐着,总时不时地有朋友递烟、端茶。在群山里生活的人,不论贫穷与富有,都自豪地活着,都友善地对人。我不能把黄河和群山在月光中形成的这幅壮美景观与生活在这里的人的坚韧不拔精神分开来思考,在月光下不断变化重组、消失又出现的山峦和河流形成的美,让我不仅感到山河的美,也感受到准格尔人心灵的美。

　　我在夜色暗下来起身离开大峡谷,当我随人群走入宾馆,太极湾、大峡谷在我心中的情境被喧嚣的观光者取代那一刻,也是我心中又出现另一番群山、另一个大峡谷和太极湾的一刻:一轮明月不知从哪座山缝进来,照亮了黄河、大山,黄河与大山形成的大峡谷、太极湾,目光所及,无边无际。群山显得特别高远了,黄河显得特别清冷了。透过云雾望去大峡谷,四分之三掩映在月色中,四分之一在云雾中,缓缓流淌的黄河,横穿山峦而过,整个大峡谷置身绝妙的苍穹下。如果让我说清大峡谷、太极湾的美,我要想到那悠远婉转的漫瀚调;如果让我说清漫瀚调里如何呈现了一座山峦、一条河流,我将在想象的群山和河流里遨游流连忘返。当月亮越过天空从我居屋的窗前藤蔓照来,我耳中漫瀚调不断。群山是无限地绵延而去,黄河一泻千里。每座山都在讲述着,每道河流都在唱歌,我彻夜未眠……

　　壮美大峡谷,奇妙太极湾。

刘 洋

麻茹茹开花一片片黄

从喇嘛湾黄河渡桥穿过去,即进入准格尔地区。20世纪80年代末,我由一家地方报社,调入国家煤炭部直属企业准格尔煤田(其官方称谓是准格尔煤炭工业公司)。我赴任的新单位叫准格尔矿工报社,为公司所属的准处级单位,尚处于初创阶段,编辑部就设在薛家湾凹地的一个铁皮房子里。

从入职那天起,一连数日,连续刮大黄风(后来学者给它定名为"沙尘暴")。抬眼望去,远处黄土坡,植被稀疏,脚下沙土窝,干旱荒芜,那种生存环境及食住条件,委实难称安居。然而,这块热土上大开发之气势,燃烧得我激情四溢,进而充满深切眷恋。

其时,公司所在地选择在乌拉苏木图河东,环顾四周,到处是临时搭建的工棚和垂直开挖且纵横交错的地基,弹丸之地,竟容纳数万名建设大军,人声鼎沸,昼夜鏖战,数天前削平的几座山包下,那幢十几层高的办公大楼拔地而起,堪称"腾飞"。

入秋季节，在那条新命名为"腾飞桥"的铁道路基两侧，职工小区初见端倪。周日午后，我与甫澜涛、费建新诸位同事，闲来漫步，沿塔哈拉川西进，向博尔浪太沟，一路走去，驻足王青塔时，地阔天高，夕阳斜照一望无际的旷野地带，那丝丝凉意渐次弥漫开来，远处山峦的轮廓，也变得硬朗起来。

冷云飞渡，浓霜又至，极目望去，高坡低丘，沟壑陡壁，那四野遍及的麻茹茹，其枝叶遽然间染成一片片、一丛丛枫色，点缀在暮秋大地的崖（方言，念nái）畔塬峁，并以其独有的姿势形成一种大写意的妙笔神韵而肆意涂抹，于晚霞里远远视去，黄色基调下，红艳艳的，蔚为壮观。

我刻意关注麻茹茹草，则始于数年后的春季。那时候，我已经出任《准格尔能源报》总编辑，而矿区建设已经形成煤、电、路、运一体化运营规模，经济效益十分可观。后来，随着旗政府迁址薛家湾，准格尔报社先行借驻矿区。常言说，记者见面是一家，我们虽属企业报，但与地方党报为同行，两家自然走得近，双方关系也很密切。在相互交往中，社长罗成藩，副社长孙俊良，主编耿晨，副主编杨玉铭、武文杰以及同仁与我称兄道弟。当年全国已推行开了"双休日"，记得也是在周末，我们两家媒体的部分新闻采编人员，组成民间文艺采风团，驱车穿行于旗境西南山区，在方圆百里的黄土高原地域，于旷野深处那漫漫荒原，不时会看到一蓬蓬、一簇簇墨绿色矮蒿草，绽放于贫瘠的山坡坡上、沙窝窝里。这星星点点的绿色，反被广袤而贫瘠的土地衬托得别具生命力。

我出生在乌兰察布一个俗称大后山的小山村，在家乡的野山坡上，也有这种不太惹眼的矮丛植物。初识它时，也是在干旱的季节里，我拉一头小毛驴，去接姥姥到我们家里。姥姥自幼缠过足，两只脚裹得很小，步行走不了远路，需要坐车或骑驴。当从姥姥家爬上红嘴岩那沟口子时，就看见在那烫热的沙窝窝里，有一丛小草黄灿灿的，充满盎然生机，我就问姥姥："那叫什么花儿？"姥姥说："麻茹茹"。由此，它给我留下深刻记忆。

那次采风远足，时令虽近农历立夏节气。可是，四野满目荒凉，风沙依旧肆虐，车轮行过之处，腾起一股股黄龙，全然不见青苗发芽、坡梁披绿。一行人在刘家渠那坡顶站立，极目远眺，那沟壑横断垂直形成的落差，把丘陵割裂得沟沟岔岔、支离破碎，宛如一床破旧的棉絮覆盖着一个瘦骨嶙峋的生命，那随处可见的小沙包儿，就像其躯体上裸露皮肤所凸起的脉管。小车沿山间那条蜿蜒曲折的沙土道路爬行，其形状极像一条飘逸无定的灰色绸带，依附于河床而游移延伸，在天地弥合之间无限推进，给人留下无尽的遐想。

沿途几乎没有大一点的村庄出现，只在荒原那些褶皱里，偶尔闪现出几间靠山土窑，更显得与世隔绝而孤立无援。在空旷寂寥的视野和亘古不变的空间里，这方天地仿佛沉闷了数千年。恰在此时，那麻茹茹突然映入眼帘，在以天地为舞台的基调下，它星火燎原般地闪亮登场。一蓬蓬、一丛丛、一簇簇，继而一片片，点缀于荒原路径、丘坡陡梁，昭示着勃勃生机，在荒芜的背景下开拓出一道绿色靓丽的景致。

麻茹茹开花儿呀一片片黄，亲圪蛋蛋就好比那嫩秧秧。

麻茹茹结的是那个红果果，小妹妹就爱见那个憨哥哥。

倏然间，有"山曲"歌声掠过耳际，令我眼睛一亮，这歌声如清洌的山泉流入沙原，似甜酒沁人心脾。浓烈的乡音使略显疲惫的同行也为之一振。抬眼望去，一放羊汉正漫不经心走远，唱出的歌儿就像随手丢出去的一粒拦羊石子儿。

这"山曲"，又称"漫瀚调"，是准格尔一带独特的民歌形式，在民间拥有肥沃的土壤和发达的根基。本旗民间歌手奇富林，曾经在中央电视台综艺频道演唱过一曲《圪梁梁》，红遍了晋陕蒙，据说还出了个人演唱专辑。那一盘盘光碟，成为追星族炫耀之物，系当地人在酒宴上首选播放曲目。

奇富林为本旗大路小滩子人，天生一副好嗓子。后来，成为当地的有名民歌歌手。他演唱时，由于有长期的才艺积累，可根据曲调旋律即兴填词发挥，往往是触景生情，见啥编啥，押韵上口，特有泥土气息。那唱词、那曲调、那声律，只有用民间质朴音调与诙谐语言表达出来，才有乡土韵味，是一种极具原生态的乡村音乐，那种古朴高亢的音腔深受民众喜爱。

当晚，我们落脚的村子里，有家杨姓乡医给老人祝寿，恰巧把奇富林和女歌手刘滢请来为宴席助兴。我们大家也被主家热情相邀，加入众人娱乐的圈子里。同行的耿总编是土生土长的当地人，于耳濡目染里，也会唱山曲儿。听他讲，女歌手刘滢，出生于黑岱沟，在长久寂静的山坳里，在麻茹茹盛开的景色下，她那歌声才显得魅力四射。在十几岁时，她就随民间艺人班子，专门在各类喜庆场合唱"山曲儿"。那些在背山沟里长年劳作的人们，听山曲就像久旱逢甘霖，那真是惬意极了！

当晚的演唱摊仗（方言，即场合），在杨家人的门庭内，中间置张长条桌，上面搁着一瓶白酒，多个酒盅。左侧是乐队班子，仅有四位老者，各操扬琴、笛子（哨枚）、低音四胡和梆子诸般器乐，桌前为男女歌手。先是在民乐伴奏下，你两句，我两句对唱，唱到后来，高潮迭起。

可能是当地缺水的缘故吧，男女歌手唱得口干舌燥了，不是饮水止渴，而是用烧酒润喉，这令我大跌眼镜，这不是饮鸩止渴么？如果那样想，就大错特错了，这满盅烧酒灌进肠，歌声愈来愈高昂，情绪越发亢奋了！一直吼到后半夜，仍不散场。

就在歌手歇缓之际，乐器不停，观众里有人自发登场，一展歌喉。有自找对象对唱的，也有单人登台清唱的，有男有女，无拘老少，众人参与，各显能耐，没人拘泥，更不怯场，再一次将场面推向高潮。

原来，这山曲儿和麻茹茹一样，具有顽强的生命力，也像麻茹茹一样，会绽放出多姿多彩的花朵。其曲调有欢快的、有忧伤的，有激越抒情的，有悲怀壮烈的，也有调侃打趣的。不论哪一种，都十分生动贴切，适合大众的口味儿，堪称民间艺术的一朵奇葩。本地人把山曲儿比喻成麻茹茹花那样缠绵，也把麻茹茹当做山曲儿一样喜爱。听着山曲儿，看着麻茹茹，你会猛然觉得那山里的人们，也如同麻茹茹一样可亲，也和山曲儿一样地惹人喜爱。他们对于麻茹茹和山曲儿，有着一种说不清、道不明的情感宣泄和精神寄托，他们本身就是浓郁的山曲和麻茹茹。

多年之后，我从京城归来，再一次穿越喇嘛湾黄河大桥，进入我的第二故乡——鄂尔多斯高原腹地准格尔旗薛家湾镇。如今，这里已是远近闻名的能源之城，也是煤炭资源外输的枢纽中心，大准、呼准、新准、准池四条铁路，在蒙西地域形成运输网络，尤其是准能公司第二大露天煤矿哈尔乌素亦投入运营，每日万吨列车与大同对开，滚滚乌金经大同编组运到秦皇岛、天津港、黄骅港码头，经远洋货轮送往祖国四面八方，名声远扬！

这次旧地重游，令我对麻茹茹的认识，又有了一种情感上的升华。其时，节令虽已是深秋，又到了冷雨瘦风空寂季节，秋霜刀锯般摧残凋木落叶，寒露里麻茹茹却烂漫成一片片、又一片片表情凝重而庄严的枫色，亦如经历了一番情感磨炼的山曲儿，从心底里吼出一片红艳艳的悲壮，在环境和生态保护中，它成长的历程忍辱负重，希望如同悲壮的种子，再一次肩负不屈的使命，坚硬的枝干支撑起了那苦难岁月的全部深凝和沉重。

然而，这次我想的最多的已不是生命力顽强的麻茹茹，也不是魅力迷人的山曲儿，而是祖祖辈辈生活在这准格尔山川深处的父老乡亲。在如此荒凉的自然环境里，面对那样恶劣的生存条件，世世代代延续着一种自强不息、顽强抗争的拼搏精神。他们对待生活永远充满一种热烈的希望和憨厚的豁达，像代代相传的山曲儿，如顽强生存的麻茹茹，不会因环境的险恶而滋生悲观态度，也不会因条件的落后而放弃对美好向往的追求，更不会因世面的闭塞而改变做人处世的原则。凡有炊烟的地方，总会有一片树荫；凡有人迹的地方，总会有一条路径，在和谐地顺应着、回报着大自然。他们性格像耐干旱、抗风沙的麻茹茹一般执着而坚强，他们的志向如脆灵灵的山曲儿一样充满憧憬和热望，他们对生活的追求像深山里的麻茹茹一样挺拔向上。麻茹茹是他们精神的寄托，山曲儿是他们心灵的支柱，他们用情绪来宣泄山曲儿的旋律和节奏，他们用心血和汗水来浇灌麻茹茹的花朵和根须……

眼下，又到了麻茹茹肆无忌惮地宣泄情感的初春时节，而我的感情与这方水土和她养育的子民融为一体了。这块儿土地也因地处山曲儿发源地的特殊区域而备受当地人民群众的关注。这山曲儿在本地区有着广泛普及的群众基础，更是男女老少喜闻乐见的一种情感表达方式，它是一种名副其实的群众艺术，也是最初形式和最终意义上的大众文化。

爬山调本是那民间的一枝花，劳动人民人人喜爱它。

一曲曲山曲儿就是他们心底流淌的信念之火，一堆堆燃烧的麻茹茹旺火就是他们的希望之光；一丛丛麻茹茹在荒原深处撑起一片片绿色的信念，也支撑起家乡父老乡亲的追求和向往；一首首山曲儿在乡亲们心底种下一粒粒希望的种子，也凸现出现代生活的气息与曙光。冷雨秋霜中，那昂首怒放的麻茹茹枝干如铁如钢，家乡儿女的恋乡之情亦如它的根系盘扎深长；平凡岁月里，源远流长的山曲儿似泉水似食粮，而山民子孙后代的血脉里流淌着质朴的坚强。古老的荒原正因为他们的存在，憧憬着未来的发达与兴旺。

麻茹茹、山曲儿，这名称就同母性一样温柔，这称呼像家常话一样亲切，每逢说起它们时我的父老乡亲们面颊灿烂地舒展，宛若用粗拙的大手抚摸自己的娃娃……麻茹茹的生命力顽强，为内蒙古西南高原半干旱地区经过大自然物竞天择筛选出的特有物种，其种子的附着能力奇特，它能在天旱风大的季节里，于黄沙漫漫的斜坡上扎下根须。

如今的爬山调曲儿伴随着乡亲们的喜怒哀乐凝结成民间绚丽的华章，而麻茹茹不畏环境和条件的残酷锤炼出优良的品质，在这秋风萧瑟的朗日里升华。我猛然感悟到这正是麻茹茹生存的基础和它旺盛生命力的源头所在。这正是山曲儿存在的缘由和它旺盛生命力的源头所在，这正是准格尔人对生活的执着和它旺盛生命力的源头所在。因为我们在经济建设中，不仅要开发高原的天赋宝藏，更要发扬形似麻茹茹、声如山曲儿的地域精神之光。

伤心缝纫机之歌

张秉毅

世上的歌曲千千万，为什么竟没有一首缝纫机之歌？

在近现代工业文明的创造物中，有什么工业产品，更接近艺术、接近音乐？让我来回答，那一定是：缝纫机。

首先，是它的形状。将一台缝纫机放置在那里，说它像一台琴，脚踏风琴、钢琴，你肯定不会反对吧；其次，缝纫机开始工作，操作者在一条凳子上坐下，先打开盖子，将机头拉起来，上线，调试，然后脚下踏板一踩，右手机轮一转，这程序与弹琴再相似不过；再次，缝纫机一开始工作，那轧轧的声音随即升起，或高或低，或紧或慢，或长或短，或细密绵长，或戛然而止……这与乐曲又有何区别？

这缝纫机之声，就成了我的摇篮曲。

20世纪60年代初，是人民公社时代。正当年的父亲与母亲结婚了，黄土茅舍的炕角放着当时家中最值钱的家当———台"飞人"牌缝纫机。

这台缝纫机，是比父亲小七岁的母亲（这七岁很重要）当初答应嫁给父亲要的"彩礼"，由爷爷奶奶一口应下，结婚时给兑现的。母亲便成为我们生产队里，最早拥有缝纫机且会使用的"巧媳妇"。

不仅自己家里的衣裳，就是母亲娘家的，甚至生产队邻居家的营生，常常是由母亲来完成。我小时候，尤其是农闲的冬天和那些漫漫长夜，就是这缝纫机的轧轧声，伴我入睡，唤我醒来。据说，最奇怪的是，只要母亲的缝纫机响了起来，我就不哭不闹，更无需人来哄，醒也安然，睡也安然。

待到一上学，我就感到了自己与大多数同学不同，他们十有八九都穿的是手工做的衣裳，而我穿的，是缝纫机做的衣裳，仅此，就让小小的我，颇感荣耀和自豪。

大约在我上二年级时，一天，我背着书包一进家门，父亲在炕上，头朝下脚朝上，面朝墙躺着，头上还搭着他的蓝褂子。听我回来，也不动一动。我揭开锅盖，空的；拉开灶口，冷的。母亲呢？

凭感觉，我认为母亲一定是回娘家了。

母亲的娘家，就在同一个生产队，相距顶多二里。所以，我不像别人那样渴望去姥姥家。用村里一句话说：夹一泡尿，也能跑三回。

到了外婆家，母亲肿着双眼，正盘腿坐在娘家的炕上，双手压在大腿下，一见我就厉声斥责："你来做甚呢？快回你们张家去。"我一头雾水，看看蹲在炕沿抽旱烟的外公，再看看洗碗涮锅的外婆，都脸色不好，还是小舅一把将我拉到门外的老杏树下，压低声音说："你奶奶把你妈的缝纫机抢走啦。"怕我不明白，又说："红口白牙答应给了你妈，如今都多少年了，又抢了回去。"

我已是个小学生，马上就一切都明白了。奶奶把缝纫机要回的原因，是二叔已经说下对象了，对方要的彩礼"四大件"（一蹬一转一听一看），第一大件，就是"一蹬"的缝纫机，而爷爷奶奶除了二叔，还有三叔，都到了娶媳妇的年龄，爷爷奶奶拼尽全力也弄不下这些彩礼，父亲既是家中排行老大，就也有一份责任，为了兄弟，出力也是应该的。

奶奶是一个强势的人，说到做到，一下子就把早属于母亲的缝纫机，硬生生地"搬"走了。

这件事，最为难最受夹心气的，是父亲，这边，骂他不是个好男人；那边，骂他不是个好儿子。表面看，缝纫机只是从我家西房的炕头，挪到了爷爷奶奶家东房的炕头，只一墙之隔，可是，从此，奶奶与母亲，这对婆媳之间这半世的恩怨，算是结下了。

二婶子娶回来了，成了这台缝纫机的主人，她是新手，遇到缝纫机有了点毛病，就请大姐（她和母亲同姓，算远房本家）请教。母亲实在不好意思拒绝，但她看到那台缝纫机，就很伤心。

一次，她一边帮二婶给缝纫机上油，一边说："你也小心点儿，那老婆子还敢用这台缝纫机，再娶一个儿媳妇呢。"

生产队，仍没有几台缝纫机，不存在攀比，但二婶有，关键是母亲曾经拥有缝纫机就成了她心中一个化也化不开的结，一块心病。

父亲终于在一天夜里的煤油灯下，对母亲说："想办法，再买一台新的缝纫机哇。"

母亲一听，怔了半响，手中的针在头缝上划一次又划一次，嘴一撇说："说得倒轻巧，缝纫机一台一百二十多元钱，现在生产队一个整工分才分红一角多，一年下来，你一个整劳力才能挣下多少？我叫这几个孩子们拖着，才算个半劳力，猴年马月才能挣下这一百多元？再说，就算你有钱，就能想买就买吗？上边一年才能给咱公社供销社几台缝纫机？"

父亲头一扭说："就因为不好买，我才说得想办法么。"

计划经济供给制下，缝纫机是当时紧缺产品中的紧缺产品，当然是"一机难求"，但母亲日里夜里，心心念念的不就是一台缝纫机？既然现在父亲主动提出要买缝纫机，这不是正合了她的心意，她怎么会反对？虽然是千难万难，但正如父亲所说："想办法。"

母亲读过小学，有些文化，知道《西游记》，于是，就常给我们在灯下讲唐僧师徒西天取经的故事，每次讲过，总要说："不经过九九八十一难，哪能取回真经！"

父亲专门去找供销社吴主任，探过口风，回来无话可说。

母亲也一次次往供销社跑，回来，也是无话可说。一次，突然看见吴主任打我家西边的路上过，时间已近响午，正在路边锄草的母亲赶忙迎上去，叫着大叔，请他到家喝口水。那天很热，吴主任正走得口干舌焦，就跟着母亲，进了我们家的门，母亲点火烧水，加上父亲下工回来，一看情势，当机立断，一把逮住奶奶喂的一只下蛋老母鸡杀了。

那天中午，吴主任就在我们家吃午饭，主任吐完最后一块鸡骨头，也吐出了一句话："养猪哇。"

吴主任背着双手走了，父母亲相视而笑，喜不自禁，他们知道，吴主任虽然仍没有咬下个牙印印，但总算露了个话口口。只要母亲每年能给公家交上一两头商品猪，买缝纫机就有希望，因为国家有政策，可优先照顾养猪先进分子。

至于奶奶的那只下蛋老母鸡，父亲对奶奶的交代是："来不及啦，自己媳妇养的鸡不知都跑哪啦，正好这只就在墙角。"出乎意料的是，奶奶听过，就不再吱声。母亲不领情，一定要给赔一只，奶奶说："让下蛋给这几个孙子们吃哇，就算赔啦。"母亲仍不依不饶，说："她老婆子，亏心着呢。"

当年，家里养大的那只大肥猪，就在腊月赶到了供销社的收购站，那年过年，家里只吃了点儿外婆家给的猪头肉，还有奶奶叫三叔送来的一只猪蹄子。当然，家里躺柜上面的墙上，贴上了一张写着母亲大名的，盖着公社大红印章的当年度公社养猪积极分子的奖状。

第二年，母亲一次捉回了两只猪崽。一白一黑，两只小可爱，简直成了我们兄弟姊妹几个的宠物，放学回家，我们的工作就是剁猪菜，母亲每天从生产队劳动归来，第一件事，就是喂猪：剁猪菜，熬猪食。谁也没料到，这年夏天，已经养了大半年的小黑猪，突然就死了。

墙上虽然贴上了养猪先进分子的两张奖状，可是，生产队已有贴三张甚至四张的人家，母亲痛下决心，第三年，一下子捉回三只猪崽。这下我和弟弟妹妹们有活儿干啦——每天一丢下书包，吃上几口，就提起箩筐，漫山遍野去寻找猪吃的野菜。一次，为了争抢野菜，弟弟竟然和邻居家的娃子动手打起架来。

三只猪总算喂到了冬天，都圆滚滚的，父亲母亲在灯下合计着，今年卖两头，一头留下过年。那天，阳光明媚，父亲母亲从猪栏里赶出猪，正好是星期天，我也举了枝柳棍，跟了去。

到了收购站，就看见负责收猪的祁大爷，浓眉大眼。这可是个奇人，他只需瞅一眼，就能估出农民们赶来的每只猪的重量，人们也服气。见我们一下子赶来两只，祁大爷说："留下一头吃了哇。"母亲赶忙回答："吃的留下啦，今年喂了三头。"母亲的言语，很是骄傲。祁大爷把两头猪溜了一眼，嘴上就报了数，指着另一头，说："这头小的也小不过五斤。"眼估是眼估，总还是要上秤的。我正纳罕，这两头猪在我眼里，完全一般般大，咋就能差下四五斤呢？过秤的结果就出来了，果然，与祁大爷眼估的基本不差，两只猪相差四斤。

交了猪，领了钱，父亲母亲就去大院找吴主任，吴主任在，听过母亲的报告后，他却没有笑，反而一下子把脸蹙成头朽蒜。这个吴主任有两个特点，有鞋不穿，踩倒后跟趿着；嘴上永远有一支纸烟，叼着，且一支快燃到头时，再点上下一支。

吴主任沉默了半天，将烟从嘴角拿下，摊摊手说："实话实说吧，你就是把那一头猪也赶来交了，怕也不顶事呀。"

吴主任接下来说出了原委：近两年，农村年轻人结婚，女方要彩礼之风越来越烈，缝纫机几乎是必要的，这就加重了供需矛盾，因没有缝纫机延迟婚期甚至悔婚退婚的，比比皆是。就说优先养猪先进这一条吧，本是很好的，可不知哪个，想出了对付的好办法，就是谁家要给儿子娶媳妇了，就让亲戚邻里帮忙，把本要交的猪让出来，让这家一年给公家交两口、三口甚至四口，这家买了缝纫机，以后再将喂大的猪还给人家，算一种互助。

"这么一来，你家就是再卖上两年猪，我也不敢说，就一定能给你弄上缝纫机啊。"吴主任又加了一句："每年分配给咱们公社的缝纫机，就那么几台，全公社上上下下，多少眼睛在盯着，我实在也是难办啊！"

那天卖猪，真可说是乘兴而去，败兴而归。

母亲在炕上翻来覆去一夜，第二天，我放学回来，猪圈空了，第三只猪也交了。

母亲叫我在学校向同学们打探一下，谁知，我得到的消息让她几至崩溃，川南一个生产队有户人家，已经交了八头猪，还没买到想要的缝纫机。

母亲不服气，一下就捉回了四个猪崽子。多一只猪，就多一张嘴，本来就已糠菜半年粮了，现在家里六口人，四口猪，整整十张嘴，人猪争食。

四只小猪吱吱叫着，眼看就要长大时，突发一场猪瘟，四只猪就被抗疫小分队全部处理了。

母亲在空荡荡的猪圈矮墙上趴了一天一夜，第二天，我再从学校回家发现，那些挂在墙上的奖状，不见了，碎片在院外的垃圾堆上，落满一地。

从这一天起，我们家人，仿佛有过约定似的，谁也绝不敢再提起缝纫机。

又两三年过去，我都考到县城一中去读高中了，放寒假回家，在冬日一个罕见的好日子，阳光都是橘子色的。半下午时刻，父亲突然领回一个客人，这人叫陈玉成，其实也是我们生产队的人，前些年还当过生产队长，几年前一个偶然的机会，到了鄂尔多斯高原西北部的一个叫海勃湾的矿区，参加工作了，三年前连全家也搬走了。

陈玉成满脸是笑，在我家炕上的羊毛毡子上，盘腿坐定，父亲就将我叫到门外，将一张皱巴巴的一元票子塞到我手里，嘱咐我赶快去供销社打一瓶酒。

我打酒回来时，太阳已落，父亲正把二弟养的兔子中的一只杀了做兔肉。

这天夜里，父亲与陈玉成坐在炕上喝酒、吃肉，喝着喝着，父亲就向陈玉成提起买缝纫机的事，原来，陈玉成在那地方，恰好也是当着供销社主任。起先，母亲只在灶台边，一遍一遍地热水烧茶，嘴上一句话也不说，也一次次阻止吵闹的弟妹们，我知道她一直在倾听，听着陈玉成嘴里吐出的每句话、每一个字。

陈玉成酒足饭饱后，从炕上下来，穿鞋，穿军大衣，踏出门槛又回来，一拍自己的胸脯，说："放心，这买缝纫机的事儿，包在我身上。"

陈玉成回海勃湾时，父亲又给送上几斤荞面和绿豆，一过完年，母亲就开始了等待，等待陈玉成的来信。

那年夏末初秋的一天，终于等来了陈玉成的来信，信中说，缝纫机已经没问题了，叫我父亲亲自去一趟海勃湾。

从准格尔西营子到海勃湾距离上千里，得先从家步行到四十里外的沙圪堵镇，住一晚。再坐长途汽车，穿过鄂尔多斯高原东北部，走一天，跨黄河，到包头，再从包头坐一天一夜包兰线的火车，才能到。父亲年轻时，曾以民工的身份，在巴彦淖尔盟的黄河边修过著名的三盛公大坝，这回去的，大致就是那个方向，还要更远一些。路途遥远，汽车火车，现金是不敢随身带的，只有通过公社邮政所先汇去，等收到那边陈玉成收到款的电报，父亲才带了路费、几个干面饼子，只身踏上了买缝纫机的千里之途。

父亲千里买缝纫机，简直称得上一次历险记，去时，在火车上遭遇扒手，丢了全部路费甚至火车票介绍信，到达后又被认为无票乘车被扣住不让出站；归途上，身后背一个箱子（装机架配件），身前抱着装机头的箱子，坐在火车硬座上挺了几百里，又从包头换汽车，到沙圪堵后搭顺车至川南南山离家十五六里的岔道口。最后的这十几里，他已精疲力竭，幸有路人捎话，由我和三叔去接回。

日思夜想的缝纫机，终于买回来了，就放置在家里前炕窗户下的墙角，父亲却病倒了，一连躺了三天，两条腿还肿得如吹了气似的。

——轧轧轧——轧轧轧——

久违的缝纫机声，又在我家响了起来。再看母亲，特意洗了头，梳了发，换上一身出门才穿的衣裳，坐在凳上，低着头，全神贯注，仿佛一个琴师，正在进行一场隆重的演出……

让我不解的是，既然母亲如此热爱缝纫机，在第二次拥有缝纫机后，竟然突然大方大度起来。当时农村青年结婚成家，要彩礼之风很甚，缝纫机、自行车、手表、收音机"四大件"，是必备的，生产队里有的人家，实在一时无力。于是，就有了悄悄地向有缝纫机的人家挪借，充做自己家的，先把媳妇儿娶回来再说。母亲的这台"牡丹"牌缝纫机，竟然一次次被"挪借"。

不久，我离开了故乡，在外娶妻生子，家乡成了故乡，每年，只有过年才回去与父母团聚几天。弟弟也进了城，两个妹妹先后出嫁，父亲也盖了宽大的新房，只是，母亲的缝纫机，用得越来越少了。到20世纪最后十年，连父亲母亲穿的也基本全是自由市场的成衣了。母亲再蹬缝纫机,只是给我们每个儿女,轧鞋垫。每次回家离去时,行李里塞得最多的就是各种颜色的鞋垫,妻曾跟我开玩笑:"干脆,给妈注册个商标,就让她开个鞋垫厂吧。"

2010年,春节刚过,我正要入住某宾馆,参加市里的两会,手机突然响了:刚搬到沙圪堵镇楼房,才过了三个年的母亲,早晨在卫生间里摔倒了,心脏病,正在镇上的医院抢救。

母亲是个农民,家里门外,灶台田间,就连好多只有男人干的农活,她也能干,从没听说她的心脏有什么问题,怎么一病就是……母亲病得很厉害,20多天的抢救,结果医院让出院回家,听天由命。我不甘心,力排众议,想尽办法将母亲转院到北京阜外心脑血管医院经专家8个多小时的开胸搭桥手术,终于转危为安。生命又存续了7年,到2016年腊月,母亲以70岁的寿龄长辞人间。据父亲说,这年一入冬,母亲就整晚地坐在一楼她卧室的床上,望着黑洞洞的窗外,不睡觉。还对父亲说:"我走呀,不能伺候你啦"。真的,最后一次发病要去住院时,母亲把自己戴的一对银耳环,一枚金戒指,都摘下来,用一块布头包了,装在她以前穿的一件旧衣服的口袋里(出殡归来我们才发现的),父亲一见,扭头就回卧室,关紧了门。

七七满后,按习俗,在坟地给母亲烧"纸火",查看那些用纸做的工艺品时,父亲突然提出:怎么没有缝纫机呢?

父亲讲,母亲在入院离家时,要出门了,还折回,最后看了一次放在客厅阳台角上的缝纫机,对他说:"老头子,就凭你能上千里路为我买缝纫机那一回,我这一辈子,也心足啦!"

母亲去世后的第一个清明,我们几个儿女,将我们亲手用纸扎的,几乎与真的一模一样的缝纫机,焚化在母亲的坟前。

多少回,梦中的母亲伏在她的缝纫机上,飞针走线。轧轧轧——轧轧轧——那缝纫机的机声,在我们心中,是一支忧伤的歌,一支母亲的歌,一支永恒的歌……